खट्टे-मीठे से रिश्ते

खट्टे-मीठे से रिश्ते

गरिमा संजय

ISO 9001:2008
GVE ज्ञान विज्ञान एजूकेयर

प्रकाशक • **ज्ञान विज्ञान एजूकेयर**
3639, प्रथम तल
नेताजी सुभाष मार्ग, दरियागंज
नई दिल्ली–110002

संस्करण • प्रथम, 2019
मूल्य • तीन सौ पचास रुपए
मुद्रक • आर–टेक ऑफसेट प्रिंटर्स, दिल्ली

KHATTE-MEETHE SE RISHTE
Novel by Smt. Garima Sanjay ₹ 350.00
Published by GYAN VIGYAN EDUCARE
3639 Netaji Subhash Marg, Darya Ganj, New Delhi-110002
ISBN 978-93-84344-96-2

समर्पित उस परब्रह्म परमेश्वर को,
जिनकी शक्ति मस्तिष्क में विचारों का बीजारोपण कर जाती है,
जो शब्दों में अभिव्यक्त हो जाती है।

और

समर्पित है, दिवंगत माता-पिता की अनगिनत यादों को,
जिनके व्यक्तित्व और विचार आज भी प्रेरित करते रहते हैं,
हमेशा अनुकरणीय रहेंगे!

आभार

आभारी हूँ ईश्वर के प्रति, जो समय-समय पर मानव-मूल्यों की परख कराता रहता है, समाज के प्रति संवेदनशीलता जगाता रहता है और अभिव्यक्ति की क्षमता देता है।

आभारी हूँ, माता-पिता सहित समस्त गुरुजनों के प्रति, जिन्होंने केवल पाठ्यक्रम की शिक्षा ही नहीं दी, बल्कि जीवन का पाठ पढ़ने में भी सदा मार्गदर्शन किया।

आभारी हूँ, रागरत परिजनों और मित्रों के प्रति, जिनका प्रेम और प्रोत्साहन तथा समालोचना सदा मनोबल बढ़ाते रहते हैं। सोशल मीडिया के अपने मित्रों के प्रति अनंत आभार, जिनका प्रोत्साहन मुझे लगातार लेखन के प्रति प्रेरित करता रहता है।

संन्यास नहीं, तो जीवन समाज से ही है, एक-दूसरे के सहयोग के बिना सभी अधूरे हैं।

आभारी हूँ, इस समस्त प्राणी-समाज के प्रति।

खट्टे-मीठे से रिश्ते

शाम की क्लास से निकली ही थी गौरी, जब उसने अविनाश को अपनी बाइक पर उसका इंतजार करते देखा। देखकर मन उछल पड़ा। हालाँकि थोड़ी घबराहट भी हुई। दोनों परिवारों के बीच हुए घमासान के बाद अगर किसी ने उसे अविनाश के साथ देख लिया तो दोनों की ही खैर नहीं। वह जानती थी कि अगर यह खबर उनके घर तक पहुँच गई तो दोनों ही घरों में तूफान आ जाएगा। फिर भी, उसे देख गौरी का दिल उछालें मार रहा था। आखिर चाहती थी उसे! वैसे ही, जैसे फिल्मों में दिखाते हैं, कहानियों में बाँचते हैं, प्रेमी को अचानक सामने देख उसकी प्रेयसी खुशी से झूम उठती है।

लेकिन गौरी की खुशी कोई फिल्मी खुशी नहीं थी। दिखावटी न थी। अविनाश के लिए उसके मनोभाव स्वाभाविक थे, उसकी चाहत सहज थी। उसकी बेशुमार खुशी भी सहज थी, लेकिन उसके डर में भी कोई बनावट नहीं थी। अविनाश के साथ घर बसाने का सपना आज भी उसकी आँखों में सजता था। उनके बेधड़क, बेरोक-टोक प्यार की महक आज भी उसके दिल में तरोताजा थी। कितनी भी मायूस हो, अविनाश को देख वह आज भी चहक उठती थी, लेकिन अब दोनों के घरवालों के बीच अनबन चल रही थी, इसलिए उसका डर भी स्वाभाविक था।

तो कुछ खुशी, कुछ डर के साथ उसने अविनाश की ओर कदम बढ़ा दिए।

"आप?" चहकती आवाज में स्वाभाविक डर भी प्रकट हो रहा था।

"क्यों, आ नहीं सकता? रात में अकेले घर जाना है?"

अविनाश ने पलटकर सवाल किया। 'लोग क्या कहेंगे' की उसे कुछ खास परवाह नहीं थी।

"मेरा वह मतलब नहीं था।···" गौरी खीझ गई।

"तो क्या मतलब था, उस लड़के के साथ जाना चाहती थीं?" आँखों से ही सामने से आ रहे एक लड़के की ओर संकेत करते हुए बोला।

गौरी ने पलटकर उस लड़के की ओर देखा और हँस पड़ी।

"अरे! उसके साथ क्यों? मैं तो उसे जानती भी नहीं!"

"बिना जाने इतनी देर से बातें कर रही थीं?"

सच में बातें तो वह कर रही थी, लेकिन केवल इतनी कि उस लड़के को गौरी के नोट्स चाहिए थे, क्योंकि उसने कक्षा में देरी से दाखिला लिया था। गौरी ने अपनी असमर्थता जताते हुए उसे मना कर दिया था, क्योंकि नोट्स के लेन-देन के बहाने दोस्ती बढ़ानेवालों को वह खूब समझती थी, लेकिन अविनाश को यह सब कहाँ पता था? उसने तो बस इतना ही देखा कि गौरी किसी अनजान लड़के के साथ बात करते हुए निकली थी और उन दोनों को आपस में बात करते देख उसके दिल में ईर्ष्या की अगरबत्ती सुलग उठी थी।

गौरी जानती थी कि भीड़ में भी अविनाश की निगाहें उसे तलाश ही लेती हैं। ऐसे में आज किसी लड़के के साथ उसे बातचीत करते देख उसके भीतर जरूर ईर्ष्या उपजी होगी···वह अविनाश के मनोभावों से भलीभाँति परिचित थी। हालाँकि उसकी ईर्ष्या में छुपे अधिकारभाव से मन-ही-मन वह उल्लास से भर गई थी, लेकिन साथ ही उसके शब्दों में दबी ईर्ष्या को पहचान गौरी की आँखों में अनायास ही शरारत तैर गई।

"कहीं कुछ जल रहा है?" नाक सुड़कती हुई, शरारत से पूछकर हँसी और अविनाश भी अपनी जलन को प्रकट होते देख झेंपकर बस मुसकरा दिया।

"बकवास मत करो। चलो बैठो" कहकर बाइक स्टार्ट कर दी।

बाइक पर अविनाश के पीछे बैठी गौरी का एक मन अविनाश के साथ बस पंख लगाए उड़ते रहना चाहता था और दूसरा मन डर की गिरफ्त में फँसा था। पूरा रास्ता जाना-पहचाना था, केवल इसलिए नहीं कि वह रोज उधर से गुजरती थी, बल्कि इसलिए भी कि उन दोनों के बहुत से रिश्तेदार, दोस्त और परिचित उसी रास्ते में पड़नेवाले मोहल्लों में रहते थे और कुछ उसी रास्ते से होकर अपनी दुकानों और दफ्तरों से अपने-अपने घरों को लौटते थे।

कोई भी आते-जाते देख सकता था कि कभी अत्यधिक घनिष्ठ रहे, नए-नए दुश्मन बने उन दो परिवारों के ये दो सदस्य क्या गुल खिला रहे हैं और कोई भी

यह खबर उनके घरों तक पहुँचा सकता था। वह जानती थी कि अगर दोनों के घरों में खबर पहुँच गई तो··· । तब तो दोनों की ही शामत आ जाएगी। एक नया हंगामा, नया बखेड़ा खड़ा हो जाना था।

जानती थी कि अगर ऐसा हुआ तो फिर एक बार आरोपों-प्रत्यारोपों की बौछार होगी, फिर एक बार एक-दूसरे पर ताने-फिकरे कसे जाएँगे और फिर एक बार गौरी और अविनाश की मुलाकात के लिए दोनों परिवार एक-दूसरे को जिम्मेदार ठहराएँगे, एक-दूसरे पर षड्यंत्र और चालबाजियों के मिथ्यारोप लगाएँगे, अविनाश के परिवारवाले गौरी को और गौरी के परिवारवाले अविनाश को शातिर, चालाक और न जाने कैसे-कैसे विशेषण दे डालेंगे।

सोचकर गौरी का मन घबराया, लेकिन जब अविनाश साथ होता तो आखिर कितनी देर डर उसके मन पर काबू कर पाता? उसके साथ तो मन बस उड़ना चाहता था, उसके साथ एक-एक पल का आनंद लेना चाहता था। आज भी यही हुआ डर के गहरे बादलों ने कुछ देर उसके मन में धुँधलका जरूर भरा, लेकिन जल्दी ही वे बादल छँटने लगे और उत्साह ने मन को मानो सूरज की सतरंगी किरणों से प्रकाशित कर दिया। जब तक वे दोनों भीड़-भाड़ के इलाके से निकलकर कुछ शांत रास्ते पर पहुँचे, गौरी का मन भी पूरी तरह से भय की भीड़ से मुक्त हो चुका था और उसने पूरी उमंग के साथ प्रश्न किया, "आज आप कैसे आए मुझे लेने?"

"देख नहीं रही, बाइक से आया और कैसे?" अविनाश की आवाज में घुली उमंग महसूस कर सकती थी गौरी।

दोनों के मन बेतहाशा उछाल मार रहे थे, चंचल हुए जा रहे थे। भीतर-ही-भीतर दोनों इस कदर थिरक रहे थे, मानो बाइक की स्पीड से रेस लगा रहे हों। मामूली-से मजाक पर भी गौरी खिलखिला पड़ी थी। उसकी खनकती खिलखिलाहट से पूरा वातावरण गूँज उठा। अविनाश के कानों में मिश्री-सी घुल गई थी। थोड़ा पलटकर गौरी की ओर देखा। आँखों के कोने से भले ही पूरा चेहरा नजर न आया हो, लेकिन आँखों में दबी शरारत और उमंग साफ-साफ पहचान में आ रही थी।

"मेरा मतलब···" हँसते-हँसते ही बोली थी वह, "आपको किसने बताया कि मुझे लेने आना है?"

सुनकर अविनाश ने अचानक ही बाइक में ब्रेक लगा दी थी। उसकी पीठ

पर गौरी का सिर धमाका करे, इससे पहले ही उसने कसकर सीट का पिछला हिस्सा पकड़ लिया। अविनाश ने धीमे-से कहा, "सॉरी"।

गौरी कुछ समझ न सकी। बस, चुपचाप बाइक से उतरकर असमंजस में अविनाश की ओर देखने लगी। अविनाश की आँखों में गंभीरता थी। थोड़ी देर शांत नजरों से उसे देखता रहा, फिर बोला, "किसी को बताने की जरूरत नहीं पड़ती। मुझे मालूम पड़ जाता है कि तुम्हें कब किस चीज की जरूरत है।"

सुनकर मुसकरा दी वह···जानती थी, बात बिल्कुल सच थी। कभी ऐसा हुआ ही न था कि उसे जरूरत हो और वह न पहुँचा हो। कभी किसी से पता चला और कभी बस यूँ ही अचानक। दूर रहकर भी जैसे हमेशा ही वह गौरी की हरेक गतिविधि पर नजर रखता था। उसकी भावनाओं की भी खबर रखता। सोचकर अनायास ही उसे खुद पर मान हो आया।

"ऐसा क्या?" कहकर पता नहीं वह खुद पर इतरा उठी या फिर अविनाश पर, या उसके लिए अविनाश की भावनाओं पर, उसके अधिकारों पर।

"कोई शक?" सुनकर उसने बस हँसकर सिर हिला दिया। थोड़ा रुककर बोली, "इतना खयाल है, तो घर क्यों नहीं आते?"

"अरे, अगर आया न, तो तुम्हारे घरवाले मेरा गला दबा देंगे और फिर तुम्हारा खड़ूस भाई भी तो बैठा है, हर समय पंगे लेने के लिए!" बोलकर लापरवाही से हँसा।

"तो···डरते हैं भैया से?" गौरी ने छेड़ा।

सुनकर वह तपाक से बोल पड़ा, "मैं डरूँगा? हुँह! मैं क्यों डरने लगा? मैं नहीं डरता किसी से! वो तो बस···रिश्ते का लिहाज करता हूँ और वह समझता है···"

बोलते-बोलते वह थोड़ा गंभीर होने ही वाला था, कि तुरंत सँभल गया, "पागल है यार वह! छोड़ो उसकी बात!"

"अच्छा, तो फिर किसकी बात करूँ?" गौरी तो उसे चिढ़ाने के पूरे मूड में आ चुकी थी और उसकी शरारत अविनाश को रोमांटिक बना रही थी।

"अपनी बात करो···कितने दिनों बाद मिले हैं! हमारी बात करो!"

उसकी आँखों से छलकती गंभीरता को देख गौरी भी बस चुप ही रह गई थी। आँखों में न जाने कितने सवाल-जवाब तैरने लगे, लेकिन मनोभावों को शब्द न दे सकी और जो शब्द मन में उभरे भी, उन्हें स्वर न दे सकी। बस, खामोश

परतों में उन सारे शब्दों को दबाए, वह चुप रह गई।

"ऐसा कब तक चलेगा, गौरी?" अविनाश के स्वर में दबा-सा दर्द छलक पड़ा था। गौरी के पास उसके सवाल का कोई जवाब न था। थोड़ी देर के लिए दोनों के बीच मौन ही पसरा रहा। उस मौन में भी बहुत कुछ कह-सुन रहे थे, वे दोनों। आँखों से छलकता दर्द बहुत कुछ कह रहा था, धड़कनों की आवाज दो दिलों की सारी कहानी बयां कर रही थी।

"आप एक बार भैया से बात क्यों नहीं करते?" गौरी ने फिर से भाई का जिक्र छेड़ा।

"अरे, वह भी कोई कम नहीं है, यार। कुछ समझता ही नहीं।"

"कोशिश तो करके देखिए। ज्यादा से ज्यादा क्या करेगा? पिटाई?" बोलकर फिर से शरारत से हँस दी। देखकर वह भी खीझकर हँसा और फिर दंभ से बोल पड़ा, "इतनी किसकी हिम्मत!"

लेकिन उसके बोलने के तरीके पर न केवल गौरी जोर से हँस पड़ी, बल्कि अपने इस दंभ पर वह खुद भी हँसी रोक न सका। देखकर गौरी ने एक बार फिर छेड़ा, "ज्यादा चौड़ मत दिखाइए। डरते तो हैं आप उससे।"

"हाथ उठाने की हिम्मत नहीं है उसमें। जानता है वह मुझे भी।"

इस बार गौरी ने सचमुच उसके अहम् को चुनौती दे दी थी, जबकि गौरी जानती थी, उसमें अहंकार प्रदर्शन करने की आदत नहीं थी। इस तरह की बात करके वह उसे बेवजह आहत करना नहीं चाहती थी, तो तुरंत ही बात सँभालने की कोशिश की।

"यह तो खैर मजाक था।...मैं बस ये कह रही हूँ कि उससे बात करने में क्या हिचकिचाहट है आपको? आपसे छोटा है वह तो। स्कूल में आपका जूनियर रह चुका है। आपकी बात समझेगा न?"

"अरे, जूनियर था तो क्या? समझने के लिए दिमाग भी तो चाहिए। मेरी तरह दिमाग नहीं है उसका।" अविनाश खीझ पड़ा था उसके भाई पर।

वैसे तो गौरी का बड़ा भाई, मोहित इस समय मेडिकल की पढ़ाई पूरी करके डॉक्टर बननेवाला था, लेकिन अविनाश के हिसाब से वह निरा बेवकूफ ही था। गरम दिमाग, बद्‌मिजाज!

"अच्छा जी। आप बड़े बुद्धिमान और मेरा भाई बेवकूफ?" गौरी ने नाराजगी जताने का दिखावा किया, जिस पर अविनाश जोर से हँस पड़ा।

"मेरा मतलब, समझता नहीं न वो कुछ भी। बस, बिना सोचे-समझे अपनी कड़वी जुबान बड़ी चलाता है। पुरानी आदत है उसकी। तिस पर अंकल-आंटी ने भी आजकल कुछ ज्यादा ही छूट दे रखी है उसे। अब तो किसी के भी सामने, कुछ भी बोल देता है।"

थोड़ा ठहरकर अविनाश ने आगे जोड़ा, "फिर, शॉर्ट-टेंपर्ड तो मैं भी हूँ!" और बोलकर मुसकरा दिया।

अब तक उसकी हर बात पर सहमत होती गौरी ने अंतिम वाक्य पर असहमति जताई।

"खुद को शॉर्ट-टेंपर्ड भी बता रहे हैं और वह भी कैसे मुसकराते हुए।" वह खुद में बुदबुदा उठी।

यह बात तो वह कभी मान ही नहीं सकती थी कि अविनाश शॉर्ट-टेंपर्ड हो सकता है। हमेशा सबकी बात बहुत ध्यान से सुनना, बिना सोचे-समझे कभी भी प्रतिक्रिया नहीं करना और सामान्यतः हर बात पर मुसकराकर ही प्रतिक्रिया करना...ऐसा लड़का शॉर्ट-टेंपर्ड? हो ही नहीं सकता! उसके इसी स्वभाव ने तो गौरी को उसकी ओर इतना आकर्षित किया था।

□

"जब उसे पहली बार देखा था तो वह किसी काम से मम्मी के पास आए थे। उस समय पड़ोस की ललिता दीदी भी आई हुई थीं। ललिता दीदी अविनाश की दूर की रिश्तेदार थीं और उनकी सहपाठी भी। सो, अविनाश तो ललिता दीदी और मम्मी के साथ बातचीत में मशगूल हो गए थे और गौरी चुपचाप बस उसे ही तकती रह गई थी। उसके बात करने का तरीका, बल्कि सलीका कहना चाहिए, गौरी के किशोर मन को भीतर तक प्रभावित कर गया था। इतना बड़ा तो नहीं था वह खुद भी उस समय, लेकिन बात तो देखो कैसे करता था! जैसे बहुत ही समझदार, बहुत परिपक्व हो।

समय बीता, उम्र बदली और बदले उन दोनों के रिश्ते, उनके परिवारों की घनिष्ठता और बदले उनके मनोभाव, लेकिन नहीं बदला तो अविनाश का वह सौम्य व्यवहार! उसकी संजीदगी और उसकी जिंदादिली! गौरी के मन को पूरी तरह से वश में कर लिया था उसने। जो लड़की अविनाश के सौम्य व्यवहार से, उसके गंभीर, विचारशील व्यक्तित्व से भीतर तक प्रभावित हो चुकी हो, उससे तो

अगर भगवान् भी आकर बोलें कि अविनाश क्रोधी स्वभाव के हैं, तो भी शायद उसके लिए विश्वास कर पाना मुश्किल होगा।

हालाँकि अविनाश एक सामान्य-सा लड़का था। अपनी उम्र के लड़कों की तरह उसमें भी आवेश और उत्तेजना की कोई कमी नहीं थी, लेकिन यह भी सच था कि अपनी उम्र के अन्य लड़कों की अपेक्षा वह सचमुच ही बहुत ही ठंडे दिमाग का और सुलझी मानसिकता का लड़का था। अब अगर जानबूझकर आवेश दिलाया जाए या लगातार उसके धैर्य की परीक्षा ही ली जाए तो शांत-से-शांत इनसान भी कब तक संयमित रह सकता है?

गौरी तो बस अपने ही विचारों में सीमित रहकर समझ पाती थी और अभी बस चुपचाप अविनाश को देखती रह गई थी। उसे यूँ चुप देख अविनाश बोल पड़ा, "अब चलना नहीं है? देर होगी तो घर में क्या जवाब दोगी?" इस तरह से प्यार से डपटे जाने पर तो वह बस निहाल ही हो जाती।

आँखों में चमक उतर आई और झट-से बोल पड़ी, "बता दूँगी..."

एक बार फिर उसकी आवाज में शरारत उभरी देख अविनाश हँस पड़ा, "क्या?"

"यही कि आप लेने आए थे और..." बोलते-बोलते एक झिझक-सी आ गई थी उसकी आवाज में।

"और क्या?" गौरी कुछ बोल न सकी तो फिर से पूछा और गौरी बस हँसकर रह गई।

"बोलो न, क्या हुआ?" अब अविनाश की आवाज में भी वही शरारत छलकने लगी थी।

"और क्या? यही कि आपसे बात करने में देर हो गई," उसने लापरवाही से बोलकर बात को हँसी में उड़ाने की कोशिश की। अविनाश बस मुसकराकर उसे देखता रह गया।

थोड़ी देर खामोश नजरों से दोनों एक-दूसरे को देखते रहे और फिर अचानक "चलो अच्छा!" मानो आदेश देकर अविनाश ने बाइक फिर से स्टार्ट कर दी। इस बार उसकी आवाज की गंभीरता को नजरअंदाज कर पाना गौरी के लिए संभव नहीं था और वह भी सँभलकर उसके पीछे बैठ गई।

घर के सामने बाइक रुकी तो गौरी ने उतरकर एक बार फिर अविनाश से कहा, "घर नहीं आएँगे?"

लेकिन अब तक वह बहुत गंभीर हो चुका था। चेहरे पर हलका-सा तनाव भी नजर आने लगा था। नई-पुरानी न जाने कितनी ही बातों का असर उसके तनाव भरे चेहरे पर छलकने लगा था।

"नहीं! चलता हूँ।" कहकर लगभग तुरंत ही वापस हो लिया था और वह बस उसी दिशा में देखती रह गई।

घर पहुँचते-पहुँचते अविनाश पूरी तरह से बदल गया था। अब तक तो सामान्य था, लेकिन यहाँ आने तक एक अजीब-सी कठोरता आ चुकी थी उसके व्यवहार में। उसकी यह कठोरता डराती थी गौरी को। उसकी बातें, उसकी मुसकराहट जितनी ही शीतलता देतीं, उसकी कठोर खामोशी उतना ही भयभीत करती थी। शायद यही वजह थी कि गौरी कोशिश करती कि जितनी देर वे दोनों साथ रहें, बातों का सिलसिला बंद ही न हो।

घर पहुँचने पर एक नए डर ने घेर लिया कि कहीं माँ पूछ न लें कि किसके साथ आई है, तो क्या जवाब देगी यों तो सच बोल सकती थी, लेकिन जानती थी कि सच बताने पर घर में फिर एक बार कैसा हंगामा खड़ा हो जाएगा। संयोग से घर में कुछ मेहमान आए हुए थे और माँ किचेन में व्यस्त थीं। जल्दी-जल्दी कपड़े बदलकर वह भी उनके पास पहुँच गई और उनके काम में हाथ बँटाने लगी। वैसे माँ खुद ही काम-काज में इस कदर व्यस्त थीं कि उन्होंने गौरी से इस विषय में कुछ भी नहीं पूछा और फिर गौरी ने भी फटाफट उन्हें मेहमानों के बारे में सवाल करने में उलझा लिया।

□

शाम की क्लास से गौरी को लेने के लिए हमेशा उसका बड़ा भाई मोहित ही पहुँचता था, लेकिन जब वह शहर में नहीं होता या रात की ड्यूटी पर होता, तो उसे लिवाने के लिए माँ किसी-न-किसी को भेज देती। अकसर ललिता दीदी के बड़े भाई, पंकज भैया को ही इस काम में लगाया जाता, क्योंकि उनका घर गौरी के घर के एकदम पास था और वे उसके इंस्टीट्यूट की तरफ से ही लौटते थे। उनके लिए गौरी लाडली बहन से कम न थी। सो, वह भी खुशी से इस काम के लिए राजी हो जाते। माँ ने तो आज भी उनसे ही कहा होगा, लेकिन शायद उन्होंने अविनाश को भेज दिया होगा, ताकि वह और अविनाश कुछ पल साथ बिता सकें।

जब से गौरी की सगाई अविनाश से टूटी थी,...नहीं, यह कहना भी ठीक

नहीं होगा, क्योंकि केवल दोनों के परिवारवाले ही एक-दूसरे से रूठे थे, लेकिन न ही गौरी और अविनाश के रिश्ते में कोई अंतर आया था और न ही औपचारिक रूप से सगाई तोड़ने की घोषणा ही की गई थी। बस, बात-बात पर कुछ मतभेद उभरे, मतभेद से मनभेद पैदा हुआ और दोनों परिवारों के लोग एक-दूसरे से कुछ इस कदर रूठे कि गौरी और अविनाश को भी एक-दूसरे से रूठ जाने के निर्देश दे दिए गए!

दोनों को एक-दूसरे से न मिलने की, एक-दूसरे को भूल जाने की सख्त हिदायत दे दी गई।

तो···जब से इस तरह का रूठा-रूठी का माहौल बना था, तब से गौरी ने पी-एच.डी. के लिए अप्लाई करके सुबह एक स्कूल में पढ़ाना शुरू कर दिया था और शाम को एक प्रोफेशनल क्लास भी ज्वॉइन कर ली थी। इस तरह से उसने खुद को अधिक-से-अधिक व्यस्त रखने का बहाना खोज लिया ताकि घर में कम-से-कम समय बिताना पड़े। अब घरवालों के दोबारा सामान्य होने तक उसे कुछ तो करना ही था। घर में खाली बैठती तो हर समय अविनाश और उसके घरवालों के बारे में जली-भुनी बातें सुनती।

इस तरह का व्यवहार उसे तनिक भी नहीं भाता था। खीझ उठती थी यह सोचकर कि अभी कुछ ही दिनों पहले तक तो वे सब कितने अच्छे लोग थे। दोनों परिवार के लोग एक-दूसरे की तारीफों के पुल बाँधते नहीं थकते थे, लेकिन अब अचानक ऐसा व्यवहार बदला कि बातों से फूलों की जगह अंगारे बरसने लगे थे। जलेबियों की तरह रसीली और मीठीं बातें अचानक करेले की तरह कड़वी हो गई थीं, मानो रिश्तों में डायबिटीज का रोग लग गया था।

"एक समय में गौरी और अविनाश के परिवार बहुत अच्छे मित्र हुआ करते थे। लेकिन अब नहीं! अब तो कट्टर दुश्मन से भी बड़े दुश्मन बन चुके थे। चाशनी जैसी बातों की मिठास में जाने कब खटास और फिर धीरे-धीरे कड़वाहट घर कर गई, उनमें से किसी को भी पता ही नहीं चला। किसी ने भी उनके बीच गहराती खाई को महसूस ही नहीं किया या महसूस किया भी तो उसकी परवाह नहीं की। सभी अपने-अपने अहं में इतने व्यस्त थे कि रिश्तों की टकराहट पर किसी ने ध्यान ही न दिया, रिश्तों के बिखराव की परवाह ही न की।"

जिस तरह से प्यार का सैलाब उन परिवारों को नजदीक ले आया था, उन्हें पता नहीं चला था, उसी तरह उनके बीच गहराते द्वेष की आहट भी किसी ने न

सुनी। जब तक होश आया, तब तक उनके रिश्तों के बीच एक गहरी खाई बन चुकी थी। कभी न भरनेवाली खाई!

"अहंकार और ईर्ष्या अकसर प्यारे-से-प्यारे रिश्तों में भी दरार पैदा कर देते हैं। जब रिश्तों में एक-दूसरे को नीचा दिखाने की स्पर्धा आ जाए तो उनमें एक-दूसरे के लिए प्यार, सम्मान जैसे भाव कहाँ रह जाएँगे? बिना प्यार और सम्मान के कोई रिश्ता कितनी दूर जा सकता है? जहाँ बस मैं ही मैं रह जाए, वहाँ 'हम' से तो कोई वास्ता ही नहीं रहता। ऐसे रिश्ते धीरे-धीरे चरमराकर दम तोड़ देते हैं।"

रिश्तों में प्रेम हो या नफरत, कुछ भी बहुत दिनों तक इकतरफा नहीं चल सकता। यदि एक ओर नफरत उपजने लगती है तो दूसरी ओर बहुत दिनों तक प्रेम नहीं बना रह पाता।

ऐसी स्थिति में कई बार जो पक्ष रिश्तों को बनाए रखने की, रिश्तों को सँभालने की कोशिश भी करता है, नफरत करनेवाले उसे संदेह की ही नजर से देखते हैं। रिश्ते सँभालने की कोशिश को द्वेषपूर्ण मन स्वार्थ समझता है और वह एकतरफा प्रयास भी बार-बार आहत होकर दम तोड़ देता है।

वैसे इन दो परिवारों के बीच मित्रता की नींव तो तभी पड़ गई थी, जब गौरी-अविनाश-मोहित आदि के रूप में इस पीढ़ी का नामोनिशान भी न था। दोनों की माँएँ, सुधा और लता पहले स्कूल में और फिर कॉलेज में साथ पढ़ी थीं, लेकिन जल्दी शादी हो जाने के कारण अविनाश की माँ, लताजी ससुराल चली गईं और घर-गृहस्थी में व्यस्त हो गईं। वहीं, सुधाजी ने ग्रेजुएशन के बाद पी.जी. और फिर पी-एच.डी. की। साथ ही उन्हें एक कॉलेज में लेक्चरर की नौकरी मिल गई। समय के साथ अपने अनुभव की बदौलत वह एक बहुत प्रतिष्ठित कॉलेज में प्रिंसिपल भी बन गईं। इस दौरान दोनों की कभी मुलाकात नहीं हुई। एक तरह से भुला ही दिया था दोनों ने एक-दूसरे को। फिर एक दिन लताजी की दूर की ननद, ललिता और पंकज की माँ, किशोरीजी के यहाँ अचानक दोनों की एक बार फिर मुलाकात हुई और एक बार फिर रिश्तों का नवीनीकरण हुआ।

अब जब इतने वर्ष बाद मुलाकात हुई तो बातें हुईं, बातें हुईं तो पहचान बढ़ी, पहचान बढ़ी तो पता चला कि दोनों के घर अब ज्यादा दूरी नहीं, दोनों के बच्चे भी लगभग हमउम्र ही हैं और दोनों के बड़े बेटे तो एक ही स्कूल में पढ़ते हैं। उस समय अविनाश बारहवीं में पढ़ता था और गौरी का बड़ा भाई

मोहित उससे बस एक साल पीछे, ग्यारहवीं में और गौरी तो बस आठवीं में रही होगी और उसका छोटा भाई उदित तो और भी छोटा था। शायद छठीं में पढ़ता रहा होगा। अविनाश की दो बहनें भी थीं। कविता उससे दो साल बड़ी थी और कॉलेज में पढ़ रही थी और दसवीं में पढ़ रही सोनल अविनाश से दो साल छोटी थी। अविनाश के पिताजी, गिरीश बाबू कपड़ों के व्यापारी थे, तो गौरी के पिता, विनोद बाबू सरकार में बहुत बड़े अफसर थे।

अब इतनी जानकारी मिल ही चुकी थी तो मिलना-जुलना तो बनता ही था। गौरी का भाई अविनाश के ही स्कूल में था, तो दोनों के बीच जल्दी ही मित्रता हो गई। उन दोनों की दोस्ती तो स्कूल में खेल के मैदान तक ही सीमित रही, लेकिन दोनों घरों से माँओं ने एक-दूसरे के साथ फिर से नियमित संपर्क बना लिया, फोन पर बातें होने लगीं और कभी-कभार तो एक-दूसरे के घर आना-जाना भी शुरू कर दिया।

कॉलेज में दाखिला लेने के समय अविनाश को अपने किसी जरूरी फॉर्म में सरकारी सत्यापन चाहिए था और उसकी माँ ने अपनी बचपन की सहेली, सुधाजी के पास ही उसे पूरे अधिकार के साथ भेज दिया। यही वह दिन था, जब गौरी ने पहली बार अविनाश को देखा। वैसे तो अविनाश ने भी गौरी को जरूर ही देखा होगा, लेकिन वह कभी समझ न सकी कि उसने गौरी को नोटिस भी किया था या नहीं!

गौरी ने उस समय बस किशोरावस्था में कदम रखा ही था। उसका कोमल, अनछुआ-सा मन अविनाश की ओर अनायास ही खिंचा चला गया था। उसके ऊँचे कद, चाल-ढाल, आकर्षक व्यक्तित्व से वह जितना प्रभावित हुई, उससे भी अधिक उसके बातचीत करने के अंदाज ने उसे मुग्ध कर लिया। कितनी शालीनता थी उसकी बातों में। वह तो बस सम्मोहित-सी उसे सुनती ही रह गई थी।

धीरे-धीरे दोनों परिवारों के बीच आना-जाना बढ़ा तो गौरी और अविनाश का मेल-जोल भी बढ़ा और दोनों के बीच आकर्षण भी बढ़ने लगा। साल-दर-साल बीते और यह आकर्षण गंभीर रूप लेने लगा। एक-दूसरे को देखने की इच्छा एक अजब-सी तड़प में तब्दील होने लगी। एक-दूसरे के साथ अधिक-से-अधिक समय बिताने की इच्छा प्रबल होने लगी। एक-दूसरे के निकट और अधिक निकट आने की ख्वाहिश दोनों के दिलों में घर करने लगी।

वैसे अब तक उनकी किसी भी इच्छा ने शब्दों का रूप नहीं लिया था। बस,

चोरी-छुपे ही एक-दूसरे को निहारने का दौर चल रहा था। अब तक अविनाश कॉलेज-वॉलेज छोड़-छाड़कर अपने पारिवारिक व्यवसाय में लग गया था और गौरी कॉलेज में पहुँच गई थी। उनकी सुस्त मोहब्बत को एक-दूसरे की भावनाओं का भी अहसास न हो सका था। बस, इतना था कि दोनों परिवारों की घनिष्ठता के कारण अकसर ही शाम साथ गुजारने के बहाने आसानी से मिल जाते थे और वे दोनों बस इसी व्यवस्था में खुश होते रहते!

दोनों ही परिवारों में किसी ने ध्यान ही नहीं दिया कि उनके इस मेल-जोल से परिवार के दो जनों की खुशी कुछ खास ही बढ़ती जा रही है।

और जब ध्यान गया भी तो बस थोड़ी ही न-नुकुर हुई, हलकी-फुलकी आपत्तियाँ जताई गईं, थोड़े सवाल भी उठाए गए, मानो औपचारिकतावश और जल्द ही उनके रिश्ते को खुशी-खुशी स्वीकार कर लिया गया। आखिर क्यों न हो? पुरानी दोस्ती को रिश्तेदारी में बदलने की यह अच्छी पहल थी। फलतः दोनों ही पक्षों में से किसी ने कोई खास सवाल नहीं उठाए और काफी हँसी-खुशी गौरी और अविनाश की सगाई कर दी गई।

"लेकिन कई बार हम रिश्तों पर अपनी उम्मीदों को कुछ इस तरह थोपते हैं कि उनके बीच दोस्ती वाली सहजता खत्म होने लगती है। रिश्तों को काबू करने की लालसा में इनसान कुटिलता की ऐसी राह पकड़ लेता है, जहाँ रिश्तों में केवल कटुता ही रह जाती है। इन दो परिवारों का संबंध भी रिश्तेदारी में बदलने के बाद कुछ यों ही बदला...नतीजन, दो दिल टूटे और आवाज भी जरूर हुई, लेकिन जिन्हें सुनना था, उन्होंने कान बंद कर लिये बहुत-बहुत लंबे अरसे तक!"

□

फिलहाल उसी समय की बात करते हैं, जब गौरी और अविनाश एक-दूसरे से भी लुके-छुपे प्रेम की पेंगें बढ़ा रहे थे।

जिस समय दोनों परिवारों के माता-पिता रिश्तों के नवीकरण में ही मगन थे, सभी को देखने में लगता, जैसे अविनाश की गौरी के भाई मोहित के साथ अधिक बनती थी और गौरी की बातचीत अविनाश की बहनों, सोनल और कविता के साथ ही होती थी, लेकिन अगर शब्दों को भूलकर नजरों की बात करें, तब तो सबसे अधिक बातें इन दोनों की ही होती थीं। तमाम लोगों के बीच भी नजरें चुराकर अकसर ही दोनों एक-दूसरे को निहार लेते और नजरें मिलने पर तुरंत

ही अनजान बनने का नाटक कर लेते।

अविनाश की मौजूदगी में हमेशा ही गौरी कुछ असहज रहती, लेकिन उससे सीधे कुछ भी न बोलती। वह बात अलग है कि उस परिवार के साथ अगली मुलाकात का इंतजार उसे हमेशा ही इसीलिए बना रहता कि इसी बहाने अविनाश से मिलने का भी मौका मिलेगा, लेकिन सामना होने पर हमेशा बेजुबान ही रह जाती!

अविनाश कभी-कभार कुछ बात करता, तब भी वह मुग्ध-सी बस उसे देखती-सुनती रह जाती। मतलब भर का जवाब ही दे पाती और फिर बाद में घंटों पछताती कि खुद भी कुछ बात करने की कोशिश क्यों न की। बाद में, कितनी ही बार उसने अगली बातचीत के लिए कल्पनाओं में पूर्वाभ्यास भी किया, लेकिन हर बार सारे पूर्वाभ्यास बेकार ही साबित हुए। अगली बार फिर जब अविनाश ने उससे कुछ पूछा या कहा तो उसने अपनी वही किंकर्तव्यविमूढ़वाली प्रतिक्रिया ही दी।

कभी-कभी वह महसूस करती कि उसकी ऐसी प्रतिक्रिया देख अविनाश के चेहरे पर मुसकराहट छलक आती है, लेकिन समझ न पाती कि उस पर हँस रहा है या उसके भावों को समझ खुश हो रहा है।

उनके खामोश प्रेम में पशोपेश की ऐसी स्थिति तब तक बनी रही, जब तक अविनाश से उसकी मुलाकात अचानक घर से बाहर नहीं हुई। उस मुलाकात के बाद उसके मन से अविनाश से बात करने का सारा संकोच जाता रहा।

हुआ यूँ कि उसी साल गौरी ने कॉलेज में प्रवेश लिया था। कॉलेज दूर होने के कारण अकसर उसे रिक्शा या कोई और सवारी मिलने में काफी परेशानी होती थी। एक दिन कॉलेज के बाहर उसे मुश्किल से एक रिक्शा तो मिला, लेकिन वह भी घर तक जाने को तैयार न हुआ। रास्ते में एक बड़ी मार्केट पड़ती थी। उसी मार्केट में वह रिक्शा छोड़कर दूसरे रिक्शे के लिए इंतजार करने लगी। देर होने के कारण उसकी बेचैनी बढ़ती ही जा रही थी। शाम को पाँच बजे के आस-पास अकसर रिक्शे जमा करने का समय होता था, इसी चक्कर में रिक्शा मिलने में और भी मुश्किल हो रही थी। घड़ी की सुइयाँ तेजी से भागी चली जा रही थीं, घबराहट बढ़ती जा रही थी, लेकिन रिक्शा नहीं मिला तो नहीं मिला।

स्कूल के दिनों में कितना आराम था, स्कूल-बस से आराम से आना-जाना हो जाता। कॉलेज आने-जाने की परेशानी से उसका नया-नया परिचय हुआ था। जब बहुत देर तक कोई भी रिक्शा न मिला तो अँधेरा होने के डर से वह पैदल

ही आगे बढ़ने लगी। बीच-बीच में पलटकर देखती कि शायद कोई खाली रिक्शा आ रहा हो, लेकिन हर बार निराशा ही हाथ लगती।

इसी क्रम में एक बार पीछे पलटने पर उसे दूर से एक रिक्शा आते हुए दिखा। वह खाली ही लग रहा था। रुककर उसके नजदीक आने का इंतजार करने लगी, लेकिन जैसे ही रिक्शा नजदीक आया, उसे उसमें बैठी सवारी भी दिखाई दी और देखकर वह बस हताश ही रह गई। वापस मुड़ी ही थी कि देखा, ठीक सामने अविनाश खड़ा था।

"यहाँ कहाँ घूम रही हो?"

उसके सवाल पर गौरी कुछ देर बस एकटक उसे देखती ही रह गई। आँखों पर विश्वास ही नहीं हो रहा था। निराशा के उस अँधेरे में अचानक ये चाँद कहाँ से आया! उसका मन अनायास ही खिल गया। अजब-सा सुख महसूस हुआ। खुशी की एक लहर रोमांचित कर गई।

"आप यहाँ?" अविश्वास के साथ बुदबुदा उठी थी वह।

"अरे, मैं तुमसे कुछ पूछ रहा हूँ और तुम हो कि जवाब देने की बजाय मुझसे ही सवाल कर रही हो?"

सुनकर गौरी थोड़ी सकपका गई, लेकिन दूसरे ही क्षण अविनाश के चेहरे पर मंद-सी मुसकराहट देख वह सामान्य हुई।

"कॉलेज से लौट रही थी। बस, यहाँ तक का रिक्शा मिला था।...अब आगे जाने के लिए कोई तैयार ही नहीं हो रहा..."

अविनाश ने सड़क के दोनों ओर निगाह दौड़ाई। रिक्शे तो वास्तव में नहीं दिखाई दे रहे थे। देखकर अविनाश ने एक बार फिर गौरी के चेहरे पर नजर डाली। उसके चेहरे पर घबराहट और चिंता की लकीरें स्पष्ट थीं। महसूस करके बोल पड़ा, "आओ, थोड़ी देर दुकान में बैठो। मैं किसी को भेजकर रिक्शा मँगवा देता हूँ।"

इस बार गौरी की हैरानी और भी बढ़ गई।

"दुकान कहाँ?"

उसके चेहरे पर उतना ही आश्चर्य था, जितना उसकी आवाज में था। अभी तक तो अविनाश का वहाँ अचानक मिलना ही उसे हैरानी में डाल रहा था, अब दुकान के जिक्र ने उसे और भी अधिक हैरान कर दिया था।

अविनाश उसकी हैरानी का कारण समझ गया और मुसकराते हुए अपनी

दुकान का ओर इशारा किया, "ये हमारी दुकान ही तो है।"

सुनकर गौरी ने दुकान की ओर देखा था। अब समझ में आया कि कैसे अविनाश उसे यहाँ अचानक मिल गया।

दूसरे ही क्षण अविनाश ने जोड़ा, "आ जाओ। पापा भी हैं।"

और यह सुनते ही उसके पाँव जहाँ थे, वहीं ठिठक गए। अविनाश से यूँ अचानक मिलना बहुत ही सुखद अनुभव था, लेकिन उसके पापा की मौजूदगी में दुकान जाने की बात से मन संकोच से भर गया।

अपना संकोच छुपाते हुए केवल इतना ही बोल सकी, "और भी देर हो जाएगी…"

"और पैदल जाने से बहुत जल्दी पहुँच जाओगी?" अविनाश के डपटने पर वह हँसी पड़ी।

"कभी-न-कभी तो पहुँच ही जाऊँगी" सुनकर अविनाश भी हँस पड़ा था। और उसने हँसते हुए ही जोड़ा, "चलो, बैठो अंदर।"

इस बार उसके शब्दों में एक मीठा-सा अधिकार था। गौरी विरोध न कर सकी और चुपचाप उसके पीछे दुकान की ओर बढ़ गई। दुकान क्या, कपड़ों का अच्छा-खासा बड़ा शोरूम था। बच्चों, बड़ों, युवाओं, सभी के लिए तरह-तरह के रेडीमेड कपड़ों के काउंटर, दाहिनी ओर एक गोल्डन कलर की रेलिंगवाली सीढ़ियाँ पहली मंजिल पर जाती हुईं, जहाँ ड्रेस मैटीरियल और साड़ियों का कलेक्शन था। हर काउंटर पर मुस्तैदी से काम करते कुछ लड़के-लड़कियाँ और कैश-काउंटर पर अपनी परिचित-सी मुसकान के साथ बैठे अंकल! उन्होंने बड़े अपनेपन से गौरी का स्वागत किया। गौरी को अब समझ में आया कि उन लोगों ने शोरूम के अंदर से ही उसे देख लिया था और अंकल ने ही अविनाश को उसके पास भेजा था।

"आओ बैठो, बेटे," उसका स्वागत करने के साथ ही अंकल ने तेजी से अपने एक कर्मचारी को आदेश दिया, "किशोर, जा बेटा। जल्दी से कुछ समोसे और ठंडा ले आ…और कोई रिक्शा मिले तो वो भी देख लियो जरा।"

सुनकर गौरी थोड़ा सकुचा गई। तुरंत ही बोल पड़ी, "नहीं, अंकल। कुछ मँगवाइए नहीं। बस, जल्दी निकलूँगी। बहुत देर हो गई है।"

गौरी की आवाज में एक बार फिर घबराहट झलकने लगी थी, लेकिन फिर भी उसकी बात पर अंकल मुसकरा दिए और बोले, "अरे, जानते हैं, देर हो गई

है। इसीलिए तो रिक्शा लेने भेजा है न, या पैदल ही जाना है?"

अविनाश उसे देख हँस ही पड़ा था।

इस तरह हँसते देख गौरी को गुस्सा तो बहुत आया, लेकिन कुछ बोल न सकी। बस, मुँह फुलाकर सिर झुकाए बैठ गई। देखकर अंकल भी मुसकराते हुए बोले, "चिंता मत करो बेटा, मैं अभी तुम्हारी मम्मी को फोन कर देता हूँ।"

उनका वाक्य पूरा भी न हुआ था और उन्होंने झटपट फोन का रिसीवर उठाकर नंबर डायल कर दिया और उसकी मम्मी को सारी बातें विस्तार से बता दी थीं। यह देखकर गौरी को भी तसल्ली हो गई।

इसी बीच दुकान में ग्राहक बढ़ने लगे और सभी कर्मचारियों के साथ-साथ अंकल और अविनाश भी अपने-अपने कामों में व्यस्त हो गए। गौरी चुपचाप कभी उनके काम-काज की व्यवस्था को निहारती, तो कभी दुकान में रखे सामान को और रह-रहकर उसका ध्यान अविनाश की ओर चला जाता। यों तो वह अपने काम में व्यस्त था, लेकिन बीच-बीच में उसकी ओर देखकर मुसकरा देता मानो आँखों से ही उसे तसल्ली देता कि वह अकेली नहीं है। यह देखकर वह भी आनंदित हो जाती।

थोड़ी ही देर में किशोर बाबू आ गए। हाथ में नाश्ते आदि का ढेरों सामान था, लेकिन जुबान पर वही निराशाजनक खबर, "बाबूजी, रिक्शा तो नहीं मिला।"

सुनकर अविनाश और अंकल ने पहले किशोर की ओर देखा और फिर गौरी की ओर। उसकी आँखों से छलकती चिंता को पढ़कर अंकल तुरंत ही बोल पड़े थे, "कोई बात नहीं। नाश्ता कर लो, घर तो तुम्हें अविनाश पहुँचा देगा।"

सुनकर उसने अविनाश की ओर देखा। उसी समय उसने भी गौरी की प्रतिक्रिया जानने के लिए उसकी ओर देखा था। दोनों की आँखों में अजब-सा उल्लास छलक आया था, लेकिन मन का उल्लास कहीं बाहर न छलक जाए, इस कोशिश में लगभग तुरंत ही अविनाश बोल पड़ा, "हाँ, क्यों नहीं? मैं तो हूँ ही ड्राइवर। बस, किराया दे देना।"

उसकी बात सुनकर दुकान में मौजूद सभी लोगों के साथ ही गौरी भी हँस पड़ी थी। हँसी के माहौल में गौरी बड़ी सरलता से घुल गई। उसके अंदर से संकोच भी जाता रहा और वह सहज महसूस करने लगी। थोड़ी ही देर में अविनाश उसे घर छोड़ने के लिए निकल पड़ा था। दोनों ही इस साथ के लिए अति उत्साहित थे। दोनों के ही मन में न कोई डर था और न ही संकोच।

आखिर अविनाश के पिताजी के आदेश पर ही तो अविनाश उसे छोड़ने जा रहा था। गौरी की माँ की जानकारी में तो वह अविनाश के साथ जा रही थी! ऐसे में किसका डर होता, कौन रोकता उन्हें, कौन टोकता? दोनों ही बस उड़ चले थे, बेफिक्र सपनों की उड़ान पर। शब्द मूक थे, लेकिन धड़कनों की आवाज दो दिल स्पष्ट सुन रहे थे।

अविनाश दुकान का काम बीच में छोड़कर गौरी के साथ निकल पड़ा था, लेकिन काम छोड़ने की कोई चिंता न थी। वह जानता था कि काम पापा सँभाल रहे थे और पापा को भी पापा ही सँभाल रहे थे। आखिर उन्होंने खुद ही तो उसे भेजा था। इधर गौरी भी निश्चिंत थी। उसको कॉलेज से लौटने में देर हो गई थी, लेकिन उसे भी कोई चिंता न थी। उसकी माँ से तो अंकल ने खुद बात कर ली थी, देरी का कारण बता दिया था और उसे अविनाश के साथ भेजने का आश्वासन भी दे दिया था। वे दोनों हर तरह की चिंता, डर, संकोच से मुक्त थे और बाइक की रफ्तार में शाम की मंद हवा को अपने चेहरों पर महसूस करते बस उड़े ही जा रहे थे।

घर के सामने पहुँचकर अविनाश ने बाइक रोकी और जैसे ही गौरी नीचे उतरी, वह बोल पड़ा, "किराया?"

हतप्रभ गौरी बस उसकी ओर देखती रह गई। अविनाश की आँखों से छलकती शरारत को देख मन-ही-मन मुसकरा उठी भावनाओं को नियंत्रित करके उसने पूछा, "क्या?"

"अरे, किराए की बात तय हुई थी न! दोगी नहीं? मुफ्त में यहाँ तक छोड़ने चला आया?"

गौरी निःशब्द खड़ी रह गई। थोड़ी देर चुपचाप उसे देखती रही। आँखों में सकुचाहट घिरने लगी थी। अविनाश की गहरी निगाहें उसकी आँखों की बदलती रंगत पर टिक गईं। यह देखकर गौरी ने आँखें झुका लीं। कुछ पल तो अविनाश ने उसे देखा और फिर हँस पड़ा, "चलो, फिर चलता हूँ। मुझसे बढ़िया तो रिक्शावाला ही है।" बुदबुदाते हुए बाइक वापस मोड़ने लगा।

सुनकर गौरी भी हँस पड़ी और तपाक-से बोली, "चाय तो पीकर जाइए!"

उसने एक बार फिर पलटकर गौरी की ओर देखा और एक बार फिर उसकी आँखें शरारत से चमक उठीं, "मतलब, यहाँ तक छोड़ने का किराया एक कप चाय?"

सुनकर गौरी भी हँस दी।

"हाँ! यही समझ लीजिए।" उसके शब्दों में आत्मविश्वास आ गया था, लेकिन अविनाश तो, "नहीं, आज चलता हूँ। किसी और दिन…" कहकर लगभग तुरंत ही चला गया।

इसके बाद तो मिलने-जुलने और बातचीत का सिलसिला बढ़ने ही लगा और साथ ही बढ़ने लगीं दोनों के बीच की अनौपचारिकता। अविनाश के प्रति गौरी के मन में आकर्षण बढ़ता ही जा रहा था। पहले जिस तरह से वह उसे देखकर संकुचित हो जाती थी, वह बात करे तो मुँह से बोल भी न फूटते थे, वहीं अब वह निस्संकोच होती जा रही थी। अब तो वह अविनाश के साथ बेधड़क बात करती और खुलकर हँसती।

कुछ ही दिनों बाद दोनों परिवारों की मुलाकात में घर के बड़ों ने अविनाश और गौरी के इस मेल-मिलाप को बढ़ाने के रास्ते खुद ही खोल दिए।

उस दिन गौरी को देखते ही गिरीश अंकल उससे पूछ बैठे, "और बेटे, आगे तो कभी रिक्शा मिलने में तकलीफ नहीं हुई?"

सुनकर गौरी भी तपाक-से बोल पड़ी थी, "उसके बाद तो बस दो-तीन दिन ही गई हूँ, अंकल, लेकिन परेशानी तो है कि सीधे घर तक का रिक्शा नहीं मिलता।"

इस पर अविनाश की बहन सोनल भी बोल पड़ी थी, "याद है, पापा, पिछले साल तक ऐसे ही मैं भी परेशान होती थी। फिर बाद में तो मैं दुकान पर ही आ जाती थी और भैया मुझे छोड़ने आता था।" और जल्दी ही वह चहकी थी, "लेकिन अब फाइनल इयर में अच्छा है। अब तो सारी क्लासेस दोपहर में ही खत्म हो जाती हैं और दो बजे तक मैं घर भी पहुँच जाती हूँ!"

सोनल का अनुभव सुनने के साथ ही इस समस्या को शाम को कॉलेज से लौटनेवाली सभी लड़कियों के लिए एक सार्वभौमिक समस्या मान लिया गया और दोनों परिवारों के सभी सदस्यों की सर्व-सम्मति के बाद यह प्रस्ताव भी पारित हो गया कि ऐसी स्थिति में गौरी को भी गिरीशजी की दुकान ही पहुँच जाना चाहिए और वहाँ से आगे घर तक का रास्ता अविनाश के साथ बाइक पर तय करना चाहिए।

साथ ही, गिरीश बाबू ने घोषणा कर दी, "तो तुम्हारे लिए भी कोई परेशानी की बात नहीं है। सीधे हमारी दुकान तक का रिक्शा लो। अगर वहाँ से दूसरा

रिक्शा मिल गया तो ठीक। नहीं तो अविनाश है न, छोड़ दिया करेगा।"

ऐसी मनोवांछित घोषणा सुन अविनाश का मन तो उछाल मारने लगा। मन में उठ रही उमंग छुपाना उसके लिए बहुत ही कठिन था, लेकिन भीतर जो एक चोर बैठा था, वह तो बस चोरी-छुपे ही खुश होना चाहता था। तो बस, अपनी खुशी को केवल खुद तक ही सीमित रखने की कोशिश में बोल पड़ा, "हाँ, हाँ, क्यों नहीं? ड्राइवर तो मैं हूँ ही।"

बोलकर गौरी की ओर देखा था और पिछले दिन की बात को याद कर गौरी ही नहीं, गिरीश बाबू भी अविनाश के साथ हँस पड़े थे।

माहौल तो हलका-फुलका ही था, लेकिन अविनाश की टिप्पणी पर गौरी की माँ, सुधाजी के मन में थोड़ा संकोच आ गया। उन्हें लगा, उनकी बेटी के कारण अविनाश को परेशानी उठानी पड़ेगी, सो बोल पड़ीं, "अरे नहीं-नहीं गिरीश भाई साहब, अविनाश को क्यों परेशान करते हैं? आ जाएगी ये। आखिर और लड़कियाँ भी तो आती हैं।"

सुनते ही अविनाश को अपनी गलती का अहसास हुआ। निराश गौरी चुपचाप सिर झुकाकर बैठ गई। अभी-अभी तो रोज-रोज मिलने का कितना सुंदर और आसान बहाना मिला था और कैसे तुरंत ही सारे अरमानों पर पानी फिर गया। अविनाश ने महसूस किया कि उसने गलत समय पर मजाक कर दिया। अब परिणाम तो भुगतना ही पड़ेगा। फिर भी, आंटी के सामने सफाई देने की कोशिश की, "अरे आंटी, मैं तो बस मजाक…"

उसकी बात पूरी होती, इससे पहले उसकी माँ का सखी-प्रेम उमड़ आया और उन्होंने पूरे दुलार के साथ अपनी बचपन की सहेली को डपटा, "इसमें परेशानी कैसी, सुधा? आखिर सोनल को छोड़ने आता था या नहीं? वैसे ही गौरी को भी छोड़ दिया करेगा।" लताजी आखिर अपनी सहेली का संकोच कैसे सहन करतीं?

गिरीश बाबू ने भी पत्नी का साथ देते हुए जोड़ा था, "अरे सुधाजी, अविनाश की बातों पर न जाइए। यह तो मजाक कर रहा है।"

माता-पिता का ऐसा स्नेह बना रहे, तब तो कभी कोई प्रेमी बिछड़े ही नहीं, लेकिन अफसोस! ऐसा हो नहीं पाता। फिलहाल तो गौरी और अविनाश को माता-पिता का भरपूर प्रेम और सहयोग मिल रहा था।

बस जी, फिर क्या था! दोनों परिवारों के मिले-जुले प्रयास से गौरी और

अविनाश का मेल-मिलाप अपनी स्पीड पकड़ने को तैयार था। उन दोनों के मन तो कब ही बाइक पर सवार उड़े चले जा रहे थे और अब तो दोनों के माता-पिता ने खुद ही उनकी बाइक की सर्विसिंग भी करवा दी थी, उसमें पेट्रोल भी डलवा दिया था। उन्हें तो बस अब गीयर लगाने भर की देर थी, जिसके लिए वे दोनों ही पूरे जतन से तैयार थे।

जल्दी ही गौरी को कॉलेज से घर तक के लिए सीधे रिक्शा न मिला। उसने अविनाश की दुकान तक के लिए रिक्शा ले तो ली, लेकिन वहाँ पहुँचने पर संकोच होने लगा। सोचने लगी, "आ तो गई हूँ, लेकिन कहीं गिरीश अंकल समझ न जाएँ कि मैं इसी बहाने अविनाश के साथ जाना चाहती हूँ, लेकिन उन्होंने खुद ही तो कहा था।...हाँ, कहा तो था, पर ये भी तो हो सकता है कि वो बस औपचारिकता कर रहे हों! क्या पता उन्होंने यूँ ही कह दिया हो, सोचा ही न हो कि मैं सचमुच पहुँच जाऊँगी।"

जितना सोचती, उसकी चिंता और भी अधिक बढ़ती चली जाती।

"अब क्या करूँ?" सोचकर वह पशोपेश में कुछ देर वहीं दुकान के सामने ही खड़ी रह गई।

तभी दुकान के अंदर से किशोर बाबू पधारे, "अरे दीदी, आप यहाँ? क्या हुआ? आज फिर रिक्शा नहीं मिला?"

उसके चेहरे पर स्वाभाविक मुसकराहट थी, लेकिन गौरी को लगा, जैसे वह उस पर हँस रहा हो।

"अब तो सभी के लिए रिक्शा न मिलना कितना बड़ा मुद्दा बन चुका है? कल को संसद में भी इसके चर्चे होंगे!" सोचकर खीझ उठी थी गौरी। किसी तरह से अपनी हिचकिचाहट पर काबू पाकर पूछ बैठी, "वो...अविनाशजी हैं क्या?"

"हाँ, हाँ, भैया तो अंदर ही हैं। आप आइए न।" उसने पूरी खुशमिजाजी और सत्कार के साथ गौरी का स्वागत किया।

"अरे, नहीं-नहीं। मैं तो बस यूँ ही पूछ रही थी। यहाँ खड़ी रहूँगी तो शायद कोई रिक्शा मिल ही जाए।" गौरी का संकोच बढ़ता ही जा रहा था। उसने किसी तरह समझा-बुझाकर किशोर बाबू को वहाँ से चलता किया, लेकिन किशोर बाबू तो आखिर अपने बाबूजी के वफादार ठहरे। उस पर लड़की का मामला। मालिकों को तो बताना ही था। दुकान के अंदर पहुँचकर बड़ी ही तत्परता से बाबूजी और भैयाजी दोनों को सूचित किया कि गौरी दीदी आज भी दुकान के

बाहर खड़ी रिक्शा खोज रही हैं। साथ ही जोड़ा, "मैंने अंदर आने के लिए बहुत कहा, पर वह आई नहीं।"

अविनाश कुछ देर तो उसे देखता ही रह गया। समझ गया कि गौरी भीतर आने में संकोच कर रही है। हालाँकि गौरी के आगमन की खबर से उसका मन एक बार फिर उमंग से भर गया था, लेकिन मन की चंचलता कहीं व्यवहार से छलककर बाहर न आ जाए, इस डर से उसने चुपचाप सिर झुका लिया और काम में जुट गया। बल्कि कहना चाहिए, ऐसा अभिनय करने लगा।

पापा ने उसकी ओर देखा और उन्हें शायद अविनाश का व्यवहार विचित्र भी लगा। सो, खुद ही बोल पड़े, "अरे, बैठे क्या हो? जाओ देखो, बुलाकर लाओ उसे।"

सुनकर अविनाश बिना कोई प्रतिक्रिया दिए उठ गया। दो ही कदम बढ़ाए होंगे कि पापा ने आगे जोड़ा, "सुनो, शायद उसे अंदर आने में संकोच हो रहा होगा। सीधे घर ही छोड़ आओ, फटाफट।"

पापा की संवेदनशीलता को महसूस कर अविनाश ने पलटकर एक क्षण उनकी ओर देखा, मुसकराया और फिर बाइक की चाबी लेकर तेजी से दुकान से बाहर निकल गया।

दुकान के बाहर, सड़क के किनारे फुटपाथ पर खड़ी गौरी को रिक्शे के लिए व्याकुल होते देख, उसकी आँखों में एक बार फिर शरारत छलक आई और बनावटी गुस्से से पूछ बैठा, "अब क्या हो गया?"

गौरी ने उसकी ओर देखा। शब्दों के तेवर चेहरे की भाव-भंगिमा से मेल नहीं खा रहे थे, लेकिन उसके मन में क्या है, समझ नहीं सकी। थोड़ी देर ठहरकर समझने की कोशिश करने लगी कि कहीं काम में बाधा आ जाने से वह नाराज तो नहीं। फिर धीमे-से बोल पड़ी, "रिक्शा" और बस कंधा उचका दिया। देखकर अविनाश हँस दिया और "चलो", कहकर बाइक की ओर बढ़ गया। बाइक स्टार्ट करके एक बार फिर गौरी की ओर देखा। वह अभी भी अपनी जगह पर खड़ी अविनाश की ओर देख रही थी।

"क्या हुआ? चलो बैठो, जल्दी," सुनकर वह बाइक की ओर बढ़ी और सँभलकर बैठ गई। गौरी का संकोच बरकरार था, लेकिन अविनाश के दिल में तो हिलोरें उठ रही थीं। वैसे गौरी का दिल भी कुछ कम नहीं उछल रहा था, लेकिन उसका मन बार-बार संकोच से भी भर जाता था। दिल के कोने में दुबकी चोर

भावना के बाहर आ जाने से भी डरी जा रही थी वह।

दोनों खामोश थे। शाम के खुशनुमा मौसम को महसूस कर रहे थे। थोड़ा आगे बढ़े ही थे कि अविनाश ने उससे पूछा, "बाहर क्यों खड़ी थीं, दुकान में क्यों नहीं आईं?"

गौरी को कोई जवाब नहीं सूझा, तो बस थोड़ी देर चुप ही रह गई। शब्दों को बटोरने का प्रयास कर ही रही थी कि अविनाश दोबारा बोल पड़ा, "मैं कुछ पूछ रहा हूँ। जवाब क्यों नहीं दे रही?"

"वो···वो···" कहकर गौरी फिर चुप रह गई। क्या बोले, क्या जवाब दे, समझ ही नहीं पा रही थी। अचानक अविनाश ने बाइक में ब्रेक लगा दी और गाड़ी रोककर चुपचाप खड़ा उसे देखने लगा। गौरी भी आश्चर्यचकित बस उसकी ओर तकने लगी।

"तुम क्या सचमुच ही मुझे ड्राइवर समझ रही हो या रिक्शावाला? कुछ पूछ रहा हूँ और तुम हो कि···" गौरी स्तब्ध बस उसे देखती रह गई। कुछ समझकर अविनाश ने थोड़ी नरमी से एक बार फिर पूछा, "क्या बात है? कुछ बोल क्यों नहीं रही?"

इस बार उसकी नरम आवाज ने गौरी का हौसला बढ़ाया और उसने थोड़ा रुककर जवाब दे ही दिया···"अंकल···क्या सोचेंगे···अगर मैं ऐसे रोज-रोज···"

उसका आधा-अधूरा जवाब ही अविनाश के लिए काफी था। वह समझ गया कि पापा को एकदम सही संदेह हुआ था। वह मुसकराकर गौरी की ओर देखने लगा। गौरी भी कुछ देर तो चुपचाप उसे देखती रही। फिर संकोचवश निगाह फेरकर दूसरी ओर देखने लगी। ढलते सूरज की लालिमा उसके चेहरे पर बिखरी देख अविनाश की आँखें भी मुसकरा उठी थीं।

फिर अविनाश धीमे-से बोला, "वो क्यों कुछ सोचेंगे? उन्होंने खुद ही तो तुमसे कहा था न···"

सुनकर गौरी ने उसकी ओर देखा, "कहना और बात है, लेकिन उन्होंने ऐसा थोड़े न सोचा होगा कि मैं सचमुच ही पहुँच जाऊँगी?"

सुनकर अविनाश ने हँसकर सिर हिला दिया था, "ऐसा कुछ भी नहीं है। बेकार का संकोच कर रही हो।"

गौरी को समझाने की कोशिश की, लेकिन गौरी का मन बदल ही नहीं रहा था और वह बुदबुदाने लगी, "न जाने क्या सोच रहे होंगे वो?"

"अरे, कुछ नहीं सोच रहे वो। तुम ही सारा उलटा-पुल्टा सोचती रहती हो। उन्होंने खुद ही मुझे बोला कि तुम्हें छोड़कर आऊँ।"

अविनाश ने गौरी का मनोबल बढ़ाने की कोशिश की। गौरी ने अविश्वास के साथ कुछ पल उसकी ओर देखा, लेकिन आत्मविश्वास आता, इससे पहले ही फिर से संकोच ने आ घेरा था। वह सिर झुकाकर धीमे-से बोल पड़ी, "बार-बार ऐसे आपकी दुकान पर आना मुझे ठीक नहीं लगता···"

बोलकर एक बार फिर अविनाश के चेहरे की ओर देखा। उसके चेहरे पर मुसकराहट थी, लेकिन आँखों में गंभीरता थी, मानो गौरी के मन को पढ़ने की, उसे समझने की कोशिश कर रहा हो। थोड़ा रुककर फिर पूछा, "फिर क्या करोगी? रिक्शा नहीं मिला तो घर कैसे जाओगी?"

इस बात पर गौरी को कोई भी जवाब नहीं सूझा और सिर झटककर दूसरी ओर देखने लगी। उसके चेहरे पर व्याकुलता स्पष्ट दिखाई दे रही थी। फिर धीमे-से बुदबुदा उठी, "पता नहीं।"

इस बार अविनाश की मुसकराहट कानों तक फैल गई थी, "ये नहीं पता कि कैसे जाओगी, लेकिन एक मुफ्त का ड्राइवर मिल गया है तो नखरे दिखा रही हो?" सुनकर गौरी भी अपनी हँसी रोक न सकी।

"क्या बेकार में 'ड्राइवर-ड्राइवर' करते रहते हैं?" और इसके साथ ही दोनों खिलखिला दिए थे।

हँसी का दौर थमने पर अविनाश ने संजीदगी से कहा था, "जानबूझकर अपनी परेशानी क्यों बढ़ा रही हो? तुम्हें पापा से संकोच है न? तो ऐसा करना कि गेट पर जो भी दिखे, उससे मुझे बुलवा लेना। कोई-न-कोई तो हमेशा रहता ही है वहाँ। ये ठीक रहेगा?"

गौरी को यह बंदोबस्त बिल्कुल सही लगा। आज भी तो किशोर ने उसके आने की खबर दी थी। इस बार खुशी से सिर हिला दिया। उसकी सहमति ने अविनाश को भी राहत दी। एक बार फिर दोनों बाइक पर सवार हुए। इस बार बाइक गौरी के घर के सामने पहुँचकर ही रुकी।

बाइक से उतरने पर एक बार फिर गौरी ने उसे घर आकर चाय पीने का न्योता दिया, लेकिन उसे तो वापस दुकान पहुँचने की जल्दी थी। "नहीं, किसी और दिन। अभी दुकान वापस जाना है। बस, तुम किराया दे दो और मैं चलूँ" बोलकर अर्थपूर्ण ढंग से मुसकराया और उसकी आँखों से छलकती शरारत को देख गौरी हँस पड़ी।

"ठीक है, चलता हूँ फिर। अच्छी सवारी पकड़ी है। लगता है, आज भी किराया नहीं मिलेगा…", चेहरे पर बनावटी निराशा छलकाने की पूरी कोशिश की थी। इस बनावटी चेहरे को देख गौरी अपनी हँसी रोक न सकी। कोई जवाब न सूझा, तो कुछ सोचकर बोल पड़ी, "कल दूँगी।"

अब तक मजाक कर रहा अविनाश उसके जवाब पर चौंक पड़ा।

"कल दोगी? क्या?" इस बार दोनों की आँखों में शरारत भरी चमक उतर आई।

"अभी क्यों बताऊँ? कल खुद ही देख लीजिएगा।" बोलते-बोलते यूँ इतरा उठी, मानो कुछ बहुत ही अनूठा उपहार देनेवाली हो। अविनाश उसे बस अपलक देखता रह गया। इस बार वह निःशब्द था। भीतर तक आह्लादित हो उठा था। कुछ देर स्तब्ध, बस देखता रह गया गौरी को।

"अब जाइए न। देर नहीं हो रही? चाय के लिए बोलूँगी तो देरी होने लगेगी!" गौरी के शब्दों पर वह जैसे नींद से जागा था।

"चलता हूँ। कल इंतजार करूँगा…" बोलते हुए बाइक घुमाकर तेजी से वापस चला गया।

कुछ देर गौरी वहीं खड़ी उसे वापस जाते देखती रह गई। फिर धीमे-धीमे घर के गेट की ओर बढ़ गई। बावरी ही थी वह भी। अविनाश की शरारत का, दिल्लगी भरे सवालों का कोई जवाब नहीं सूझा तो कह दिया 'कल दूँगी!' पर क्या देगी कल? यह तो सोचा ही नहीं।

घर के अंदर कदम रखते-रखते गौरी इसी उधेड़-बुन में उलझकर रह गई कि अब कल अविनाश को क्या जवाब देगी या फिर किराए के नाम पर क्या देगी? उसकी शरारत भरी फरमाइश पर आह्लादित भी थी, लेकिन खुद अपने ही वायदे से परेशान भी हो उठी थी। इतने दिनों से जानती थी उसे, समझती थी कि अगर कल कोई वाजिब जवाब नहीं दिया तो वह और भी चिढ़ाएगा उसे।

'ठीक है! फिर कल दुकान नहीं जाऊँगी। अपने आप कॉलेज से आ जाऊँगी', गौरी ने झुँझलाकर निर्णय लिया, लेकिन अगले ही पल उसे अपने निर्णय पर खुद ही संदेह होने लगा। दिल और दिमाग के बीच ठन चुकी थी। दिमाग कुछ भी समझा ले, दिल तो उसे अविनाश की दुकान तक ले जाकर ही रहेगा।

'रिक्शा मिलेगा, तब तो खुद आने की कोशिश करूँगी!' उसने खुद को उलाहना दिया। रिक्शा न मिलने का बहाना तो उसे किस्मत से मिल गया था।

इस बहाने रोज-रोज अविनाश से मिलने का मौका वह कैसे छोड़ सकती थी?

'बस से आ जाऊँ?' दिमाग ने फिर भी सुझाव दिया, लेकिन दिमाग की हर तरकीब को दिल गलत साबित करने के लिए तैयार ही बैठा था।

'बस से? लेकिन बस स्टॉप तो हमारे घर से बहुत दूर है और कॉलेज से हमारी तरफ की बस बहुत देर से चलती है। रूट भी बहुत लंबा है। घर पहुँचते-पहुँचते पक्का अँधेरा हो जाएगा। न रे बाबा! फिर तो बड़ी डाँट पड़ेगी घर में।' सोच-समझकर इस विचार को भी खुद ही खारिज कर दिया।

'अब आगे क्या…' सोचते-सोचते फिर से एक युक्ति कौंधी।

'कल कॉलेज से जल्दी निकल आऊँगी। फिर तो रिक्शा मिलने में परेशानी भी न होगी।' इस बार अपनी श्रेष्ठ योजना पर इतरा उठी थी गौरी। यह बात अलग थी कि बार-बार दिमाग की सभी तरकीबों को खारिज कर देने का भी कोई-न-कोई तरीका उसका दिल सुझा ही देता। आखिर अविनाश से मिलने का, उसके साथ घर आने का इतना सुनहरा अवसर वह छोड़ भी तो नहीं सकती थी। यह और बात थी कि इस सच्चाई को वह दिल-ही-दिल में कहीं नकारने की भी कोशिश कर रही थी।

बहरहाल, इस बार उसकी श्रेष्ठ योजना पर उसे उसके दिमाग ने ही फटकारा था, 'जल्दी कैसे निकल आएगी, आखिरी लेक्चर छोड़ देगी?' यह काम वास्तव में मुश्किल था। कॉलेज में एक भी लेक्चर छोड़ना भारी पड़ता था। नोट्स मिलने में भी परेशानी होती। लेक्चर छूटने से टॉपिक भी समझ में नहीं आता।

'फिर क्या करूँ? माँ से पूछूँ? शायद उनके पास इस समस्या का कोई समाधान हो।' लेकिन इस बार तो उसके दिमाग ने दिल के इस सुझाव की खिल्ली ही उड़ानी शुरू कर दी।

'अच्छा जी! माँ से क्या पूछोगी, उन्हें क्या बताओगी, अविनाश के साथ नहीं आना, क्योंकि वे किराया माँगते हैं?'

'ओह! माँ भी न जाने क्या सोचेंगी! नहीं-नहीं। ये विचार तो बड़ा ही घटिया है।'

दिल और दिमाग के हर तरह के तर्क-वितर्क से जब वह हार गई तो उसके दिमाग ने ही उसे एक उत्तम सलाह दी, 'इससे अच्छा इस बात पर ध्यान दे कि किराया क्या देना है?'

'हाँ, बात तो सच है।' इस बार दिल और दिमाग एकमत थे।

'बेकार के बहाने सोचकर समय गँवाने से तो अच्छा है कि ये सोचूँ कि किराए के नाम पर उन्हें क्या दे सकती हूँ?' सोचकर गौरी अब इसी सवाल का जवाब खोजने की कोशिश करने लगी।

'क्या दूँ, क्या दूँ, क्या दूँ?' गौरी अपने दिमाग पर जोर डालने लगी। इतना जोर डालकर अगर किताबों को समझने की कोशिश की होती तो उस दिन पक्का एक न एक चैप्टर तो पूरा हो ही जाता, लेकिन वह तो किताबों से दूर आज किसी और ही उलझन में फँसी हुई थी।

एकबारगी विचार कौंधा, 'फूल दे सकती हूँ। हाँ! ये अच्छा रहेगा। पहले से खरीदकर बैग में रख लूँगी और जब वो मुझे घर पर छोड़ेंगे, तब दे दूँगी।' कुछ पल के लिए गौरी को लगा कि उसे उसकी समस्या का समाधान मिल गया था।

'फूल पसंद तो होंगे न उन्हें? हाँ, हाँ, पसंद क्यों नहीं होंगे? पसंद तो जरूर होंगे...' उसका मन अविनाश को किराए के रूप में फूल देने के लिए लगभग तैयार हो ही चुका था, कि अचानक दिमाग ने उलाहना दिया, 'कैसा घटिया, फिल्मी-सा आयडिया है! क्या सोचेगा वो, बड़ी रोमांटिक हो रही है।'

दिमाग की बात सुनते ही गौरी तुरंत चौकन्नी हो गई। 'नहीं, नहीं। इस तरह का कोई संकेत देना ठीक नहीं होगा। फूल-वूल का कोई गलत मतलब निकाल लिया तो न जाने मेरे बारे में क्या-क्या सोचेंगे?' और इस खयाल के साथ ही फूल देने का विचार पूरी तरह से रद्द कर दिया गया।

तुरंत ही दूसरे विकल्पों पर विचार करने के लिए दिमाग दौड़ाना शुरू किया गया, लेकिन काफी देर तक सोचने के बावजूद कोई फायदा ही नहीं हुआ। दिमाग तो दौड़-दौड़कर थक गया, लेकिन यह नहीं समझ में आया कि दिया क्या जाए? पता नहीं दिमाग दौड़ाने से पेट में चूहे कहाँ से कूदने लगे थे। भूख महसूस हुई तो सोचा 'देखूँ, फ्रिज में कुछ हो तो खा लूँ!' फ्रिज खोलते ही सामने चॉकलेट का एक पैकट रखा दिखाई दिया।

'चॉकलेट तो दे सकती हूँ!' मन एक बार उछल ही पड़ा था।

लेकिन दिमाग तो फिर से अपनी हिदायतों का टोकरा लेकर बैठा था, 'चॉकलेट तो अधिकतर लड़कियाँ या बच्चे पसंद करते हैं। कहीं पूछ बैठे, 'मुझे बच्चा समझ रखा है' तो? कहीं मेरी मजाक ही बना दी, तो?' और मन फिर से बुझ गया। चुपचाप चॉकलेट निकाली और खुद ही चट कर डाली।

शाम होने लगी थी। एक-एक करके मम्मी-पापा और दोनों भाई, सभी

घर आ गए और गौरी पहले उन सबके साथ चाय-नाश्ते, बातचीत में और फिर उसके बाद पढ़ाई में व्यस्त हो गई। पढ़ाई तो खैर क्या कर रही थी, सारे समय दिमाग में यही घूम रहा था कि कल अविनाश को क्या दिया जाए और अगर कुछ समझ में नहीं आता तो क्या बहाना बनाए। सोचते-सोचते नोट्स खोलकर बैठ गई, लेकिन पढ़ाई में मन तो लग नहीं रहा था। मन तो बार-बार अविनाश की ओर दौड़ लगा रहा था और दिमाग बार-बार उसके लिए 'किराया' तलाशने की मशक्कत में लगा हुआ था। हाथ में कलम थी। लिखते-लिखते हाथ ठहर गया और साथ ही निगाह कलम पर ठहर गई, 'पेन भी तो दिया जा सकता है!' मन से एक बार फिर आवाज आई थी।

सोचने लगी, 'ठीक लगेगा? लेकिन कौन सा? पहली बार कुछ दूँगी तो पेन भी अच्छा ही होना चाहिए···लेकिन अगर महँगा पेन खरीदा तो बेकार में उन्हें मेरी हँसी उड़ाने का मौका मिल जाएगा।'

इतने दिनों में वह अविनाश को इतना तो समझने ही लगी थी कि भावावेश में व्यर्थ पैसे उड़ाना उन्हें पसंद न था और फिर यहाँ तो बस एक मजाक ही चल रहा था। ऐसे में अगर वह कोई महँगी चीज खरीदेगी तो अविनाश पक्का उसका मजाक बनाएँगे और क्या पता डाँट ही दें। उसकी सोच वाजिब ही थी, वह जानती थी।

'तो फिर क्या दूँ?' इस बार तो गौरी झुँझला ही गई थी। न पढ़ाई में मन लग रहा था और न ही समस्या का कोई समाधान ही मिल रहा था।

'कोई नहीं।···कुछ नहीं दूँगी···बोल दूँगी, कुछ समझ में नहीं आया···खुद ही बताएँ, क्या चाहिए! झूठ-मूठ का किराया-किराया लगा रखा है! बस मजाक करते रहते हैं और कुछ नहीं।'

सोचकर पढ़ाई में मन लगाने की कोशिश करने लगी। किताबों और नोट्स में उलझी ही हुई थी कि उसका ध्यान अपनी मेज पर रखे उस 'बर्थडे कार्ड' पर गया, जो उसकी दोस्त ने उसे दिया था, खुद अपने हाथ से बनाकर और इस कार्ड ने गौरी को एक नायाब युक्ति सुझाई, 'एक कार्ड बना लेती हूँ, थैंक्यू कार्ड! हाँ! ये ठीक रहेगा। ये बढ़िया विचार है। इसमें कोई बुराई नहीं। कुछ गलत नहीं लगेगा। व्यर्थ पैसा भी नहीं उड़ाएगी और न ही इसमें किसी तरह का कोई रोमंटिक विचार लगेगा।'

सारे पहलुओं पर विचार करने के बाद उसे यह युक्ति हर प्रकार से उत्तम

कोटि की प्रतीत हुई। फिर क्या था? फटाफट पढ़ाई की किताब-कॉपियों को किनारे किया गया, अलमारी से चार्ट पेपर निकालकर उसे सही आकार में काटा गया। दो फोल्ड करके मोड़ दिया और पहले पेज पर स्केच पेन, क्रेयॉन और न जाने किन-किन सामग्रियों की मदद से फूलों का एक छोटा सा गुलदस्ता बनाया, अंदर खूबसूरत अक्षरों में सजावट के साथ अंग्रेजी में लिखा, 'थैंक्यू'! फिर कार्ड के बाहरी हिस्से में चारों ओर एक सुंदर से डिजाइन के साथ बॉर्डर बनाया और भीतर की ओर 'थैंक्यू' के चारों ओर रंग-बिरंगे फूल और सितारे आदि से सजावट करके कार्ड को अंतिम रूप दिया गया।

कुछ ही मिनटों में बहुत ही सुंदर-सा कार्ड तैयार हो गया था। हो भी क्यों न! आखिर, इन सब कामों में बड़ी माहिर थी गौरी। पढ़ाई से अधिक तो इन्हीं कामों में दिल लगता था। कार्ड बनाकर कुछ देर खुद ही निहार-निहारकर खुश होती रही और फिर एक लिफाफे में सहेजकर रख दिया और लिफाफे को कॉलेज के बैग में सारी नोटबुक के पीछे ऐसे छुपाकर रखा कि किसी दोस्त की नजर भी न पड़े उस पर।

अब वह संतुष्ट थी। न केवल अपने विचार पर खुश थी, बल्कि अपनी कलाकारी से भी पूरी तरह से आश्वस्त थी। सुबह कॉलेज जाने से पहले एक बार फिर से कार्ड को निकालकर देखा, अपनी कलाकारी का ठीक से मूल्यांकन किया कि कोई कमी तो नहीं रह गई और फिर से उसे सहेजकर वापस उसी जगह रख दिया जहाँ से निकाला था। बस, फिर कॉलेज के लिए निकल गई।

कॉलेज खत्म होने के बाद रिक्शा लिया। आज घर तक के लिए रिक्शा लेने की कोशिश ही नहीं की। सीधे अविनाश की दुकान तक का ही रिक्शा लिया और पहुँच गई उसकी दुकान के पास। थोड़ी दूर पहले ही रिक्शा छोड़ दिया और पैदल दुकान के गेट तक पहुँची। बाहर खड़े किशोर बाबू ने तुरंत ही उसके पास आकर अपनी खुशी जाहिर की, मानो उसके आने का ही इंतजार कर रहे थे।

"दीदी, आ गईं आप? ठहरिए, मैं अभी भैया को बुलाकर लाता हूँ।" बोलते ही दुकान के अंदर चला गया और लगभग तुरंत ही वापस भी आ गया। "भैया आ रहे हैं" बोलकर मुसकराया था। उसे शायद इस काम के लिए पहले से निर्देश दिए गए थे। लगभग पीछे ही अविनाश भी निकला। गौरी को देख कुछ बोला नहीं। बस, मुसकराया था। वह भी बस मुसकरा दी और दोनों ही बिना कुछ बोले बाइक की ओर बढ़ गए।

आज आसमान में बादल छाए थे। दोपहर में हलकी रिमझिम भी हुई थी, जिसके कारण इस समय तक मौसम काफी खुशनुमा हो गया था। ऐसे खूबसूरत मौसम में दो दीवाने बाइक पर सवार बस उड़ ही चले थे। माहौल काफी फिल्मी था, सो उन दोनों की भावनाएँ भी काफी फिल्मी-सी हो रही थीं। दोनों खुद को किसी फिल्मी जोड़े से कम नहीं समझ रहे थे। बस, फर्क इतना था कि सड़क पर चिल्ला-चिल्लाकर गाना नहीं गा रहे थे वे दोनों और साथ ही इतना विवेक था कि लड़की को प्रभावित करने के चक्कर में अविनाश बाइक को तेज रफ्तार में उड़ा नहीं रहा था। सिर पर हैलमेट भी था और ट्रैफिक के नियमों का पूरा पालन भी हो रहा था। बस, मन था कि बेकाबू हो रहा था। ऐसे सुंदर मौसम में, ऐसा सुंदर साथ और खामोशी, ऐसा कितनी देर संभव था? इस खामोशी को तोड़ने के इरादे से इस खूबसूरत माहौल को बातचीत से और भी खुशनुमा बनाने के लिए वह बोल पड़ा, "लगता है, फिर बारिश होगी।"

सुनकर गौरी ने ऊपर आसमान की ओर देखा और झट से बोल पड़ी, "हाँ, लग तो रहा है, लेकिन अभी न हो।"

बारिश के साथ उसकी शर्त सुनकर अविनाश को भीतर-ही-भीतर बड़ा आनंद आ गया, "क्यों, अभी क्यों नहीं?" बोलकर कनखियों से पीछे गौरी की ओर देखा।

"अरे, अभी बारिश हुई तो भीग जाएँगे न हम लोग!" गौरी को उसकी बातों में बड़ी नासमझी महसूस हुई।

"अच्छा! भीग जाएँगे? तो? बारिश में भीगना पसंद नहीं तुम्हें?" अविनाश ने फिर एक बार उसे छेड़ा। इस बार उसकी शरारत और अपनी नासमझी को समझ बस चुप रह गई।

"क्या हुआ, जवाब नहीं दिया?" अविनाश ने एक बार फिर उसे छेड़ने की कोशिश की, लेकिन वह बस 'कुछ नहीं' बोलकर चुप रह गई और उसकी आवाज में झलकती असहजता को महसूस करके अविनाश हँस पड़ा।

इसके बाद एक बार फिर दोनों के बीच खामोशी छा गई और जल्दी ही गौरी का घर आ गया। उसने बाइक से उतरकर अविनाश की ओर देखा। वह उसे ही देख रहा था। नजरें मिलते ही बोल पड़ा, "चलूँ? या आज कुछ किराया-विराया…" बोलकर अर्थपूर्ण ढंग से मुसकराया था।

गौरी के चेहरे पर एकदम से मुसकराहट खिल गई। तुरंत ही अपना बैग

खोलकर उसमें से कार्ड का लिफाफा निकाला और अविनाश की ओर बढ़ा दिया।

"ये क्या है?" अविनाश सचमुच चौंक पड़ा था।

"खुद ही देख लीजिए!"

"अच्छा!" उसके चेहरे और आवाज, दोनों में ही अचरज था और फिर लिफाफा खोलते-खोलते धीमे-से जोड़ा, "वैसे, इस तरह सड़क पर किसी लड़के को लिफाफा दोगी तो सोचा है, देखनेवाले क्या समझेंगे?"

वह तो सहजता से बोलकर शरारत से हँस दिया, लेकिन गौरी असहज हो गई। उसके चेहरे पर भय और चिंता की स्पष्ट लकीरें उभर आईं। झट-से इधर-उधर देखने लगी, कहीं कोई उन दोनों को देख तो नहीं रहा!

कितना तो विचार किया था उसने, लेकिन फिर भी यह पहलू तो छूट ही गया उससे। इस ओर तो सोचा ही नहीं था। चेहरे की खुशी पल भर में गायब हो गई। मन में उठती तरंगें यकायक ठहर गईं। कार्ड की सुंदरता की तारीफ सुनने की सारी लालसा पर पानी पड़ गया।

उस पर अविनाश ने और भी तड़का लगाया, "लोग तो यही समझेंगे कि तुम मुझे प्रेम-पत्र दे रही हो!"

बोलकर अविनाश तो जोर से हँस पड़ा, लेकिन गौरी के चेहरे की रंगत ही उड़ गई। लिफाफे में से कार्ड निकालते-निकालते अविनाश ने उसकी ओर ध्यान से देखा। उसकी असहजता को पहचानकर तुरंत ही बात सँभालने की कोशिश की, "कार्ड तो बहुत ही सुंदर बनाया है।"

प्रशंसा करके गौरी का हौसला बढ़ाने की कोशिश की, लेकिन गौरी का सारा उत्साह ही ठंडा पड़ चुका था। उसने धीमे-से चारों ओर निगाह दौड़ाकर देखा कि कोई उन्हें देख तो नहीं रहा और फिर धीमे से 'बाय' बोलकर घर की ओर बढ़ने लगी थी।

"अरे! क्या हुआ, ऐसे मुँह क्यों लटका लिया? सचमुच अच्छा बना है कार्ड। तारीफ के लिए थैंक्यू तो बोल दो।"

"अब क्या फायदा किसी तारीफ का?" गौरी चिढ़ गई थी।

"आज चाय के लिए भी नहीं पूछा?" अविनाश ने उसके मन को समझकर माहौल थोड़ा हलका करने की नीयत से कहा।

"अब चाय के लिए आएँगे, तब कोई कुछ नहीं सोचेगा?" सुनकर अविनाश जोर से हँसा।

"मजाक में डरा रहा था और तुम सचमुच ही··· ? खैर चलो, अभी चलता हूँ। देर हो रही है। कल मिलते हैं।" कहकर जाने लगा था कि गौरी की बातों ने रोक लिया।

"कल नहीं आऊँगी।" सुनकर अविनाश को धक्का लगा। उसने महसूस किया कि गौरी ने उसकी मजाक को अधिक गंभीरता से ले लिया है।

"लो! अभी तो दोस्ती बढ़ाने के मौके मिलने शुरू हुए थे और अभी ही ये नाराज हो गई!" सोचकर अविनाश के मन को मायूसी ने घेर लिया।

धीमे स्वर में पूछा, "क्यों?"

"क्योंकि मैं संडे को कॉलेज नहीं जाती" बोलने के साथ ही उसके चेहरे पर एक ऐसी विजयी मुसकान छा गई, मानो एक ही बार में अविनाश से उसके मजाक का सारा बदला ले लिया हो और अविनाश के चेहरे पर बदलती रंगत को देखकर चुपके-से हँस पड़ी। अविनाश खीझ उठा था। थोड़ी देर खिसियाहट भरी निगाहों से उसे देखता रहा, फिर खुद भी हँस दिया।

यह देखकर गौरी की आँखों में चमक आ गई और जैसे अविनाश को मनाने के अंदाज में आग्रह कर बैठी, "कोई देर नहीं हो रही, चाय पीकर जाइए। आज माँ भी घर पर ही होंगी।"

कुछ देर के लिए अविनाश उसे देखता ही रह गया। अचानक उसने गौरी के स्वर में अधिकार महसूस किया। उस अनुभूति को अपने भीतर पूरी तरह से उतारने की कोशिश करने लगा। 'न' नहीं कह सका! दिमाग में रह-रहकर दुकान और वहाँ फैले काम की याद तो आई, लेकिन पूरे जतन के साथ उन सारी बातों को दरकिनार कर, बाइक को स्टैंड लगाया। गौरी का कार्ड सँभालकर बाइक की साइड में लगे बैग में रखा। 'कल तो संडे है, फिर तो कल मिलना न होगा···तो क्यों न आज ही थोड़ी और देर?' सोचकर उसके साथ ही घर के गेट के अंदर दाखिल हो गया। गौरी से हर रोज मिलना उसकी आदत में शुमार होने लगा था।

□

अब तो कभी भी गौरी को सीधे घर के लिए रिक्शा न मिलता और जो रिक्शा मिलता भी, वह सीधे अविनाश की दुकान पर ही जा रुकता। फिर तो आगे का रास्ता अविनाश की बाइक पर ही पूरा होता। बाइक की इस सवारी का मानो उन्हें नशा-सा होने लगा था।

समय पंख लगाए उड़ रहा था। एक ओर दोनों परिवारों के बीच घनिष्ठता बढ़ रही थी और दूसरी ओर अविनाश और गौरी के बीच एक अजब-सी निकटता दिनोदिन बढ़ती चली जा रही थी। उनकी भावनाएँ, उनकी सोच, जिंदगी को देखने का नजरिया समरूप होता जा रहा था। केवल भावनात्मक रुझान ही नहीं, उनके बीच वैचारिक साम्य भी बनता चला जा रहा था।

अब तो अकसर ही लोगों के बीच रहकर भी वे दोनों लोगों के बीच न रहते, लेकिन परिवार के अन्य सदस्य उनकी इस निकटता से पूरी तरह से अनजान ही बने रहे। दोनों ही परिवारों में किसी को भी इस बात का अहसास नहीं था कि अविनाश और गौरी की घनिष्ठता कुछ अधिक ही बढ़ रही थी।

जीवन की बाइक पर सवार वे दोनों फर्राटे-से उड़े चले जा रहे थे··· आसपास की दुनिया से बेखबर! मौसम सुहाना हो, सड़कें सुंदर और सपाट हों तो बाइक की सवारी से अधिक सुंदर अनुभव और कुछ भी नहीं! ऐसे ही सुहाने और खुशनुमा मौसम का पूरा आनंद लेते, दुनिया-जहान को भुलाए, अपनी ही दुनिया में खोए वे दोनों बस बढ़ते चले जा रहे थे।

अविनाश की दोनों बहनों, कविता और सोनल के साथ भी गौरी की अच्छी बनती थी। हालाँकि कविता तो कुछ बड़ी थी, लेकिन हमउम्र होने के कारण सोनल के साथ उसकी दोस्ती अधिक गहरी हो गई। इसी तरह अविनाश और मोहित की दोस्ती भी गहराने लगी थी। समय जैसे पंख लगाए उड़ता चला जा रहा था। देखते-देखते कई महीने बीत गए। बाइक की सवारी का यह बंदोबस्त अविनाश और गौरी को करीब लाता जा रहा था। दोनों एक-दूसरे पर अपना अधिकार समझने लगे थे। जिंदगी में घट रही हर छोटी-से-छोटी घटना को एक-दूसरे को बताना अपना परम धर्म समझने लगे थे और दोनों में से कोई कभी कुछ बताना भूल जाए तो दूसरा पूरे जोर-शोर से शिकायत करने में भी पीछे नहीं रहता।

देखते-देखते गौरी की पहले साल की फाइनल परीक्षाएँ भी हो गईं और गरमी की छुट्टियाँ भी शुरू हो गई थीं। अब अविनाश और गौरी तभी मिल पाते, जब किसी बहाने एक-दूसरे के घर जाना होता। देखने में भले ही दूरी होने लगी थी, लेकिन दिलों की नजदीकी बढ़ती जा रही थी। नतीजतन, मिलना नहीं तो बातें तो करनी ही थीं, एक-दूसरे का साथ तो महसूस करना ही था!

तो बस, फोन पर बातें शुरू हो गईं और इस साथ को बनाए रखने के लिए ऐसे-ऐसे तरीके निकाले गए कि किसी को पता भी न चले और दोनों की

बातचीत भी चलती रहे। अधिकतर दिन में ही बात होती। अविनाश को मालूम होता कि किस समय सुधा आंटी घर पर नहीं होंगी और ऐसे समय में जब भी पापा दुकान से बाहर जाते, वह फटाफट गौरी के घर फोन मिला देता। इस तरह से चोरी से बात करने की क्या जरूरत थी, यह तो शायद उन दोनों ने भी कभी नहीं सोचा···उन्होंने तो इस बारे में कभी सोचने की जरूरत भी नहीं समझी। वे तो बस चोरी-चोरी बातें करने में लगे रहते और दिल-ही-दिल में इस साथ का आनंद लेने में मगन रहते।

रोज-रोज वे इतनी बातें लाते कहाँ से थे, पता नहीं! एक बार फोन मिल गया तो जब तक कोई मजबूरी न हो, बातें खत्म ही नहीं होती थीं। फोन का बिल बढ़े या समय बरबाद हो, उन्हें तो किसी चीज की कोई परवाह ही नहीं होती। कभी-कभी लगता है कि राष्ट्रहित में ऐसे लोगों की जल्दी-से-जल्दी शादी करवा देनी चाहिए, लेकिन यहाँ तो ऐसा युगल था, जिसकी शादी अभी हो ही नहीं सकती थी। एक अभी पढ़ ही रही थी, तो दूसरे को पहले अपनी बड़ी बहन की शादी करवानी थी। इसलिए इनकी इस बेपरवाही का परिणाम इनके परिवारों को और व्यापक अर्थों में राष्ट्र को उठाना ही था!

गनीमत ही थी कि दोनों परिवारों में अच्छा रिश्ता बन चुका था, जिसके चलते उनका अकसर मिलना-जुलना हो जाता और कम-से-कम उन दिनों तो फोन के बिल की बचत हो जाती।

फिर कॉलेज खुले और एक बार फिर रिक्शा न मिलने की समस्या सामने आई, हालाँकि इस बार गौरी दोपहर में ही खाली हो सकती थी, लेकिन उसने जानबूझकर शाम की क्लास ही चुनी, जिससे रिक्शा न मिलने की समस्या भी बनी रहे और बाइक की सवारी भी जारी रह सके। बस, एक बार फिर दोनों का नियमित रूप से मिलना-जुलना शुरू हो गया।

अगली छुट्टियाँ शुरू होने से पहले ही मार्केट में मोबाइल फोन का आगमन हो गया। अविनाश ने फटाफट उसकी अहमियत समझते हुए पापा को पट्टी पढ़ाई और उस चौबीस घंटे के दोस्त को घर ले आया। मोबाइल फोन नया होने के साथ ही महँगा भी था। केवल हैंडसेट ही नहीं, कॉल और मैसेज भी बहुत ही महँगे थे, लेकिन समय की आवश्यकता थी।···दिल की मजबूरी थी! आखिर गौरी के कॉलेज में छुट्टियाँ होने पर इसी से उन दोनों का साथ बना रहनेवाला था!

"अरे यार, इसकी कॉल बड़ी महँगी पड़ती है!" मोहित के सारे तर्कों के

जवाब अविनाश पहले से तैयार करके बैठा था।

"हाँ, वो तो है···लेकिन, समझदारी से इस्तेमाल करो न! जैसे देखो, बाहर हो, तब तो मजबूरी है, कॉल रिसीव करो और मतलब भर की बात करके काट दो। मिनिमम बिल आएगा और अगर आपके आस-पास फोन हो, तो नंबर देखकर फोन काट दो और लैंडलाइन से मिला लो। फिर कहाँ से महँगा पड़ेगा?"

सभी को अविनाश की दलील बड़ी भायी! एक बार फिर छुट्टियाँ शुरू हुईं, एक बार फिर दोनों की मुलाकातों पर ब्रेक लगा, लेकिन इस बार फोन पर संपर्क करने में कोई परेशानी नहीं हुई। गौरी ने अपनी तिकड़म चलाई और जब घर पर अकेली या फोन के आस-पास होती, फटाफट अविनाश के फोन पर एक मिस्ड कॉल देती और वह किसी-न-किसी बहाने पापा से बचते हुए उसे फोन कर ही लेता।

अब तक तो दुकान के अधिकतर कर्मचारी समझने लगे थे, कि भैया फोन पर क्या गुल खिला रहे हैं और किस तरह से मोबाइल फोन पर उपलब्ध सारे फीचर्स का पूरा फायदा उठा रहे हैं। अब तो आलम यह था कि अविनाश के फोन पर मिस्ड कॉल आते ही न केवल उसके चेहरे पर मुसकराहट आ जाती, बल्कि वैसी ही मुसकराहट दुकान के हर कर्मचारी के चेहरे पर भी बिखर जाती।

या तो अविनाश का ध्यान ही नहीं जाता कि वह अपनी दुकान के हरेक कर्मचारी के लिए मनोरंजन का पात्र बन चुका है या फिर वह पूरी तरह से बेफिक्र था। उसे फर्क ही नहीं पड़ता था कि लोग उसके और गौरी के बारे में क्या सोचते हैं। अब तक गौरी से अपने संबंध को वह बहुत गंभीरता से लेने लगा था। हालाँकि अभी तक उसने इस विषय पर गौरी से भी बात नहीं की थी, लेकिन उसकी भावनाओं को लेकर पूरी तरह से आश्वस्त था।

उसके परिवार में कविता की शादी की बातें जोर-शोर से चल रही थीं और अविनाश का विचार था कि वह कविता की शादी के बाद ही अपनी शादी के बारे में घर में चर्चा करेगा। उसी समय गौरी से भी बात कर लेगा।

पापा गिरीशजी अकसर जब मूड में होते तो अविनाश की बड़ी तारीफ करते। सुनियोजित तरीके से उसके काम करने की कला उन्हें बहुत भाती थी।

"इस उम्र में बहुत कम लड़के इतने शांत दिमाग से सोच-विचार कर पाते हैं!" वे अकसर अपनी पत्नी से कहते, "देखना, बहुत बढ़िया व्यापारी निकलेगा हमारा बेटा!"

यह सुनकर लताजी तो फूली न समातीं। आखिर उन्हें भी तो अपने बेटे पर कितना नाज था? कितनी ही बार उनका यह गुरूर लोगों के बीच भी उनकी बातों में छलक जाता। लगता तो अटपटा था, लेकिन चूँकि अविनाश को आमतौर पर सभी पसंद करते थे, नतीजतन उनका दंभ लोगों को बुरा नहीं लगता।

उधर मोहित और गौरी, दोनों ही पढ़ाई में अव्वल रहते, लेकिन सुधाजी और विनोदजी किसी भी तरह के दिखावे से कोसों दूर रहते। जब मोहित का मेडिकल में सिलेक्शन हुआ, तब भी उन दोनों पति-पत्नी की भावनाएँ सार्वजनिक रूप से इस तरह से छलकी नहीं थीं। गौरी तो साहित्य और इतिहास की पढ़ाई कर रही थी और साथ ही सिविल सेवा की तैयारी कर रही थी। पढ़ाई में इतनी प्रखर थी कि सभी जानते थे कि सिविल सेवा की परीक्षा में पास होना उसके लिए अधिक कठिन न होगा। फिर भी, उसके माता-पिता उसकी तारीफ करते कभी सुनाई नहीं दिए। भावनाओं के प्रदर्शन में उनका बहुत नियंत्रण था।

खुद गौरी के जीवन का भी सबसे बड़ा सपना था, सिविल सेवा में सिलेक्ट होना। हालाँकि अपना इससे भी बड़ा सपना उसने सबसे छुपा रखा था और वह सपना था, अविनाश के साथ घर बसाकर एक खुशहाल जीवन बिताना।

दोनों परिवारों के बीच बहुत ही सुंदर रिश्ता पनप रहा था, जिसके कारण गौरी और अविनाश के बीच भी प्रेम अपने चरमोत्कर्ष पर पहुँच रहा था। रिश्ते इतने मधुर थे कि गौरी और अविनाश ही नहीं, किसी को भी नजर नहीं आता था कि दोनों परिवारों के रहन-सहन, जीवनशैली, विचारधारा, परंपराओं आदि में कितना अधिक अंतर था। एक परिवार में केवल व्यापार की ही भाषा समझी जाती थी, जबकि दूसरे में पढ़ाई-लिखाई और अच्छी नौकरी के बिना जिंदगी बेकार ही मानी जाती थी।

वैसे तो सब आपस में भी खुश थे और अपने परिवारों में भी। व्यापारवालों का व्यापार अच्छा चल रहा था और नौकरीवाला परिवार सम्मानित जगहों पर प्रतिष्ठित था। बस, लताजी की खुशियों में कभी-कभी चिंता की झलक नजर आ जाती थी। तीन साल का ग्रेजुएशन किसी तरह से चार साल में पूरा करने के बाद भी कविता को तीन साल से अधिक समय हो चुका था। उसे आगे पढ़ाई में कोई रुचि न थी, फिर भी समय बिताने के लिए किसी-न-किसी कोर्स या घर के कामकाज में खुद को उलझाए रहती थी।

लताजी परेशान थीं कि कविता की शादी अब जल्दी-से-जल्दी हो जानी

चाहिए, लेकिन सही रिश्ता ही न मिलता। कहीं इन लोगों को लड़के या उसके परिवार में कोई कमी नजर आ जाती, तो कहीं लड़केवाले इन लोगों के परिवार या कविता में कमियाँ निकालकर पीछे हट जाते। हर बार लड़की दिखाने की प्रक्रिया के साथ ही कविता और उसके पूरे परिवार के साथ-साथ गौरी और मोहित के अरमान भी जागते कि इस बार तो जरूर रिश्ता पक्का हो जाएगा, लेकिन केवल एक 'न' सबके दिलों को निराश कर देती। बोलनेवालों को कविता की तमाम कमियाँ निकालने का मौका मिल जाता और उस लड़की के दिल पर क्या बीतती होगी, यह उसकी माँ के अलावा अगर कोई समझ पाता तो वे थीं, सुधाजी।

सुधाजी की संवेदनशीलता किसी से छुपी नहीं थी और ऐसे सारे वाकयों के समय वे कविता को अपने साथ अपने घर ले जातीं। कभी-कभी अपने कॉलेज बुलाकर किसी काम में उसे उलझा देने की कोशिश करतीं, जिससे वह जल्दी से अपनी चोट भूल सके, लेकिन विडंबना ही थी कि इसके साथ ही वह एक नई चोट के लिए तैयार हो जाती थी।

सुधाजी अकसर अपने बच्चों से कहतीं, "न जाने उस लड़की पर क्या गुजरती होगी?"

"मुझे तो समझ में नहीं आता माँ, कविता दीदी में कमी क्या है? देखने में भी अच्छी है। इन लोगों के परिवारों के हिसाब से पढ़ी-लिखी भी है। और क्या चाहिए किसी को?" मोहित ने पहली बार इस विषय पर अपना मुँह खोला। वैसे तो वह परिवार के मामलों में बहुत कम बोलता था, लेकिन उस दिन उससे भी रहा नहीं गया।

"ये सब दकियानूसी विचारों का नतीजा है, भैया। लड़केवाले लड़कियों को सामान की तरह परखते हैं और ये नहीं सोचते कि क्या उनके लड़के एकदम परफेक्ट हैं?" गौरी बोल पड़ी और माँ और भाई को उसकी स्वतंत्र सोच की पहली झलक देखने को मिली।

खैर, खुशियाँ हों या दुःख की घड़ियाँ, बीत ही जाती हैं। जल्दी ही वह खुशनुमा शाम भी आई, जब लताजी ने अपनी बड़ी बेटी, कविता का रिश्ता पक्का होने की खुशखबरी अपनी प्यारी मित्र सुधाजी को दी।

"गिरीशजी के चचेरे भाई के साले का बेटा है। बहुत अच्छे लोग हैं। कविता को बचपन से ही देखा है। अभी कल ही उनका खुद ही फोन आया…" फोन पर ही उनकी आवाज से उनकी खुशी छलक रही थी, जिसे सुधाजी फोन पर भी

महसूस कर पा रही थीं। दिल से ढेरों बधाइयाँ देने के साथ ही आगे के कार्यक्रम के बारे में भी पूछा और साथ ही जोड़ा, "तो फिर, अब हम सबको क्या-क्या काम करने हैं। आप अभी से बता दीजिए, जिसमें सगाई और शादी में कोई भी कमी न रह जाए। सबके काम अभी से बाँट दीजिए। आखिर कविता हमारी भी तो बेटी है!"

लताजी ने भी पूरे उत्साह के साथ बधाइयाँ लीं और साथ ही पूरी आत्मीयता के साथ काम बताने का भी वायदा किया। "क्यों नहीं, आप लोगों से नहीं तो किससे कहूँगी?"

कविता की सगाई को केवल आठ-नौ दिन ही थे। गिरीशजी के पूरे परिवार के साथ ही विनोदजी और सुधाजी भी सपरिवार सगाई की तैयारियों में पूरे जतन के साथ जुट गए। यों तो गिरीशजी के भाई का परिवार उनके साथ के ही घर में रहता था और वे सब भी पूरे उत्साह के साथ सगाई की तैयारियों में जुटे थे, लेकिन फिर भी विनोदजी एंड परिवार का साथ उनकी तैयारियों में कुछ और ही रस घोल रहा था। अविनाश के चचेरे भाई-बहन भी सोनल और गौरी के हमउम्र ही थे, इसलिए तीनों परिवारों के बच्चों के बीच अच्छी दोस्ती हो गई।

गौरी के पड़ोसवाली ललिता दीदी भी वहीं आ जातीं, क्योंकि वह अविनाश की रिश्तेदार भी थीं। कुल मिलाकर कविता की सगाई की तैयारियों के साथ ही ये सब-के-सब अच्छी-खासी धूम मचाते रहते। घर में इन सभी के कारण रौनक बनी रहती, जिसका आनंद परिवार के बड़े भी खूब उठाते।

गौरी और अविनाश कुछ खास ही खुश थे। अगर गंभीरता से काम सँभालने की बात की जाए तो केवल ललिता, कविता, अविनाश और मोहित ही काम सँभालते। बाकी सब तो केवल हो-हल्ला ही करते रहते और इस हो-हल्ले की नेता होतीं गौरी और सोनल, क्योंकि बाकी सारे बच्चों में ये दोनों ही सबसे बड़ी थीं।

ऐसा भी नहीं था कि ये कोई काम नहीं करतीं, लेकिन अधिक जिम्मेदारी का काम उन्हें दिया ही नहीं जाता था। इसलिए बस हँसी-ठट्ठे में ही लगी रहतीं। कभी कविता को जीजाजी का नाम ले-लेकर चिढ़ातीं, तो कभी ललिता दीदी को उनके एक पुराने सहपाठी का नाम ले-लेकर तपातीं। वे लोग जानती थीं कि ललिता दीदी का अपने पुराने सहपाठी, पवन के साथ कुछ विशेष ही रिश्ता था, लेकिन पवन भैया अलग बिरादरी से थे। इसलिए ललिता दीदी अपने घरवालों से इस रिश्ते के बारे में बात करने में डर रही थीं। यही हाल पवन भैया का भी था।

इसका परिणाम यह हुआ कि उम्र बढ़ती जा रही थी, लेकिन फिर भी दोनों ही अपनी-अपनी शादी टाल रहे थे। न परिवार के किसी रिश्ते को स्वीकारते और न ही परिवार में अपने रिश्ते के बारे में बात करते।

दो दिन बाद कविता की सगाई होनी थी। वह सोनल के साथ ब्यूटी पार्लर से लौटी तो देखा कि उसके अविनाश भैया घर पर बैठे हुए हैं। "खाना खाने आए हो, भैया?" सोनल ने सहजता से पूछा तो जवाब में उसका सवाल आया, "गौरी कहाँ है?"

उन दोनों के चेहरे पर कुछ विस्मय, कुछ नासमझी के भाव आए।" गौरी?" दोनों के मुँह से एक साथ निकला। अब तक अविनाश को महसूस हो गया कि उसने कुछ अधिक ही उतावलापन दिखा दिया।

तुरंत बात सँभालते हुए बोला, "वो नहीं आई आज? रोज आती है, न··· तभी मुझे लगा कि वो भी तुम लोगों के साथ गई होगी।"

"अरे नहीं अविनाश। आज तो गौरी की बहुत जरूरी क्लास है। पाँच बजे तक तो क्लास ही है। फिर यहाँ क्या आएगी?" कविता ने बताया और दोनों बहनें अपने कमरे में चली गईं।

"गौरी आज नहीं आएगी! कॉलेज में देर तक क्लास है और ये सारी बातें मुझे नहीं मालूम! मुझे किसी और से पता चल रहा है!" प्रेमी हृदय को आघात लगा था। अंदर बहुत कुछ जल-तप गया था। घड़ी देखी, चार बज चुके थे। बिना किसी से कुछ बोले, बाइक की चाबी ली और फटाफट निकल गया।

"ये भैया गौरी का इंतजार क्यों कर रहे थे, दीदी?" सोनल ने कमरे में दाखिल होते हुए कविता से पूछा। दोनों की आँखों में हैरत और शरारत की झलक स्पष्ट थी।

"क्या पता? कुछ खिचड़ी पक रही होगी दोनों के बीच!" कविता ने सोनल को आँख मारते हुए कहा और दोनों खिलखिलाकर हँस पड़ीं।

□

अविनाश की बाइक पूरी रफ्तार के साथ सड़क पर दौड़ी चली जा रही थी। चेहरे पर सख्ती थी और मन में उथल-पुथल मची थी। गौरी के बारे में आज उसे कविता से पता चला। उसकी क्लास थी, वह भी पाँच बजे तक, लेकिन गौरी ने यह बात उसे बताने की जरूरत ही नहीं समझी। सुनने में तो इत्ती-सी बात थी, लेकिन प्रेम में दीवाने हुए मन को तो छोटी सी बात भी चुभ जाती है।

अधिकार का भाव इतना अधिक गहरा चुका था कि मामूली-सी बात भी बहुत बुरी लग रही थी!

तो बस, पहुँच गए जनाब गौरी के कॉलेज के सामने। इतने दिनों में वह अच्छी तरह से जान चुका था कि गौरी किस गेट से निकलती है, कॉलेज के बाहर कहाँ खड़ी होकर अपनी दोस्तों के साथ बातें करती है और फिर कहाँ से रिक्शा लेती है। मुश्किल से पाँच-सात मिनट ही हुए होंगे, जब उसने गेट से गौरी को निकलते हुए देखा, लेकिन जब तक उसे नहीं देखा था, हर सेकेंड ऐसे घड़ी देख रहा था, जैसे सदियों से वहाँ खड़ा इंतजार कर रहा हो।

कोई लगातार एकटक देखता रहे तो महसूस हो जाता है। ऐसा ही गौरी के साथ भी हुआ और उसकी नजर अविनाश की ओर अनायास ही चली गई। अधिक दूर नहीं था वह। बस, कोई पचास कदम की दूरी पर रहा होगा। गौरी ने जल्दी से अपनी दोस्तों को बाय बोला और तेजी से अविनाश की ओर आगे बढ़ी। उसके दिल में तमाम भाव रह-रहकर उभर रहे थे, जो बार-बार उसके चेहरे पर भी प्रकट हो रहे थे। अविनाश को अचानक वहाँ देखकर एक ओर मन खुशी से कुप्पा हुआ जा रहा था, तो दूसरी ओर उसे घबराहट भी हो रही थी कि वह वहाँ क्यों आया, कोई बात तो नहीं हो गई? तीसरी ओर उसका मन यह सोचकर भी घबराने लगा कि अगर उसकी दोस्तों ने उसे अविनाश के साथ देख लिया तो न जाने क्या-क्या बातें बनाएँगी? नजदीक पहुँचने पर उसे अविनाश के चेहरे की सख्ती नजर आई। कुछ समझ नहीं सकी और बस पूछ बैठी, "आप यहाँ?"

"आज कॉलेज आना था, बताया क्यों नहीं?" अविनाश ने पूरे रोष के साथ तुरंत पूछा।

कुछ क्षण गौरी उसकी ओर देखती ही रह गई। अविनाश इतने गुस्सा क्यों हैं, समझ नहीं पाई।

"अरे, कॉलेज में जरूरी क्लास थी। आती नहीं?" गौरी ने पलटकर पूछा तो वह और भी उखड़ गया।

"तो मुझे बता नहीं सकती थीं? कविता दी को बताया, मुझे नहीं बता सकती थीं?"

"अरे, जब आप थे, उस समय भूल गई थी और जब याद आया तो आप बाहर चले गए थे! इसीलिए तो कविता दीदी को बताया था कि वो आपको बता ही देंगी!"

"वो मुझे क्यों बताने लगी? तुम मुझे मोबाइल पर फोन नहीं कर सकती थीं?"

"अब इत्ती-सी बात के लिए मोबाइल का बिल क्या बढ़ाती, इसीलिए..." गौरी को बात बढ़ती नजर आई, तो उसने बात का रुख बदलना ही ठीक समझा।

"छोड़िए न, इसी बहाने आपने मुझे यहाँ आकर सरप्राइज दिया!" उसके खिले हुए चेहरे की मुसकराहट में अविनाश की नाराजगी भी घुलने लगी।

वह भी अपनी मुसकराहट रोक नहीं सका, लेकिन भावों पर नियंत्रण करते हुए बोला, "चलो बैठो", सुनते ही गौरी सँभलकर उसकी बाइक पर बैठ गई।

सबकुछ कितना सुखमय लग रहा था! अविनाश का इस तरह से अधिकार जताना उसे बहुत अच्छा लगा, लेकिन कुछ ही मिनट में तो घर पहुँच जाएँगे और फिर लोगों की भीड़-भाड़ में दोनों साथ रहते हुए भी साथ नहीं होंगे। उस भीड़ में कहीं गुम हो जाएँगे, कुछ अकेले और कुछ तनहा रह जाएँगे। दोनों ही दिलों में यही कसक उठ रही थी। मार्केट की तरफ से गुजरे तो गौरी के मन में खयाल आया कि क्यों न कुछ खाने के बहाने यहाँ बैठ लें थोड़ी देर! लेकिन संकोचवश अविनाश से कुछ कह न सकी। तभी अचानक बाइक मार्केट की पार्किंग की ओर मुड़ गई। गौरी कुछ बोलती, इससे पहले ही अविनाश ने मोबाइल से फोन मिला दिया।

'मोबाइल से फोन कर रहे हैं! जरूर कोई बहुत जरूरी बात होगी।' गौरी सोच ही रही थी, कि अविनाश ने फोन पर बोला, "हाँ, सोनल, मैं इधर मार्केट में हूँ। बाइक में कुछ प्रॉब्लम आ रही थी। ठीक करवा रहा हूँ। एक घंटे में आता हूँ।"

फोन काटा तो देखा गौरी उसे प्रश्नभरी निगाहों से देख रही थी। अविनाश के चेहरे पर रहस्यमय मुसकराहट थी। निगाहें न जाने क्या कह रही थीं, जिन्हें गौरी समझ नहीं सकी। बस, कुछ असहज महसूस करने लगी, सो निगाहें मार्केट की ओर फेर लीं।

"बर्गर खाना है?" अविनाश ने पूछा तो गौरी के चेहरे की मुसकराहट थोड़ा अधिक खिलकर नजर आने लगी। उसने तुरंत ही सहमति में सिर हिला दिया और दोनों उसी दिशा में बढ़ गए।

दोनों ही अपने मन की कुछ कहना चाहते थे, दूसरे के मन की कुछ सुनना चाहते थे। इस अनमोल समय को भी गँवाना नहीं चाहते थे। झूठ बोलकर आखिर कितनी देर तक घर से बाहर रह सकते थे? गौरी ने ही चुप्पी तोड़ी, "इतना क्या गुस्सा हो रहे थे उस समय?"

"अरे, दोपहर से ही घर पर तुम्हारा इंतजार कर रहा था। मैं समझ रहा था कि कविता दीदी के साथ गई होगी। इसी चक्कर में बैठा रहा, लेकिन तुम तो!" बोलकर ऐसे सिर झटका, जैसे गौरी ने कोई बहुत बड़ा गुनाह कर दिया था।

गौरी का मन 'इंतजार' शब्द पर अटक गया था। भावनाएँ भीतर-ही-भीतर न जाने कितनी उछल-कूद करने लगीं। रोकने की बहुत कोशिश की, लेकिन उसके मन की खुशी चेहरे पर उतर ही आई और शब्दों में अभिव्यक्त हो गई, "क्यों, मेरा इंतजार क्यों कर रहे थे?" पूछ ही बैठी।

जानती थी कि क्यों इंतजार कर रहा था, लेकिन वह उसके मुँह से बहुत कुछ सुनना चाह रही थी। वे तीन शब्द लोग कैसे बोलते हैं, जानना चाह रही थी। उन तीन शब्दों को सुनते समय कैसा लगता है, महसूस करना चाह रही थी। किस्सों-कहानियों और फिल्मों की बातें दिमाग में अकसर ही घूमती थीं। परी-कल्पना में विचरण करने लगी थी गौरी, लेकिन वे 'तीन शब्द' कुछ इस तरह से आए, जिसने उसके सारे खयाली-पुलाव पर ढेर सारा रायता उड़ेल दिया।

अविनाश ने पहले कुछ क्षण उसे तरेरा और फिर गुस्से से बोला, "थप्पड़ लगाना था तुम्हें।"

गौरी उसे एकटक देखती ही रह गई। ये कैसे तीन शब्द हैं? ये तो चार शब्द हैं! मन खट्टा हो गया। रायता भी शायद खट्टे दही का था! यह कैसा प्यार है? ऐसा तो कहीं होता नहीं। लोग तो प्यार की मीठी-मीठी बातें करते हैं और यह थप्पड़! 'हाउ रूड'! मन-ही-मन बोलकर अविनाश की ओर गुस्से से देखने लगी। वह भी अभी तक गुस्से में उसकी ओर देख रहा था।

यह कैसा गुस्सा था? दोनों ही एक-दूसरे के प्रति नाराजगी जता रहे थे, लेकिन दोनों की ही आँखों में प्यार बढ़ता ही चला जा रहा था।

"क्योंकि रोज तुम्हारा इंतजार करने की आदत हो गई है!" कुछ देर बाद अविनाश ने चुप्पी तोड़ी थी।

आवाज में नरमी थी।

दोनों की आँखों में गंभीरता आ गई। केवल कुछ ही क्षण एक-दूसरे की ओर देख सके और फिर असहज होकर गौरी ने पलकें झुका लीं। वह जानती थी कि अविनाश उसकी ओर ही देख रहे हैं। मन-ही-मन अविनाश के वाक्य को दोहराया, "क्योंकि...रोज...तुम्हारा...इंतजार करने की...आदत हो गई है!" और उसकी मुसकराहट कानों तक फैल गई। शब्दों के मर्म को समझकर मन

खिलखिला उठा, चंचल हो उठा और उसी चंचलता में पूछ बैठी, "क्यों?" आँखों की चंचलता पूरे चेहरे पर फैल गई और वह खिलखिला पड़ी। अविनाश भी हँस दिया। उसकी आँखों में भी रह-रहकर शरारत उभर आती थी। होंठ कुछ कहने की कोशिश कर भिंच गए और बस मुसकराती निगाहों से गौरी की ओर देखता रहा।

थोड़ी देर बाद बोला, "जल्दी खाओ और चलो। देर होगी, तो घर में क्या कहोगी?"

"कहूँगी क्या? सच-सच बता दूँगी।" कोल्ड ड्रिंक की चुस्की लेते हुए बड़ी ही निश्चिंतता से बोली, "मैं आपकी तरह झूठ थोड़ी न बोलती हूँ?"

अविनाश बस हँसकर रह गया।

गौरी को उसके घर छोड़ा, अगले दिन मिलने का वायदा हुआ और अविनाश घर चला गया। गौरी को तो घर पहुँचते ही माँ ने डपटा था।

"इतनी देर कहाँ हो गई? कितनी परेशान हो रही थी मैं!"

गौरी ने रिक्शा न मिलने का बहाना बनाना ही सही समझा। आखिर पुराना, परिचित-सा बहाना था। माँ को किसी तरह का संदेह होने का सवाल ही नहीं था।

"क्या करूँ···रिक्शा ही नहीं मिल रहा था···" कहकर जल्दी से माँ से पीछा छुड़ाकर अपने कमरे में जाने के चक्कर में थी। जानती थी, ज्यादा देर तक वह झूठ नहीं बोल सकती थी। अगर उसने कोशिश भी की, तो माँ उसे जल्दी ही पकड़ लेंगी। ऐसे में बहुत देर तक माँ से बात नहीं करना चाहती थी, लेकिन माँ भी उसे आसानी से कहाँ छोड़नेवाली थीं।

"मुझे लगा ही था। इसीलिए मैंने अविनाश की दुकान में फोन किया, लेकिन तुम वहाँ भी नहीं पहुँची।" फिर रुककर बोलीं, "वैसे, अविनाश भी दुकान पर नहीं था।"

गौरी तो जानती थी कि अविनाश अपनी दुकान पर नहीं था। कहाँ था, किसके साथ था, क्या कर रहा था, सब जानती थी, लेकिन माँ से वह सारी जानकारी छुपानी थी। तो बस अविनाश का जिक्र गुल ही कर दिया।

"हाँ माँ···आज क्लास भी देर तक हुई, फिर रिक्शे ने परेशान कर दिया··· मैं मुँह-हाथ धो लूँ?" अचानक उसे बात बदलने का अच्छा बहाना मिल गया था और जैसे ही माँ ने सिर हिलाया, वहाँ से भाग ली।

"बाप रे! आज तो माँ पकड़ ही लेतीं!" कमरे में पहुँचते ही गौरी ने चैन की साँस ली। कमरे के एकांत में एक बार फिर अविनाश के साथ हुई आज की मुलाकात आँखों के सामने तैरने लगी।

"आज कॉलेज आना था, बताया क्यों नहीं?" अविनाश के शब्द एक बार फिर कानों में गूँजे और उसकी आँखों की चमक एकबारगी बढ़ गई। चंचलता से इतराकर खुद ही खुद से बोल पड़ी, "क्यों बताऊँ आपको? जरूरी है कि हर बात आपको बताऊँ?"

आराम करने के बहाने बिस्तर में घुस गई। आज की मुलाकात के एक-एक पल को बार-बार महसूस करना चाहती थी।···'साथ में समय बिताने के लिए कैसे बर्गर खाने का बहाना किया!' गौरी का मन खुशी के मारे उछल रहा था।

और फिर कानों में अविनाश के वे शब्द एक बार फिर गूँज उठे, "क्योंकि··· रोज तुम्हारा इंतजार करने···आदत हो गई है!"

गौरी के गालों की लाली बढ़ती ही जा रही थी। "मेरा इंतजार करने की आदत पड़ गई है? ऐसा क्यों? ऐसा भी क्या रिश्ता है हमारा, जो आप मेरा इंतजार करते हैं?"

मन-ही-मन अविनाश से न जाने कितनी बातें करते, इतराते कब उसकी आँख लग गई, पता ही नहीं चला। नींद की जागती, सोती आँखों में भी शाम के नजारे बार-बार घूमते रहे। छोटे भाई उदित की आवाज से नींद खुली।

"दीदी चलो, खाना लग गया है, माँ बुला रही हैं।"

"खाना? रात हो गई, कितने बज गए?"

"शाम से सो रही हो! कितना सोती हो? चलो खाना खाने!"

उसकी बातों का जवाब दिए बिना उदित ने बस मीठा-सा उलाहना दिया और चलता बना, लेकिन गौरी ने शायद उसकी बात सुनी ही नहीं। उसके खयालों में तो एक बार फिर अविनाश के साथ गुजारी वह शाम घूम गई।

"थप्पड़ लगाना था तुम्हें।" याद आते ही वह यकायक हँस पड़ी और बिस्तर से निकलकर डाइनिंग रूम की ओर बढ़ गई।

वहाँ पता चला कि भैया भी अपने मेडिकल कॉलेज से अविनाश के घर होते हुए आए थे और साथ ही यह भी पता चला कि वहाँ उसका इंतजार हो रहा था। कविता दीदी, सोनल और आंटी—सभी उसके बारे में पूछ रहे थे कि आज क्यों नहीं आई। गौरी पूरे जतन के साथ शालीनता बनाए हुए थी और गंभीरता का सफल अभिनय करते हुए बोली थी, "कल तो कोई क्लास नहीं है। सुबह ही चली जाऊँगी।"

अविनाश का मन भी इस मुलाकात के बाद उछालें मार रहा था। गौरी

की खनकती हँसी की शीतल फुहार उसके दिल को सराबोर कर रही थी। घर पहुँचने पर बहनों ने बाइक के बारे में पूछा तो एक पल को चकरा ही गया। गौरी के खयालों में ही ऐसा गुम हुआ कि भूल ही गया था कि घर में उसने बाइक खराब होने का बहाना किया था। खैर, समय रहते होश आया। खुद को सँभाला और साथ ही बाइक की परेशानी की एक नई कहानी भी गढ़कर झटपट बहनों को सुना दी और महसूस किया कि बहनों के संदेह से वह साफ बच गया है।

"वैसे, सच बताओ" कविता ने कहा तो अविनाश थोड़ा सकपकाया। "क्या हुआ ?"

मन में थोड़ा डर लगा। जाते समय उन लोगों से गौरी के बारे में पूछा था, 'कहीं उसी के बारे में तो नहीं…' मन के डर को पूरे जतन के साथ छुपाते हुए कविता की ओर देखने लगा।

"उस समय गौरी के बारे में क्यों पूछ रहे थे?"

अविनाश का डर सही था। बहनों को उस पर संदेह हो गया था, लेकिन फिर भी उसने उनसे सच्चाई छुपाने की एक और कोशिश की, "अरे, रोज आती है तो पूछ लिया! उसमें क्या बड़ी बात है?"

उसने गंभीरता की पूरी परत ओढ़ ली थी, जबकि बहनें तो अब और चंचल हो रही थीं।

"अच्छा? हमें तो लगा कुछ खास ही दिलचस्पी लेने लगे हो गौरी में!"

सोनल के व्यंग्य पर दोनों बहनें खिलखिला पड़ीं, जबकि अविनाश घबराहट में और भी गंभीर हो गया।

"तुम लोग पूरी पागल हो क्या? हर समय बेवकूफी की बातें करती हो। …फिल्में देखना कम करो थोड़ा!"

दोनों बहनों को झटपट डपटते हुए उनके संदेह को फिल्मी कल्पना साबित करते हुए तेजी से बाथरूम में घुस गया। लोगों की निगाहों से बचना हो तो सबसे सुरक्षित स्थान बाथरूम ही तो होता है। बाथरूम का दरवाजा बंद करते ही गहरी साँस ली। आज तो बच ही गया। आगे से अधिक सतर्क रहना होगा।

और उसके बाद सचमुच अविनाश पहले से भी अधिक सतर्क रहने लगा।

उसी दिन खबर आई कि कविता की शादी की तारीख अगले महीने की ही निकली है। फिर तो सभी लोग सबकुछ भूल-भुलाकर बस शादी की ही तैयारियों में लग गए और अविनाश ने यह महसूस करके राहत की साँस ली कि उसके

और गौरी के किस्से को उसकी दोनों बहनों ने बिसरा दिया।, हालाँकि सच यह भी था कि दोनों परिवारों के बीच तमाम अंतरों को याद रखते हुए बहनों ने खुद ही अपने संदेह को मात्र कल्पना ही मान लिया था।

अगले दो दिन आयोजन की खुशियों में यूँ बीते कि पता ही नहीं चला। सगाई की रस्में होने के बाद जब सोनल और उसके चचेरे-ममेरे भाई-बहनों के साथ गौरी कविता दीदी और नए-नए जीजाजी को घेरे बैठी, उस समय भी उसकी नजरें लगातार अविनाश को ही ढूँढ़ती रहीं और जब भी नजरें मिलतीं, महसूस होता कि वह भी उसे ही ढूँढ़ रहा था। दो दिन तक यही तमाशा चला। कभी लोगों के बीच, तो कभी अकेले में नजरें भी मिलीं और बातें भी हुईं, यानी पारिवारिक आयोजन की चहल-पहल का दोनों ने भरपूर फायदा उठाया। दोनों ही एक-दूसरे की भावनाओं से आश्वस्त थे। भले ही 'वो तीन शब्द' बस मन में ही कहे-सुने गए थे।

कविता की शादी की तैयारियों के बीच ही लताजी के लिए खुशियों का एक और पैगाम आ गया था। सगाई में कविता के ससुराल से आए एक रिश्तेदार को उनकी सोनल बड़ी पसंद आई थी और उन्होंने उन्होंने अपने बेटे के लिए उसका हाथ माँगा था। फिलहाल तो उन्होंने कविता की शादी से निपटने तक इंतजार करने की बात तय कर ली थी, लेकिन एक साथ दोनों बेटियों का रिश्ता तय हो जाने से लताजी ने तो मानो गंगा नहा ली थी!

सुधाजी के साथ अपनी खुशी साझा करते हुए उन्होंने जोड़ा था, "अब ये नहीं समझ पा रही कि दोनों बेटियों को विदा करने के बाद ही बहू लाऊँ या फिर पहले बहू ले आऊँ, उसके बाद दूसरी को विदा करूँ!"

लताजी की भावनाएँ इस उम्र में भी पहाड़ी नदी की तरह चंचल थीं। बहुत जल्दी खुश भी हो जातीं तो जल्दी ही छोटी सी बात पर चिढ़ भी जातीं, किसी मामूली बात पर ऐसे हताश हो जातीं, मानो दुनिया ही खत्म हो गई हो और गुस्सा तो ऐसा कि सारा घर क्या, सारा मोहल्ला सिर पर उठा लेतीं। उन्हें देख महसूस होता कि जरूरी नहीं कि उम्र के साथ इनसान संजीदा हो ही जाए, बल्कि कुछ लोगों के अवगुण उम्र के साथ और भी अधिक मुखर होते जाते हैं। शायद मन पर किसी तरह की लगाम न होने के कारण।

सुधाजी काफी संजीदा थीं। उम्र के साथ उनकी संजीदगी बढ़ी भी थी। सो, उनको लताजी के स्वभाव के ज्वार-भाटे से कोई फर्क न पड़ता। वे तो बस

दिल खोलकर उनकी खुशी में शामिल हो लेतीं और दोनों की दोस्ती की मिठास बनी रहती।

□

कविता ससुराल जा चुकी थी और सोनल की भी सगाई हो चुकी थी। गौरी ने एम.ए. में दाखिला ले लिया था। गौरी और अविनाश की मुलाकातों का सिलसिला पूर्ववत् जारी था। अब तो रिक्शा न मिलने के बहाने की भी जरूरत नहीं रह गई थी, क्योंकि अब अविनाश सीधे उसके कॉलेज पहुँच जाता। दोनों साथ निकलते, घर से दूर एक साथ किसी रेस्टोरेंट या कॉफी शॉप में बैठकर अपना समय बिताते और घरवालों को खबर भी न होने देते।

दिलों की नजदीकी दिनोदिन बढ़ती ही जा रही थी, जबकि अब तक वे तीन शब्द कहने-सुनने रह ही गए थे। भले ही उन तीन शब्दों की कोई औपचारिकता रह नहीं गई थी, दोनों ही एक-दूसरे के दिल को अच्छी तरह से समझने लगे थे, एक-दूसरे की धड़कन पहचानने लगे थे, लेकिन गौरी का फिल्मी दिल कभी-कभार उन तीन शब्दों को सुनने को उतावला हो उठता।

कविता की पहली होली की तैयारी जोर-शोर से चल रही थी। लता आंटी अति उत्साहित थीं। उनकी बेटी शादी के बाद पहली होली मनाने मायके आ रही थी। सोनल भी नए-नवेले जीजाजी से मिलने के लिए, उनके साथ होली खेलने के लिए अति उत्साहित थी। अविनाश कविता को विदा करवाने उसकी ससुराल गया तो पता चला कि मुकेश बाबू को अपने व्यवसाय के सिलसिले में अचानक बाहर जाना पड़ रहा है। सो, अब वे होली के अगले दिन ही आ सकेंगे।

इस खबर ने परिवार में सभी को बहुत निराश किया, खासतौर पर सोनल को। आखिर जीजाजी के साथ पहली होली खेलने के उसके सारे उत्साह पर पानी जो पड़ गया था। उसकी मायूसी दूर करने को सुधाजी ने अच्छा प्रस्ताव रखा।

"इस बार आप सब हमारे यहाँ होली मनाइए।" और सोनल से बोलीं, "अपने जीजाजी के साथ तुम अगले दिन होली खेल लेना···"

आइडिया सबको बहुत पसंद आया। लताजी तो अपनी सहेली की दिलदारी पर बस निहाल ही हुई जा रही थीं। होलीवाले दिन लताजी सपरिवार सुधाजी के यहाँ पधारीं, जहाँ रंग, गुलाल, अबीर और गुझिया, पापड़ चिप्स आदि के साथ सुधाजी का पूरा परिवार उनका इंतजार कर रहा था। ललिता भी अपने

माता-पिता और दोनों भाइयों के साथ वहीं थी। बिना गुझिया, पापड़ और ठंडाई के स्वाद के, बिना गाजे-बाजे के होली के रंग शायद कुछ फीके पड़ जाते हैं। सुधाजी कैसे होली की तैयारी में इनमें से किसी भी चीज की कमी होने देतीं? गीत-संगीत का माहौल सजा तो ढोल की ताल पर थिरकन भी बढ़ी और रंगों की बौछार भी शुरू हुई।

धीरे-धीरे तीनों परिवारों के सदस्यों के कुछ ग्रुप बन गए, जैसे एक ग्रुप मम्मी-पापा वाला बन गया, तो दूसरे में सारी लड़कियाँ अपने हो-हल्ले में लग गईं और तीसरे ग्रुप में सभी लड़के अपनी मस्ती में व्यस्त हो गए। इस बँटवारे में किसी को यह सुध ही न थी कि दो अलग-अलग ग्रुप के दो प्राणी इस बँटवारे से खुश नहीं थे। वे तो इसी हसरत से बार-बार एक-दूसरे को निहार रहे थे कि कैसे यह बँटवारा खत्म हो और वे एक-दूसरे के निकट आ सकें, लेकिन उनकी हसरतें दिल में ही बनी रहीं, क्योंकि किसी और को तो इस बँटवारे से कोई ऐतराज न था।

दोनों बस रह-रहकर एक-दूसरे को देखते और आँखों-ही-आँखों में न जाने क्या क्या बातें कर जाते। ग्रुप टूटते तो दोनों अपने-अपने ग्रुप से बाहर आकर एक-दूसरे के निकट आ पाते, लेकिन तीनों ग्रुप तो जैसे भारत-पाक और चीन की सीमा बनाए बैठे थे। भले ही आपस में किसी तरह की दुश्मनी या मन-मुटाव न था, लेकिन ऐसा लग रहा था, जैसे तीनों ग्रुप के लोगों को एक-दूसरे से कोई वास्ता ही न हो।

नाश्ता लगाने का सारा काम गौरी, उदित और मोहित ने पहले ही कर रखा था। जब सुधाजी ने गौरी को नाश्ते के साथ ठंडाई लाने के लिए कहा तो उसकी मदद के लिए सोनल और ललिता भी साथ चलीं, लेकिन कहते हैं न, दिल की गहराई से माँगी गई मुराद पूरी हो ही जाती है।

गुझिया की प्लेट खाली हो गई। विनोदजी ने प्लेट की आखिरी गुझिया जबर्दस्ती गिरीशजी को पकड़ाते हुए गौरी से कहा, "जा, जल्दी से और गुझिया ले आ।" और साथ ही निर्देश दिया, "थोड़ा गरम करके लाना तो अधिक स्वाद आएगा।"

गौरी ने तत्परता से गुझिया की प्लेट हाथ में ली और अविनाश की ओर एक निगाह डाली। वह उसे ही देख रहा था। नजर मिलते ही दोनों की आँखों में चमक आ गई। पता नहीं आँखों-ही-आँखों में क्या बात हुई, इशारों-ही-इशारों

में क्या तय कर लिया गया कि गौरी के जाने के कुछ ही पल बाद अविनाश भी धीमे-से वहाँ से खिसक लिया।

सभी लोग रंगों के उल्लास में मगन थे। फिर होली के स्वादिष्ट पकवानों ने भी सभी को व्यस्त कर रखा था। उस पर आपस की बातचीत भी तो कभी न खत्म होती। त्योहार और एक-दूसरे के साथ का उल्लास उन सबकी ढेर सारी बातों में प्रत्यक्ष था। संगीत के शोर में उनकी खुद की आवाजें भी तेज हो गई थीं। एक-दूसरे की बात बहुत ध्यान से सुननी पड़ती थी। अब ऐसे हालातों में जहाँ गीत-संगीत, हँसी-मजाक और ठहाकों के साथ ही रंगों का भी खुमार छाया था, वहाँ कौन परवाह करता कि दो लोग एक-दूसरे का पीछा करते हुए वहाँ से एक-साथ गायब हो गए थे।

गौरी ने डिब्बे से कुछ गुझिया प्लेट में निकालीं और उन्हें गरम करने के लिए तैयारी कर ही रही थी कि देखा अविनाश किचेन में उसके सामने ही खड़ा था। दोनों की आँखें शरारत से चमक उठीं। आँखों-ही-आँखों में इजाजत माँगी भी गई और दे भी दी गई और फिर क्या था? अविनाश ने दोनों हाथों से गौरी के दोनों गाल रँग दिए।

न जाने कैसी तृप्ति मिली थी दोनों को। आँखों में गजब का उल्लास था और चेहरे पर संतोष के भाव। गौरी ने बचने का झूठा अभिनय भी किया, जबकि दिल-ही-दिल में वह खुशी के मारे उछल रही थी। कुछ क्षण दोनों एक-दूसरे को देखते रह गए और फिर अविनाश ने ही खामोशी तोड़ी, "मुझे नहीं रँगोगी?"

सुनकर गौरी की आँखों की चमक और भी अधिक बढ़ गई। झट से उसके ही हाथों का रंग अपने हाथ में लिया और उसके गालों पर रगड़ दिया।

अविनाश ने मुसकराकर उसे देखा और फिर, "इसे साफ करके बाहर आना", कहते हुए तेजी से वापस चला गया। बाहर आने पर गौरी के चेहरे पर लगे एक्स्ट्रा रंग पर किसी का भी ध्यान जा सकता था, यह बात दोनों ही जानते थे, इसलिए ऐसी सतर्कता बरतना जरूरी समझा गया।

तो, बड़ी ही होशियारी से दोनों ने होली का त्योहार अपने ढंग से मना भी लिया और किसी तीसरे को कानोंकान खबर भी न होने दी। इसके बाद तो सारा दिन कब निकल गया, पता ही न चला। एक-दूसरे को रंग लगाने की हसरत पूरी हो चुकी थी और साथ ही यह बात दुनिया से छुपा लेने की कोशिश भी कामयाब हो चुकी थी। दोनों चुपके से एक-दूसरे को देखकर अपनी जीत पर मुसकरा देते।

□

कुछ ही दिन बीते थे, जब गौरी का अपनी एक दोस्त के यहाँ बर्थडे पार्टी में जाना हुआ। रात में देर होनी थी, इसलिए दोस्त के पापा ने सारी लड़कियों को घर पहुँचवाने का प्रबंध किया था। करीब दस-साढ़े दस बजे जब गौरी घर लौटी तो गेट से ही नजर आया कि घर पर कोहराम-सा मचा हुआ है। इतनी रात के समय घर में इतने सारे लोगों को देखकर गौरी घबरा गई। कुछ अप्रत्याशित, अनहोनी से मन डर गया। तेजी से आगे बढ़ी तो देखा, उसकी माँ के साथ लता आंटी और किशोरी आंटी ड्रॉइंग-रूम में बैठी थीं। कुछ और पड़ोसी भी थे। सबकी आवाज में कुछ गरमी और बातों में कुछ खुसफुसाहट थी। लोगों के हाव-भाव कुछ विचित्र-से थे। स्पष्ट था कि कोई बुरी घटना घटी थी। गौरी का दिल कुछ दहल-सा गया।

"ऐसा क्या हो गया?" सोचकर उसने अपने कदम तेज कर दिए। तभी देखा, सोनल उसकी ओर दौड़ती हुई आ रही है, "कुछ पता चला तुझे?"

उसकी बातों और चेहरे की घबराहट को देख गौरी और भी घबरा गई।

"क्या हुआ?" उसकी आवाज में उत्तेजना आ गई थी।

"ललिता दीदी गायब हैं!" सुनकर गौरी का दिल धक् से बैठ गया।

"गायब हैं, मतलब? कहाँ...कब..." गौरी न ही कुछ समझ पा रही थी और न ही उसे कोई शब्द सूझ रहे थे।

"कुछ भी पता नहीं। आज उनकी सुबह की शिफ्ट थी। घर से बहुत जल्दी निकल गई थीं। दोपहर तक आना था। जब शाम को भी घर नहीं पहुँची तो किशोरी बुआजी ने उनके ऑफिस फोन किया। वहाँ पता चला कि वे तो आज ऑफिस ही नहीं पहुँचीं। बुआजी ने तुरंत फूफाजी और पंकज भैया को फोन किया। उस समय तक वे लोग घर के लिए निकल चुके थे, तो दुकान पर भैया और पापा को फोन करके बताया और राजीव को तुरंत यहाँ तेरे घर भेजा...कि शायद आंटी के पास आई हों, या उन्हें कुछ पता हो। किसी को पता नहीं कब गईं, कहाँ गईं? भैया लोग सब तीन घंटे से गए हुए हैं पता करने...अब तक कोई खबर नहीं!" सोनल ने एक ही साँस में उसे सारी बात संक्षेप में बताई।

"और पवन भैया?" गौरी ने सोनल से फुसफुसाकर पूछा, जिस पर सोनल ने जल्दी से उसका हाथ दबाया और आँखों से ही उसे चुप रहने का इशारा किया।

दोनों ही समझ रही थीं कि ललिता दीदी अपने बॉयफ्रेंड पवन के साथ भाग गई थीं। गौरी ने सहमे कदमों के साथ घर में कदम रखा। वह कुछ ऐसे घबराई हुई थी, जैसे वह खुद भाग गई थी या ललिता को उसी ने भगाया है या फिर ललिता के भागने का राज उसे पता हो।

कमरे में कदम रखते ही लगभग सभी की नजर उस पर पड़ी थी। जब तक वह अपनी माँ के पास पहुँचती, ललिता दीदी की माँ, किशोरी आंटी ने उसे पकड़ लिया था।

"तुझे कुछ पता है गौरी? तुझे कुछ बताकर गई है? बता दो बेटा...कहाँ गई वो, किसी के साथ गई है?"

उनकी हालत देखकर गौरी की घबराहट और भी बढ़ गई थी। उसकी आँखें नम हो गईं और उसने घबराकर अपनी माँ की ओर देखा। ऐसे में लताजी ने उसे उस स्थिति से बचाया।

"इसे क्या पता होगा, जिज्जी? ये तो कॉलेज से सीधी अपनी दोस्त के यहाँ चली गई थी। अभी तो आ रही है।" कहते हुए उन दोनों के पास आईं और आंटी को वापस सोफे पर बिठाते हुए गौरी से बोलीं, "जा बेटा, अंदर जाके मुँह-हाथ धो ले। थक गई होगी।"

"इतनी परेशान क्यों हो रही हैं, जिज्जी? ये लोग गए हैं न पता करने। आ रही होगी ललिता अभी।"

अंदर जाते-जाते गौरी के कानों में लता आंटी की बातें पड़ीं। उनके झूठे दिलासे को सुनकर वह काँप उठी। वह यह तो नहीं जानती थी कि ललिता दीदी कब और कहाँ गई थीं, लेकिन यह जरूर जानती थी कि वह वापस आने के लिए नहीं गई थीं। उसके साथ-साथ सोनल भी उसके कमरे में आ गई थी। दोनों ने एक-दूसरे को देखा। दोनों ही डरी हुई थीं।

"अब क्या होगा?" दोनों की निगाहों ने एक-दूसरे से पूछा।

"ऐसा क्यों किया ललिता दीदी ने?" उसने सोनल से पूछ ही लिया, लेकिन सोनल के पास भी केवल यह सवाल ही था, जवाब नहीं।

"वो लोग कहाँ गए हैं पता करने?" गौरी ने दूसरा सवाल पूछा था।

"ठीक से कुछ पता नहीं। शायद पुलिस को भी इन्फॉर्म करेंगे।"

"पुलिस?" 'पुलिस' के नाम से आम हिंदुस्तानी बहुत घबराता है। कोई नहीं चाहता कि उनके घर का मामला पुलिस तक जाए। थाने के चक्कर, बार-

बार पूछताछ के लिए पुलिस का आपके घर आना किसी भी सम्मानित परिवार को अच्छा नहीं लगता।

"पवन भैया के बारे में नहीं बताया?"

"मैंने धीमे-से अविनाश भैया से कहा था, लेकिन उन्होंने मुझे डाँट दिया। बोले "खबरदार, जो पवन का नाम भी जुबान पर आया।" फिर मैं चुप ही रही।"

सोनल की इस बात पर गौरी सोच में पड़ गई।

"ऐसा क्यों किया अविनाश ने? कहीं उन्होंने ललिता दीदी और पवन भैया को भागने में मदद तो नहीं की?"

तभी बाहर हलचल बढ़ी तो दोनों लड़कियाँ भागकर वहीं पहुँच गईं। देखा, अविनाश, मोहित के साथ ही दोनों के पापा, ललिता दीदी के पापा, उनके भाई वगैरह बहुत सारे लोग आ गए थे।

"क्या हुआ? कुछ पता चला, कहाँ गई वो?" न जाने कितने सवाल उन लोगों से पूछे जा रहे थे, लेकिन किसी को कोई भी जवाब नहीं मिला। ललिता दीदी के पापा सिर झुकाकर बैठ गए।

सुधाजी तेजी से उठीं और सबके चाय-नाश्ते का इंतजाम करने के इरादे से किचेन की ओर बढ़ गईं। कुछ उम्र और कुछ ओहदे का तजुर्बा था कि वे मामले को काफी हद तक समझ चुकी थीं। जान रही थीं कि अब ललिता इतनी आसानी से नहीं मिलने वाली थी। ललिता के हाव-भाव को याद कर, पिछले कुछ समय से उसके व्यवहार का आकलन कर वह कुछ-कुछ समझ ही रही थीं कि वह कहीं खोई नहीं, बल्कि अपनी मर्जी से कहीं चली गई थी।

गौरी को साथ आने का इशारा किया तो सोनल भी गौरी के साथ उनके पीछे-पीछे किचेन में पहुँच गई। दोनों लड़कियों को नाश्ते की प्लेटें सजाने के काम में लगाकर खुद चाय बनाने लगीं।

चाय-नाश्ता देते समय संयोग से गौरी को अविनाश से बोलने का मौका मिला और उसने इशारे से पवन के बारे में पूछा, लेकिन अविनाश ने नजरों से ही शांत रहने का संकेत किया और चुपचाप चाय पीने लगा।

रात बहुत हो रही थी। धीरे-धीरे सभी अपने घरों को चले गए। ललिता दीदी के माता-पिता को सांत्वना देकर भेजा गया और उनके भाइयों का हौसला भी बढ़ाया गया।

गौरी सोने गई तो उसकी आँखों में नींद ही नहीं थी। कितनी ही बार अविनाश

की बातों और उसके साथ होने वाली मुलाकातों ने गौरी की नींद उड़ाई थी, लेकिन आज कारण कुछ और ही था। न प्यार था और न ही मुसकराहट थी। आज तो प्यार का एक अलग रूप देख रही थी वह। दो प्यार करने वालों के कारण उनके परिजनों को मिलने वाले दर्द को महसूस कर रही थी। क्या सही था, क्या गलत, कौन सही था, कौन गलत, उसके लिए कुछ भी समझ पाना कठिन था। समाज का यह रवैया वह समझ नहीं पा रही थी।

ललिता दीदी का प्यार वह जानती-समझती थी। जानती थी कि वह और पवन भैया एक-दूसरे से बहुत प्यार करते थे, एक-दूसरे के बिना रह नहीं सकते थे। लेकिन उनका यूँ भाग जाना क्या ठीक था? वह समझ नहीं पा रही थी। किशोरी आंटी के आँसू और अंकल का लाचार चेहरा वह भूल नहीं पा रही थी। राजीव और पंकज भैया की झुकी हुई आँखों में भरा दर्द और शर्मिंदगी मध्यम वर्ग की बेबसी बयां कर रहे थे, लेकिन सोचने वाली बात यह भी थी कि ललिता दीदी ऐसा कदम उठाने के लिए मजबूर क्यों हुईं? आखिर वह भी तो अपने परिवार से कितना प्यार करती थीं। अपनी माँ, पापा को कितना चाहती थीं वह। फिर उन्हें इस तरह से चोट देकर कैसे चली गईं? ऐसी क्या मजबूरी थी कि एक प्यार को पाने के लिए अपने बाकी प्रियजनों को दुःखी छोड़कर चली गईं?

मन न जाने कितने सवाल पर सवाल किए जा रहा था, लेकिन उसके पास अभी इतनी परिपक्वता नहीं थी कि सारे सवालों के जवाब दे पाती। 'क्या ललिता दीदी का भागना जरूरी था? क्या कोई और तरीका नहीं था? क्या ऐसा नहीं हो सकता था कि वे अपने माता-पिता की सहमति से पवन भैया के साथ घर बसा पातीं? क्या कोई ऐसा तरीका नहीं था कि उनके माता-पिता भी खुश रहते और वह भी?'

मन बस उधेड़-बुन में ही उलझा रहा और न जाने कब उसकी आँख लग गई।

अगली शाम जब वह कॉलेज से लौटी तो घर पर सन्नाटा था। सब अपने-अपने काम पर गए हुए थे। अँधेरा होते-होते फिर हलचल शुरू हो गई। पहले छोटा भाई उदित आया, फिर माँ, फिर पापा और अंत में मोहित और अविनाश के साथ ललिता दीदी के दोनों भाई भी। ललिता दीदी अविनाश की उम्र की थीं और उनके बड़े भाई पंकज भैया उनसे एक-दो साल बड़े रहे होंगे। छोटे भैया, राजीव गौरी से एक-दो साल बड़े थे। ये पंकज भैया ही थे, जो बाद में अकसर

गौरी को इंस्टीट्यूट से लेते हुए घर लौटते थे। गौरी को नहीं मालूम था कि अभी भी उन लोगों को पवन के बारे में कुछ पता चला या नहीं। सो बस, पंकज भैया से सीधे किशोरी आंटी के बारे में पूछ बैठी।

"घर पर ही हैं। तबीयत खराब लग रही है। जाओ...तुम्हें पूछ रही थीं।"

"मुझे, क्यों?" गौरी डर गई। उसने अपनी माँ की ओर देखा और माँ ने सिर हिलाकर जाने की अनुमति दी तो चल दी आंटी के पास।

□

"तुझे कुछ बताया था ललिता ने जाने से पहले?" आंटी ने उसे देखते ही पूछा।

"न...नहीं...नहीं आंटी! मुझसे कुछ नहीं बताया...बताया होता तो मैं कल ही आपको बताती।"

गौरी उनके इस सवाल से ऐसे डर गई, जैसे पुलिस थाने में खड़ी हो।

"और वो लड़का...पवन...उसके बारे में?"

आंटी के सवाल पर गौरी कुछ क्षण उन्हें चुपचाप देखती रही। स्थिति को भाँपने का प्रयास किया, फिर सँभलकर बोली, "जानती थी, आंटी।"

"तो मुझे क्यों नहीं बताया?" आंटी चीख पड़ीं।

माँ का घायल हृदय सामने पड़ने वाले हर इनसान को घायल करने वाला था। सब पर आरोप मढ़नेवाला था। गौरी भी बहुत व्यवहारी लड़की थी। वह आंटी की पीड़ा समझ रही थी। उसके मन में आंटी के लिए भी संवेदना थी और ललिता दीदी के प्यार के लिए सम्मान भी था और इन सबके साथ ही वह विपरीत परिस्थितियों में खुद को बचाना भी जानती थी।

तुरंत ही आंटी को समझाते हुए बोली, "क्या बताती, आंटी? मैं तो कल आपके सामने कितनी देर से लौटी और तभी मुझे ये सारी बातें पता चलीं। पवन भैया के बारे में तो मैं जानती थी, लेकिन मुझे यह बात अभी भी नहीं पता कि दीदी उन्हीं के साथ गई हैं या नहीं?"

आंटी का चेहरा मुरझा गया था। बुदबुदा उठीं, "क्यों चली गई वो ऐसे? मुझसे बात तक नहीं की!"

गौरी चुपचाप थोड़ी देर उन्हें देखती रही, फिर धीरे-से पूछ बैठी, "अब आ जाएँ, तो आप उन्हें माफ कर देंगी?"

आंटी ने चौंककर उसकी ओर देखा और तुरंत पूछा, "तू जानती है न, वो कहाँ है? छुपा रही है न मुझसे? बता न, कहाँ गई है वो?"

गौरी एक बार फिर घबरा गई। कुछ सँभलकर बोली, "नहीं, आंटी। ऐसे मुझ पर शक मत कीजिए प्लीज। मैं बस संभावना जता रही थी।...क्या पता दीदी खुद ही लौट आएँ? तब आप उन्हें माफ कर देंगी न?"

आंटी कुछ देर उसे देखती रहीं। शायद उसके चेहरे पर उसके शब्दों की सच्चाई पढ़ रही थीं। देखते-देखते उनका चेहरा सख्त होने लगा। फिर धीमे, लेकिन दृढ़ शब्दों में बोलीं, "हमारी इतनी बदनामी करवाकर चली गई। अब माफ करूँगी उसे?"

उनकी आँखों से आँसू की धारा बह निकली, जिन्हें देख गौरी बस नम आँखें लिए उन्हें देखती रह गई।

"तो क्या अब उनके सारे रिश्ते हमेशा के लिए खत्म हो गए?"

पिछले दो दिन से गौरी के मन में सवालों की बाढ़ आई हुई थी। उसी में अब एक और सवाल जुड़ गया और जवाब उसके पास अभी तक एक का भी न था। हाँ, उस समय वह यह भी समझ न पाई थी कि समय के साथ अपनों से नाराजगी भी कम होने लगती है।

□

मौका मिलने पर उसने अविनाश से पूछा, "ललिता दीदी के घरवालों को पवन भैया के बारे में पहले ही बता देते तो आखिर वे लोग इतना नहीं भटकते न?"

"हाँ, क्यों नहीं, ताकि वो लोग सीधे पुलिस में उसके खिलाफ रिपोर्ट करके उसे पकड़वा देते?"

अविनाश के जवाब पर वह हतप्रभ उसे देखती रह गई थी। यह एक और सवाल था, जिसका जवाब उसके पास नहीं था। जब दोनों एक साथ अपनी मर्जी से भागे हैं तो केवल लड़के को क्यों सजा? वैसे कानून की नजर से देखा जाए तो उन्होंने कोई जुर्म नहीं किया था। दोनों बालिग थे, लेकिन समाज की नजर से देखें तो वे बहुत बड़े गुनहगार थे। भावनाओं की नजर से देखें, तो वे केवल मासूम प्रेमी ही तो थे, लेकिन माता-पिता के अरमानों की नजर से देखें तो उनका गुनाह काबिले माफी न था।

सच है कि कानून की नजरों में वे दोनों गुनहगार नहीं थे, लेकिन अगर

अभी समाज के हाथ लग जाते तो उन्हें जबरन अलग कर दिया जाता और समाज की मान्यता के अनुसार दोनों की अलग-अलग लोगों से शादी कर दी जाती।

गौरी ने महसूस किया कि ललिता दीदी का भागना अविनाश को कहीं से भी गलत नहीं लगा था। अविनाश ही नहीं, उसके मोहित भैया भी यही मान रहे थे कि ललिता ने सही किया, क्योंकि उसके पास और कोई विकल्प ही न बचा था। सोनल को भी यही लगता था कि यदि वे न भागतीं तो हमेशा के लिए अपना प्यार खो देतीं।

काफी दिनों तक उनके परिवारों में यही बात चर्चा का विषय बनी रही। सभी को यह चिंता थी कि न जाने ललिता कहाँ होगी, किस हाल में होगी? यह चिंता जल्द ही चर्चा में बदल जाती और चर्चा अंततः यहीं आकर ठहरती कि उसने क्या गलत किया और क्या सही।

उस दिन दोनों परिवार इकट्ठे थे और एक बार फिर ललिता की चर्चा चल निकली। देखते-ही-देखते वे सभी दो मतों में बँट गए। एक मत में दोनों परिवारों के अधिकतर बड़े शामिल थे, जो ललिता की आलोचना कर रहे थे, उसे बहकाने के लिए पवन को भी दोषी करार दे रहे थे और दूसरी ओर अधिकतर युवा थे, जो ललिता और पवन के पक्ष में अपना मत रख रहे थे।

"बहुत गलत किया ललिता ने। एक बार भी अपने माँ-बाप के बारे में नहीं सोचा? जिज्जी के तो आँसू नहीं सूखते और जीजाजी को देखो, कैसे गुमसुम से हो गए हैं!" लताजी ने अपना मत दिया।

"हाँ बिल्कुल, कम-से-कम अपने घर में बात तो करनी चाहिए थी। एक बार बताती तो सही।" सुधाजी ने भी उनका समर्थन किया।

"और आपको लगता है कि वो बताती तो अंकल आंटी उसकी बात मानकर पवन से उसकी शादी करवा देते?" मोहित ने व्यंग्य से पूछा। उसका वाक्य पूरा होते ही वह और अविनाश उतने ही व्यंग्यपूर्ण ढंग से मुसकरा दिए।

"उलटे, नौकरी छुड़वाकर उसे घर पर बैठा दिया जाता और किसी भी लड़के से उसकी शादी कर दी जाती, चाहे वह उसे पसंद होता या नापसंद। सोचिए, कितनी सारी जिंदगियाँ एक साथ बरबाद होतीं?" अविनाश ने मोहित के तर्क का समर्थन किया।

"ये बात तो सच है, माँ," अबकी सोनल बोल पड़ी थी, "उन्हें तो सब दोष दे देंगे, लेकिन वो क्या चाहती थीं, ये तो बुआजी-फूफाजी भी जानना नहीं

चाहते थे।" ललिता के माता-पिता दूर के रिश्ते में अविनाश, सोनल आदि के बुआ-फूफा लगते थे।

"तुम लोगों को उसके इस प्लान के बारे में सबकुछ पता था?"

अब तक चुपचाप सबकी बात सुन रहे विनोदजी मोहित और अविनाश से पूछ बैठे। बच्चों की बातों में विद्रोह की गंध को भाँपकर वे सशंकित हो उठे थे।

"हम उन दोनों के अफेयर के बारे में जानते थे, लेकिन ये थोड़ी न जानते थे कि वो भाग जाएँगे।" मोहित ने दो टूक जवाब दिया।

दोनों परिवारों के बड़ों के चेहरे पर बदलते भावों को देख अविनाश ने तुरंत बात सँभाली।

"अंकल, हम सब जानते थे कि वो दोनों शादी करना चाहते हैं। ये भी जानते थे कि इसीलिए ललिता किसी-न-किसी बहाने अपनी शादी की बातें टालती रहती थी। वो जानती थी कि उसके परिवार में कोई भी पवन से उसकी शादी नहीं होने देगा, लेकिन इसके लिए वो ऐसा कोई कदम उठाएगी, ये हमने नहीं सोचा था, लेकिन जब वो गायब हुई तो हम जरूर समझ गए थे···लेकिन उस समय किसी को बताया नहीं।···"

"क्यों, उस समय क्यों नहीं बताया?" दोनों माँओं ने लगभग एक साथ पूछा। दोनों पिताओं की भौंहें भी लगभग एक जैसे ढंग से तन गई थीं। सभी की निगाहें अविनाश की ओर थीं।

अविनाश ने एक नजर मोहित की ओर डाली और फिर एक सरसरी-सी निगाह गौरी की ओर डालते हुए पूरे आत्मविश्वास के साथ जवाब दिया, "अगर हम लोग उसी समय बता देते तो ये लोग पवन के घर पहुँचकर वहाँ हंगामा करते, दोनों परिवार आपस में बिना वजह झगड़ते। फूफाजी लोग पवन के खिलाफ पुलिस रिपोर्ट दर्ज करा देते। उन दोनों को ज्यादा आगे जाने का मौका न मिल पाता और पकड़े जाते। फिर वही सब होता।···दोनों के साथ सख्ती की जाती।··· इन सबसे क्या हल निकलता?"

अविनाश की बात पर पूरे कमरे में थोड़ी देर के लिए सन्नाटा छा गया था। दोनों उम्र के लोग अपने-अपने ढंग से स्थिति को देखने और समझने की कोशिश कर रहे थे और गौरी अविनाश की सारी बातों में से सच और झूठ की परतों को अलग-अलग करने की कोशिश करने लगी।

"ललिता दीदी तो कई बार अपने भागने की योजना की चर्चा कर चुकी

थीं। उन्होंने कई बार कहा था कि उन्हें कोई रास्ता नहीं समझ में आता और वो भाग जाएँगी।" लेकिन यह बात अविनाश ने साफ छुपा ली, क्यों?

जब प्यार होता है तो अपने प्रिय की गलतियों पर परदा डालने के लिए मन हर समय तैयार रहता है। किसी-न-किसी तरह बचाव पक्ष तैयार कर ही लेता है। ऐसा ही कुछ इस समय गौरी के साथ भी हुआ। उसके मन ने कहा, "खुद को बचाना भी तो जरूरी है। फिर, बड़ों के सवाल भी तो बेवजह ही बढ़ते ही जा रहे हैं।"

थोड़ी देर खामोशी बनी रही। फिर गिरीशजी ने बहुत ही धीमे स्वर में ललिता के पक्ष में अपनी राय रखी, "वास्तव में, उसके घर में लोगों को उसकी बात समझनी चाहिए थी। किशोरी दीदी और जीजाजी को अपनी बेटी की इच्छा का भी तो ध्यान रखना चाहिए था। ये बात तो बिल्कुल सच है कि अगर जबर्दस्ती कहीं शादी की जाती तो कम-से-कम चार जिंदगियाँ तो जरूर खराब होतीं।"

"लेकिन अंकल, उन्हें अपने घर में एक बार बात तो करनी थी। घरवालों को दुःखी करके वो कितनी खुश रहेंगी? आंटी के आँसू तो थमते ही नहीं थे।"

अब तक चुप बैठी गौरी इस बार बोल पड़ी थी। सभी की निगाहें उसकी ओर उठ गईं। सभी को आश्चर्य हुआ कि वह अपने हमउम्रों की तरह नहीं सोच रही थी। उसके मुँह से बड़ों जैसी बातें सुनकर सभी स्तब्ध थे। मोहित ने उसकी ओर गुस्से से देखा और अविनाश ने माथे पर हाथ रख लिया। लताजी और सुधाजी की नजरों में अचानक उसके लिए कुछ एक्स्ट्रा प्यार छलक आया।

अब तक वे दोनों अपनी बेटियों को लेकर सशंकित हो उठीं थीं कि इस घटना से प्रभावित होकर न जाने कब, कौन, क्या कर डाले।

यह हमारे समाज की एक और परंपरा है। किसी एक लड़के या लड़की के मापदंड पर उसके हमउम्र हर लड़के-लड़की को परखा जाता है। यदि कोई एक लड़का या लड़की समाज के खिलाफ कोई कदम उठाता है तो उसकी उम्र के हरेक लड़के-लड़की संदेह के घेरे में आ जाते हैं। सभी की हरकतों पर कड़ी नजर रखी जाती है और सभी के हाव-भाव अच्छी तरह से स्कैन किए जाते हैं।

विनोदजी और गिरीशजी ने भी सहमति जताते हुए गंभीर और प्रशंसा भरी नजरों से उसकी ओर देखा। अविनाश उस पर खीझ भी उठा था, लेकिन उसे आश्चर्य भी हो रहा था। अब तक वह गौरी को निहायत रोमांटिक लड़की के रूप में देखता-समझता आया था। साथ ही, वह हमेशा यही समझता था कि गौरी

की सोच कभी उसकी सोच से अलग हो ही नहीं सकती। उसके प्यार पर उसे इस कदर अधिकार और विश्वास था कि उसके विचारों पर भी कहीं-न-कहीं वह अपना ही एकाधिकार समझने लगा था। वह तो उसे प्यार में डूबती-उतराती अल्हड़-सी लड़की ही लगती थी। उसने कभी नहीं सोचा था कि उसके विचार इस तरह से अलग हो सकते हैं। न ही उसने कभी यह सोचा था कि प्यार और परिवार के बीच टकराव होने की स्थिति में वह परिवार को चुनेगी। वह चुपचाप बस गौरी को देखता रह गया।

"तुम तो चुप ही रहो।" वहाँ बैठे लोगों में वह सबसे छोटी थी। इस नाते उसे डाँटने का हक सबको था, खासतौर पर उसके बड़े भाई को तो सबसे ज्यादा। इस नाते मोहित ने उसे तुरंत टोका।

"बड़ा आदर्श दिखा रही हैं। अभी आंटी रो रही हैं, लेकिन अगर ललिता उन्हें सच बता देती तो सारी जिंदगी खुद रोती।" मोहित ने गौरी को डपटा था।

"परिवार से दूर रहकर भी तो वो रोएँगी ही, भैया। वो भी तो अंकल-आंटी लोगों को याद कर रही होंगी!" गौरी ने दृढ़ शब्दों में कहा और फिर धीमे-से जोड़ा, "लेकिन न जातीं तो वो और पवन भैया, दोनों एक-दूसरे के लिए ऐसे ही परेशान होते! क्या कोई बीच का रास्ता नहीं निकल सकता था, जिससे सभी खुश रहते?"

जिस दिन से ललिता भागी थी, उसी दिन से ये सवाल उसके दिल पर बोझ बने हुए थे। आज परिवार के बड़ों के सामने उसने उस बोझ को उतारने की कोशिश की। उसे लगा, कोई तो उसके इस सवाल का जवाब देगा।

ऐसी स्थितियों में परिवार के बड़ों को बहुत समझदारी से काम लेने की जरूरत होती है। गौरी का सवाल जायज ही था। वास्तव में, इस तरह से भागकर ललिता हमेशा अपने परिवार के लिए दु:खी और परेशान होती रहेगी। आत्मग्लानि भी उसे कभी चैन से जीने नहीं देगी, लेकिन यदि वह ऐसा न करती तो पवन के बिना भी जीना उसके लिए बेमानी हो जाता। ऐसा करके वह पवन के साथ भी तो अन्याय करती। यदि निभाना नहीं था तो प्यार में आगे क्यों बढ़ी?

कहते हैं, प्यार करते नहीं हैं, हो जाता है। तो ऐसी सहज भावनाएँ क्या दोबारा-तिबारा होती रहती हैं और ऐसी सहज भावनाओं को क्या आसानी से भुलाया जा सकता है? गौरी के सवाल ने दोनों परिवारों के बड़ों को भी सोच में डाल दिया था।

कुछ देर विचार करके गिरीश बाबू बोले थे, "गौरी ठीक कह रही है, मोहित। बीच का रास्ता ही निकालने की जरूरत थी। अधिकतर होता यह है कि परिवार के बड़े अपनी जिद पर अड़ जाते हैं और बच्चे अपनी, जिससे केवल आपसी संघर्ष ही बढ़ता है, सब दु:खी होते हैं, लेकिन समाधान कोई नहीं निकलता। अगर ऐसे में घर के बड़े समझदारी और सूझ-बूझ से काम लें तो स्थिति बिल्कुल अलग हो सकती है। अगर किसी कारण उन्हें वो लड़का नहीं पसंद है तो इस बारे में वे ललिता से बात करते, अपना पक्ष रखते। वह भी अपना पक्ष रखती। ठंडे दिमाग से बात करने से कोई-न-कोई बीच का रास्ता जरूर निकल आता।"

आपसी संघर्ष की बजाय बीच का रास्ता निकालने पर आम सहमति बनते देख गौरी का दिल चुपके-से उछल पड़ा था। ऐसी बातों से उसे अपना भविष्य सुरक्षित लग रहा था। उसे खयाल भी न रहा था कि वह कब अविनाश के साथ भावी जीवन के सपने बुनने लगी थी। उसकी भावनाओं से भी पूरी तरह से आश्वस्त थी, लेकिन साथ ही दोनों परिवारों के बीच जात-पाँत, रीति-रिवाजों, रहन-सहन, परंपराओं के भीषण अंतर को भी अच्छे से जानती-समझती थी। ऐसे में आपसी समझ-बूझ की बातें उसे सुकून पहुँचा रही थीं। अगर उसके और अविनाश के मामले में ऐसी ही आपसी सूझ-बूझ अपनाई गई तो उसका सपना पूरा हो सकेगा। उसका मन आशाओं के झूले में हिलोरें ले रहा था!

सूझ-बूझ वाला सुझाव देने के कारण उसे कुछ और भी फायदे हो गए। सुधाजी और विनोदजी को अपनी बेटी पर बहुत गर्व महसूस हो रहा था। गिरीशजी तो यों भी उसे बहुत अधिक पसंद करते थे, लेकिन आज तो लताजी के मन में उसके लिए कुछ खास ही प्रेम उमड़ रहा था।

आज गौरी के विचारों ने अविनाश के सामने एक नई गौरी प्रस्तुत की थी, जिसे देख उसके मन में प्रेम की तरंगें कुछ और भी उमड़ने-घुमड़ने लगीं। आगे की चर्चाओं में वह अधिकतर खामोश रहा। उस खामोशी में वह कभी सबकी निगाहें बचाकर गौरी को निहारता, तो कभी उसके विचारों पर मंथन करता रहा। अचानक दिल ने कहा कि अब गौरी से अपने दिल की बात कर ही डालनी चाहिए।

□

अब तक अविनाश अकसर ही गौरी को लेने उसके कॉलेज पहुँच जाता था।

उसके बाद दोनों कुछ खाने के बहाने कहीं रुककर साथ समय बिताते और उसके बाद ही वह गौरी को उसके घर छोड़ते हुए वापस अपनी दुकान जाता। इसलिए मौके की तो कोई कमी नहीं थी, लेकिन बस अविनाश ने इस दिशा में अभी तक कोशिश ही नहीं की थी और यह कोशिश उसने अगले ही दिन कर डाली।

अगले दिन अविनाश फिर से गौरी को लेने उसके कॉलेज पहुँच गया। ठीक उसी समय गौरी भी कॉलेज से निकली ही थी। वह जानती थी कि आज भी अविनाश उसे लेने आएगा। सो, उसने भी गेट से निकलते ही उसी ओर देखा, जहाँ अविनाश खड़ा होता था और उसकी ओर बढ़ आई। आगे जाकर थोड़ी ही दूर पर एक रेस्टोरेंट पर खाने के लिए रुके।

ऑर्डर देते ही अविनाश ने गौरी की ओर रुख किया, "कल तुम्हारी बात से मुझे एक बात तो समझ में आ गई।"

गौरी असमंजस से उसकी ओर देखने लगी। उसे समझ में नहीं आ रहा था कि अविनाश उसकी किस बात से क्या समझ गए। अविनाश की आँखों की चमक उसे आश्वस्त तो कर रही थी कि कोई चिंता की बात नहीं है, लेकिन फिर बात क्या थी?

"क्या, कौन सी बात?" आखिर उसने पूछ ही लिया। अविनाश के लहजे से उसकी आँखों में यूँ भी चमक आ गई थी। मुसकराती आँखों से उसकी ओर एकटक देखने लगी।

"यही कि तुमसे शादी करने के लिए पहले घरवालों से परमिशन लेनी होगी।"

अविनाश एक साँस में बोल गया। आत्मविश्वास से भरपूर उसकी आँखें लगातार गौरी के चेहरे पर टिकीं, उसके भावों को पढ़ रही थीं। गौरी कुछ क्षण उसे देखती रह गई। उसके शब्दों का मतलब समझने की कोशिश कर रही थी। देखते-ही-देखते उसकी मुसकराहट में अजब-सा बदलाव आ गया। आँखें कुछ लजा-सी गईं, जैसे अब जाकर उसने अविनाश की बातों का असल मतलब समझा था। झेंपकर हँस पड़ी और आँखें नीचे कर लीं। उसकी प्रतिक्रिया के एक-एक बिंब को अपने दिल में उतारते हुए अविनाश बड़े इतमीनान से उसे एकटक देख रहा था।

"क्यों, ऐसा ही है न?" न जाने उसे छेड़ा था या उसकी आवाज में सहमति सुनने की इच्छा थी या फिर शायद वह चाहता था कि एक बार फिर गौरी नजर उठाकर उसकी ओर देखे।

गौरी के झुके हुए चेहरे पर कानों तक फैली मुसकराहट और लाल होते गाल उसका हौसला बढ़ा रहे थे।

"क्या हुआ, बोलती क्यों बंद हो गई?" हँसते हुए उसने पूछा तो गौरी भी हँस पड़ी। हालाँकि उसकी हँसी में कुछ संकोच भी था।

फिर हँसते हुए उसकी ओर देखकर पूछ बैठी, "प्रपोज कर रहे हैं?" बात को मानो मजाक का रुख देने की कोशिश की थी, लेकिन हर पल उसकी आँखों की चमक बढ़ती ही जा रही थी। कुछ शर्म, कुछ संकोच और ढेर सारी खुशी के भाव उसकी आँखों से छलके जा रहे थे।

अविनाश ने भी लगभग उसी अंदाज में जवाब दिया, "हाँ, बिल्कुल!" और फिर, शरारती लहजे में आगे जोड़ा, "क्यों, किसी और से शादी करनी है क्या?"

सुनकर गौरी एक बार फिर झेंप गई। सिर झटककर आँखें एक बार फिर नीचे झुका लीं।

"हट्! किसी और से क्यों?" गौरी धीमे-से बस इतना ही बुदबुदाई थी।

उसकी खुशी जैसे मन में समा ही नहीं रही थी। अविनाश के साथ वह सचमुच ही बहुत ही रोमांटिक तबीयत की लड़की बन जाती थी। शायद उसके साथ होने पर उसके मन के सारे बंधन खुद ही खुल जाते।

कितनी ही बार उसने अविनाश के मुँह से उन तीन शब्दों को सुनने की कल्पना की थी। वैसा तो कुछ कभी हुआ नहीं, आज भी नहीं, लेकिन आज अविनाश ने जो कुछ कहा, उससे उसे वह खुशी मिल रही थी, जो अनगिनत बार कल्पनाओं में वे तीन शब्द सुनने में भी नहीं मिली थी, यानी यह जरूरी नहीं कि वे तीन शब्द ही बोले जाएँ। प्रेम की अभिव्यक्ति के अनेक तरीके हो सकते हैं।

उस अभिव्यक्ति के मीठे अहसास को अपने भीतर उतारते दोनों थोड़ी देर निःशब्द रह गए। बस, एक-दूसरे को तकते रह गए। न जाने किस संकोच ने घेर लिया कि चुपचाप सामने रखे स्नैक्स पर हाथ साफ करने लगे। गौरी रह-रहकर अविनाश की ओर देखती और हर बार उसकी निगाहों में खुद को ही पाती। मन चंचल हुआ जा रहा था। ऐसे में आखिर कितनी देर खामोश रहती। कुछ झिझकते हुए बोली, "मैंने सोचा न था कि आज आप ये बात करेंगे।"

"मैंने तो सोच लिया था कि आज ये बात करके ही रहूँगा।" अविनाश ने तपाक से जवाब दिया। जल्द ही उसकी आँखों की चमक में हलकी-सी गंभीरता उभरने लगी और धीमे से बोला, "बस, तुम्हारे घरवाले मान जाएँ!"

सुनकर गौरी भी गंभीर हो गई। आँखों में डर उभर आया। मिलन से पहले ही जुदाई का भय सताने लगा।

"और अगर नहीं माने तो?" डरे हुए चेहरे पर उभरा सवाल उसके होंठों पर भी आ गया।

"नहीं मानेंगे, तो हम मनाएँगे!" अविनाश ने पूरे आत्मविश्वास के साथ उसका हौसला बढ़ाया था। "डरती क्यों हो?" सुनकर गौरी उसकी ओर देखकर मुसकरा दी। पूरा भरोसा था उसे अविनाश पर।

इतनी देर तक गंभीर रहने की आदत दोनों में न थी। नतीजतन, अविनाश ने जल्द ही जोड़ा, "और, अगर फिर भी नहीं माने, तो हम भी भाग जाएँगे!" और दोनों हँस पड़े।

☐

घर आकर भी अविनाश के शब्द उसके कानों में गूँज रहे थे। खुश इतनी थी, जैसे सारी दुनिया मिल गई हो। पाँव तो जैसे जमीन पर ही नहीं पड़ रहे थे। दिल छलाँगें लगा रहा था। अविनाश के साथ बिताए हरेक क्षण, उससे हुई हरेक बात को रिकॉर्ड करने की इच्छा होने लगी।

"सबकुछ लिखकर रख लूँ क्या? कहीं समय के साथ सारी बातें भूल न जाऊँ...कुछ याद रहे, कुछ भूल न जाऊँ..." सोच-सोचकर खुद ही में मगन हुई जा रही थी।

"कल वाणी को बताऊँगी!" अपनी सबसे अच्छी सहेली के साथ अपने दिल का राज साझा करने से खुशी और भी बढ़ जाती है। फिर वाणी को तो अविनाश की नीयत पर हमेशा संदेह ही रहता था! कैसे कहा करती थी, "टाइम पास कर रहा है तेरे साथ! ट्रेडिशनल परिवार का लड़का है। परिवार की मर्जी के खिलाफ जाकर शादी थोड़े न करेगा?"

अब मिले कल! तब बताऊँगी, कि उस ट्रेडिशनल परिवार के लड़के ने क्या-क्या कहा! सोच-सोचकर खुद में खुश हुई जा रही थी।

अविनाश भी उस दिन अपने भीतर एक अजीब सा अंतर महसूस कर रहा था। गौरी से वे सारी बातें करके दिल पर से जैसे कोई बड़ा बोझ उतर गया था। कितनी ही बार अपने दिल की बात उससे खुलकर करने की इच्छा हुई थी, लेकिन हर बार वह अपनी इच्छा दबा लेता था। कई बार अफसोस भी होता।

कभी डर भी लगता कि कहीं गौरी बस यूँ ही उससे बात करती होगी तो? कहीं उसके मन में उसके लिए उस तरह की भावनाएँ न हुईं तो? हालाँकि गौरी का व्यवहार उसे आश्वस्त भी करता था।

प्यार का क्या है, वह जितना विश्वास में जीता है, उतना ही आशंकित भी रहता है।

खैर, आज तो उसकी सारी शंकाएँ दूर हो चुकी थीं। उसने अपने दिल की बातें खुलकर गौरी से कर लीं और उसका उत्तर भी सकारात्मक ही था। मन इतना खुश तो कभी न था। गौरी के चेहरे के हाव-भाव, उसकी मुसकराहट, उसकी बातें बरबस ही उसके दिल में उमंग भर देते। बेवजह हँसने का दिल कर रहा था। दुनिया में सबकुछ कितना अच्छा, कितना सुंदर लग रहा था। खुद में ही मुसकराया जा रहा था आज वह गंभीर-सा दिखनेवाला अविनाश।

दुकान में जाकर बैठा ही था कि उसका बचपन का दोस्त विनय आ गया। उसे देख अविनाश का मन उछल पड़ा। प्यार भरा दिल अपना राज दोस्त के सामने खोलने के लिए आतुर हुआ जा रहा था। जब से काम में लगे थे, दोनों की मुलाकातें थोड़ी कम हो गई थीं, जबकि विनय की मोबाइल शॉप उसकी दुकान से अधिक दूर नहीं थी, लेकिन दुकान छोड़कर मिलना-जुलना संभव नहीं होता था। फिर भी, अभी भी दोनों की दोस्ती में कोई अंतर नहीं आया था।

अविनाश और गौरी के रिश्ते को वह तभी से समझ रहा था, जब से अविनाश ने गौरी को उसके घर छोड़ने जाना शुरू किया था। उसकी दुकान रास्ते में ही पड़ती और अविनाश की बाइक वह अच्छी तरह से पहचानता था। बस, दो ही दिन वह गौरी को छोड़ने गया था कि तीसरे ही दिन विनय ने अविनाश से गौरी के बारे में पूछ भी डाला था। हालाँकि उस समय तो अविनाश उसे टाल गया था, लेकिन सच्चाई विनय से अधिक दिन छुपी न रही और न ही अधिक दिनों तक अविनाश ने भी ऐसा कुछ करने की कोशिश की।

आज उसे दुकान पर अचानक देख अविनाश को कुछ ज्यादा ही खुशी हुई। वह सचमुच उसे याद कर रहा था। उसे बताना चाहता था कि आज गौरी के साथ उसकी क्या बातें हुईं। अविनाश ने उसे कुछ देर बैठने को कहा, जल्दी से अपना काम निपटाया, अपनी जगह पर एक लड़के को बैठाया और पापा से 'थोड़ी देर में आता हूँ' कहकर विनय के साथ बाहर निकल गया।

चाय की दुकान पर पहुँचते-पहुँचते अविनाश ने विनय को सारी बातें बता दीं।

"क्या बात कर रहा है? सच में बोल दिया तूने?" विनय को जैसे उसकी बातों पर विश्वास नहीं हो रहा था। "क्या बोली वो, राजी है न?"

"हाँ और क्या?" अविनाश ने हँसकर जवाब दिया और धीरे-धीरे दोनों दोस्त आगे आनेवाली गंभीर परिस्थितियों का आकलन करने लगे। आनेवाले हर हालात के लिए अविनाश तैयार था और विनय भी यह बात अच्छी तरह से समझता था।

□

इसके साथ ही अविनाश और गौरी के बीच और भी अधिक बेतकल्लुफी हो गई थी, लेकिन साथ ही दोनों के व्यवहार में कुछ और बदलाव भी आ गए थे। दोनों में एक-दूसरे के लिए अधिकार का भाव कुछ अधिक ही बढ़ने लगा था। अविनाश की नजरें बेखौफ उस पर टिक जातीं, जबकि गौरी नजरों ही नजरों में अकसर उसे इस धृष्टता के लिए डपट देती। लोगों के बीच दोनों सामान्य दिखने की पूरी कोशिश करते, लेकिन जब भी अकेले में मुलाकात हो जाती, दोनों के मन में अजीब-सी भावनाएँ उमड़ने लगतीं। अभी तक तो उस तरह की भावनाएँ दोनों के मन में नहीं आती थीं, लेकिन एक-दूसरे की भावनाओं को लेकर आश्वस्त होने के बाद दोनों के बीच घनिष्ठता और भी अधिक बढ़ने लगी थी।

समय तेजी से बीत रहा था। सोनल की शादी की तारीख नजदीक आती जा रही थी। गौरी के कॉलेज में सर्दी की छुट्टियाँ शुरू हो चुकी थीं और उसकी छुट्टियाँ खत्म होते ही सोनल की शादी होनेवाली थी। ऐसी स्थिति में इन दो प्रेमियों ने भी वही सारी चतुराई अपनानी शुरू कर दी, जो आमतौर पर सभी प्रेमी जोड़े करते हैं। शादी की तैयारियों के बहाने गौरी का अविनाश के घर आना-जाना बढ़ गया। जिस दिन उसे घर आना होता, अविनाश भी उस दिन किसी-न-किसी बहाने थोड़ी देर के लिए ही सही, घर आ जाता। नतीजतन, दोनों को साथ रहने के ज्यादा मौके मिलने लगे और कभी-कभार अकेले में आँखें चार करने के मौके भी मिल जाते।

शादी के लिए बस एक सप्ताह रह गया था, जब सोनल का मँगेतर शहर में आया था। शादी की तैयारियाँ पूरे जोर-शोर से चल रही थीं। घर में बहुत-से लोगों का आना-जाना लगा रहता था। ऐसे में होनेवाले दामाद की आवभगत अपने घर में करना लताजी को उचित नहीं लगा। दामादजी भी ऐसा कुछ नहीं चाहते थे। वे तो बस सोनल से मिलना चाहते थे। रात में ही उसने फोन पर सोनल को

बताया कि वह सुबह वहाँ पहुँच रहा है। सबकुछ इतनी जल्दी हुआ कि सोनल इस विषय में गौरी को बता नहीं सकी। वह तो फटाफट भावी पति से मिलने की तैयारियों में मगन हो गई थी।

दोपहर का खाना खाकर जब गौरी अविनाश के घर पहुँची तो आंटी ने दरवाजा खोला। यह जानकर कि सोनल अपने मंगेतर से मिलने गई है और घर में केवल आंटी ही हैं, गौरी को वहाँ रुकने में संकोच होने लगा। जब से अविनाश ने उससे अपने दिल की बात की थी, तबसे अनजाने में ही मन-ही-मन सारे रिश्ते बन गए थे। ऐसे में भावी सास के साथ संकोच होना स्वाभाविक ही था।

"तो फिर मैं चलूँ, आंटी? सोनल को तो देर होगी।" गनीमत तो बस यह थी कि 'माँजी' कहना शुरू नहीं किया था।

"अरे बैठ न, आती होगी। तब तक हम दोनों ये विदाई की साड़ियाँ पैक करते हैं। समधनों को देनी हैं।" आंटी बाहर के कमरे में ही सारी साड़ियाँ और पैकिंग का सामान रखे बैठी थीं।

"ये तो मैं अकेली ही कर लूँगी, आंटी। आप कुछ और काम कर लीजिए।" हाथों से सजावट, पैकिंग, चित्रकारी जैसे कामों में गौरी बड़ी ही माहिर थी, यह बात सभी जानते थे। फिर उसे तो इसी बहाने होनेवाली सासू माँ को प्रभावित भी करना था।

"ठीक है। फिर मैं जरा पड़ोस में मधु भाभी के पास से होकर आती हूँ। जरूरी काम है। बस, दस मिनट में आ जाऊँगी। ठीक है?"

"ठीक है, आंटी। आप जाइए, आराम से आइए। मैं इसे करती हूँ।" और आंटी के जाते ही गौरी ने पैकिंग का सारा सामान फैलाया और जुट गई अपने काम में। सच में ठीक दस मिनट पर कॉलबेल बजी।

"आ गईं आंटी" सोचते हुए गौरी ने जैसे ही दरवाजा खोला, सामने अविनाश को खड़ा देख चौंक गई।

"आप?" बस इतना ही बोल सकी।

"तुम?" वह भी कोई कम नहीं चौंका था।

आज वह सचमुच जरूरी काम से घर आया था वरना गौरी के आने की तो आज उसे उम्मीद ही न थी। वह समझ रहा था कि गौरी जानती होगी कि आज सोनल घर पर नहीं है।

गौरी को यह सोचकर संकोच घेरने लगा कि इस समय घर में केवल वे

दोनों ही थे। माँ बाहर गईं हैं, जानकर अविनाश को भी कुछ असहज-सा महसूस होने लगा।

"मैं ये सामान रखकर आता हूँ", बोलकर अविनाश हाथ में लिये हुए बंडलों को रखने भीतर चला गया। गौरी ने भी दरवाजा बंद किया और दोबारा अपने काम में जुट गई। अविनाश कमरे में वापस आया और उसकी बगल में ही बैठ गया।

शाम होनेवाली थी। ढलते सूरज की सर्द धूप खिड़कियों से छनकर कमरे में आ रही थी और सीधे गौरी के दमकते चेहरे पर पड़ रही थी। अविनाश उसे बहुत ही ध्यान से देख रहा था। गौरी ने उसकी ओर देखा तो मुसकरा दिया।

"मुझे लगा था, आज तुम नहीं आओगी।" उसके काम की ओर देखते हुए अविनाश ने कहा।

गौरी ने अपना काम जारी रखा और बोली, "मुझे मालूम ही नहीं था कि आज सोनल घर पर नहीं है। वो तो यहाँ आकर मालूम हुआ कि···"

"अच्छा हुआ न?" उसकी बात बीच में ही काटकर अविनाश मुसकराया था।

तात्पर्य समझकर गौरी शरारत से मुसकरा दी, "अच्छा जी?" और दोनों हँस दिए।

"और क्या? देखो इसी बहाने हम दोनों अकेले में···" अधूरी बात पर ही गौरी की ओर देखकर मुसकरा दिया।

"ज्यादा खुश होने की जरूरत नहीं है। आंटी आती ही होंगी।" गौरी ने चिढ़ाया तो वह भी खुलकर हँस दिया।

"हम्म्म···इसी बात का तो दुःख है" गहरी साँस लेकर बोला तो दोनों एक बार फिर हँस दिए।

"अच्छा चलो, चाय पिओगी?" सहज रहने की कोशिश में अविनाश ने पूछा।

"बनाऊँ?" गौरी ने अविनाश के सवाल पर सवाल किया।

"मैं बनाता हूँ।"

"आप? बनानी भी आती है?"

"अरे! समझ क्या रखा है तुमने मुझे? तुमसे अच्छी चाय बना सकता हूँ।" अविनाश के दंभ पर दोनों खुलकर हँस दिए।

"जाने दीजिए। मैं बनाती हूँ।" कहकर गौरी उठने को ही थी कि अविनाश

ने कंधे से पकड़कर उसे वापस बैठा दिया।

"बैठो चुपचाप। अपना काम करो। आज मेरे हाथ की चाय पीकर देखो तो।"

तभी एक बार फिर कॉलबेल बजी और अविनाश ने दरवाजा खोला। आंटी वापस आ गई थीं।

"आप आ गईं? मैं चाय बनाने जा रहा था, पिएँगी?"

उसकी बात का जवाब देने के बजाय माँ उल्टे उसी से सवाल कर बैठीं, "तुम इस समय यहाँ क्या कर रहे हो?"

न जाने कब से वह बाहर खड़ी उन दोनों की बातें सुन रही थीं। मन में उभरा शक गुस्से का रूप ले रहा था। अविनाश और गौरी की बातचीत में उन्हें एक नए रिश्ते की गंध आ रही थी, जिसे वह किसी भी तरह से स्वीकार नहीं कर पा रही थीं। उनका मन सख्त हो रहा था।

"अरे, आपने पापा से कुछ सामान भेजने के लिए कहा था न, वही लेकर आया था। अंदर रखा है। चलिए देख लीजिए।" अविनाश सच बोल रहा था। गौरी भी पूरी तन्मयता से अपने काम में जुटी थी। देखकर माँ के मन को कुछ तसल्ली हुई और चुपचाप अविनाश के साथ अंदर चली गईं।

फिर चाय बनी और तीनों ने साथ चाय पी। इस बीच गौरी ने अपनी पैकिंग भी पूरी कर ली। सारा सामान एक कमरे में अविनाश के साथ सहेजकर रखते हुए गौरी ने धीमे-से कहा, "मैं भी आपके साथ ही चलूँ? घर छोड़ दीजिएगा।"

"क्यों? तुम रुको न।"

"क्या करूँगी? अब सोनल भी नहीं है। आप भी जा रहे हैं।"

"अरे, मैं जल्दी आ जाऊँगा। सोनल भी आती ही होगी। तब तक थोड़ी देर माँ के साथ भी बैठो," फिर थोड़ा ठहरकर आगे जोड़ा, "बाद में जब मैं दुकान पर रहूँगा, तब तुम्हें उन्हीं के साथ तो रहना होगा!" बोलकर अविनाश हँसा और गौरी झेंप गई, "चुप रहिए! हर वक्त बेशर्मी!"

"अरे! इसमें बेशर्मी कैसी? कुछ गलत कहा क्या?" गौरी का चेहरा लाल होता जा रहा था।

□

इस बार माँ को कोई संदेह नहीं रहा। अपना शक दूर करने के लिए ही उन्होंने उन दोनों को थोड़ी देर एकांत में छोड़ा था। सबकुछ सुनकर भी अनजान

बनती हुई कमरे में उन दोनों के सामने आ खड़ी हुईं। "क्या हुआ?"

"कुछ नहीं, माँ। यह जाने के लिए कह रही है।" अविनाश ने पूरी शालीनता से जवाब देने की कोशिश की।

"अरे! अभी रुको न! सोनल आती ही होगी। फिर चली जाना।" माँ ने पूरी आत्मीयता के साथ कहा तो गौरी मना नहीं कर सकी। वैसे भी होनेवाली सासू माँ का आग्रह टालकर उन्हें नाखुश कैसे कर सकती थी?

गौरी और अविनाश न केवल इस बात से अनजान थे कि माँ के सामने उनका राज खुल चुका है, बल्कि वे यह भी नहीं जानते थे कि उनके मन में क्या चल रहा है।

व्यापारी समाज की महिलाओं के बीच लताजी की बड़ी ही धाक थी। परंपराओं के मामले में कड़क लताजी को उनके समाज की कितनी ही महिलाएँ 'बड़ी सेठानी' कहकर पुकारती थीं। अपने ही परिवार में परंपराओं को आसानी से टूटने तो दे नहीं सकती थीं वह। अविनाश के जाते ही उन्होंने दोनों को दूर करने की अपनी योजना को अंजाम देना शुरू किया।

"अब एक ही सप्ताह में सोनल अपनी ससुराल चली जाएगी।"

"जी आंटी! देखिए, कितनी जल्दी समय गुजर गया और शादी इतनी नजदीक भी आ गई।"

"हाँ!" उन्होंने गहरी साँस लेते हुए कहा, "और फिर मैं अकेली रह जाऊँगी।"

"जी आंटी! वो तो है।" गौरी की उदासी के भी अपने कारण थे, "सोनल की शादी के बाद तो मेरे पास भी यहाँ आने का कोई बहाना नहीं रहेगा।"

"इसीलिए तो लगता है, सोनल की शादी से पहले अविनाश की शादी कर देती तो अच्छा होता, लेकिन···" अविनाश की शादी की चर्चा करके लताजी गौरी की प्रतिक्रिया देखना चाहती थीं।

इस अप्रत्याशित जिक्र पर वह वास्तव में संकुचित हो गई और सिर झुकाकर चुपचाप बैठ गई। उसे डर था कि कहीं लता आंटी उसकी आँखों में अविनाश के लिए छलकता प्यार देख न लें, जबकि वे तो उसकी झुकी पलकों को भी बारीकी से पढ़ रही थीं।

"अभी उसे नहीं पता, लेकिन उसके लिए बहुत अच्छे रिश्ते आ रहे हैं," आंटी ने लगभग फुसफुसाते हुए कहा। उनकी बातों से बेशुमार खुशी छलकी जा

रही थी, जबकि गौरी दिल-ही-दिल में बुरी तरह से कुढ़ रही थी।

"देख, वो अभी तैयार नहीं होता, लेकिन उसकी शादी की उम्र तो हो ही गई है।"

इस बात से तो गौरी पूरी तरह से सहमत थी। उनके परिवार के चलन के हिसाब से तो अविनाश की शादी की उम्र कब की हो चुकी थी। व्यापारी वर्ग में तो लड़के-लड़कियों की शादी बहुत ही जल्दी हो जाती है। उनके व्यापारिक जीवन में न ही डिग्री की जरूरत और न ही नौकरी की तलाश। फिर, यहाँ तो जमा-जमाया व्यापार था। कोई भी ऐसी बात नहीं थी, जिसके कारण अविनाश की शादी में देरी की जाए। वह तो अविनाश था, जो बहनों की शादी के बहाने अपनी शादी टाल रहा था। वह तो चाहता था कि इसी बहाने गौरी कम-से-कम अपनी एम.ए. पूरा कर ले ताकि उसके परिवारवाले उनके रिश्ते पर कोई आपत्ति न करें, लेकिन अब तो सोनल की भी शादी हो रही थी। इसके बाद अविनाश के पास बहाना भी नहीं रहेगा। सोचकर गौरी के मन में अजब सी कसक उठी थी।

"एक लड़की मुझे बहुत पसंद आई है।"

अब तो हद ही हो गई।

'आंटी ने क्या सबकुछ तय ही कर लिया है?' गौरी ने चौंककर उनकी ओर देखा।

वे भी गौर से उसकी ओर ही देख रही थीं। उनकी नजरों में उनके बेटे की नजरों की झलक आती थी। वैसी ही काली, छोटी, गहरी निगाहें देखकर गौरी ने एक बार फिर से नजरें झुका लीं।

इसके साथ ही आंटी ने उस अनजान लड़की की जो तारीफ करनी शुरू की, वह रुकने का नाम ही नहीं ले रही थी। उस लड़की में हर वह गुण था, जिनमें गौरी बिल्कुल फिसड्डी ही थी, लेकिन अविनाश के परिवार में शादी के लिए लड़की में वे सारे गुण होने बहुत जरूरी समझे जाते थे।

"सिलाई-कढ़ाई में अव्वल है वो!" आंटी ने पूरे उत्साह के साथ बताया। "अपनी सलवार-कमीज, अपनी माँ के ब्लाउज, सब खुद ही सिल डालती है।"

सब जानते थे कि इस तरह के गुर गौरी के वश की बात नहीं थी। उसके लिए तो अपने कपड़ों की मामूली मरम्मत करना ही बहुत बड़ी बात थी।

"और, इतनी सुंदर-सुंदर चादरें, मेजपोश, सोफा-कवर तैयार किए हैं कि प्रोफेशनल कारीगर मात खाएँ!"

"उफ! कितनी तारीफ करेंगी आंटी!"

गौरी का मन खिन्न होता जा रहा था। वह जानती थी कि उनके यहाँ इस तरह की कलाकारी का बहुत महत्त्व था। कविता और सोनल ने भी अपनी शादी के लिए चादरों पर बहुत सुंदर-सुंदर कढ़ाई की थी, लेकिन गौरी का मन इन सब कामों में नहीं लगता था। उसके लिए एक रूमाल में छोटी सी बूटी काढ़ लेना ही बहुत बड़ा काम होता।

"बस, सोनल की शादी होते ही अविनाश की भी सगाई कर दूँगी।"

अब तो हद ही हो गई थी। आंटी ने शायद सबकुछ आज ही बताने का निश्चय कर लिया था। "और अगली लगन में ही उसकी भी शादी" आंटी ने भी आगे जोड़कर ही दम लिया।

जब गौरी का चैन पूरी तरह से छिन गया, उसके बाद ही सोनल का पदार्पण हुआ और गौरी को लता आंटी की जलाने वाली बातों से छुटकारा मिला।

सोनल उमंग के साथ योगेश के साथ अपनी मुलाकात के बारे में बता रही थी, लेकिन बेचारी गौरी की सारी उमंग तो लता आंटी कब की छीन चुकी थीं। सोनल की बातों में उसे कोई रुचि आती भी तो कैसे? उसके मन में तो उस अनजान लड़की का डर बैठ गया था, जो अब अविनाश की जिंदगी में जगह बनाने वाली थी। सिरदर्द का बहाना करके जल्दी ही अपने घर वापस चली गई।

उसे व्यथित देख लताजी बहुत खुश हुईं। उनकी योजना काम कर गई थी।

□

रात का खाना जल्दी खाकर गौरी सोने चली गई। लता आंटी के इरादों ने उसके सारे अरमानों पर पानी फेर दिया था। अचानक उसे लगने लगा, जैसे वह अविनाश के लायक ही नहीं थी। भले ही लता आंटी ने ऐसा कभी नहीं कहा और न ही ऐसा कुछ जताया, लेकिन उस अनजान लड़की की ऐसी तारीफ की और वह भी उन बातों के लिए, जिनमें गौरी सचमुच बहुत पीछे थी कि गौरी का मन बुरी तरह से हताश हो गया।

"अगर लता आंटी को वो लड़की इतनी पसंद है, तब तो वे उसे ही अपनी बहू बनाएँगी!" सोच-सोचकर गौरी के दिमाग में सचमुच दर्द होने लगा।

सुबह माँ ने अपने कॉलेज जाते समय पूछा, "आज सोनल के पास कितने बजे तक जाओगी?"

"मैं नहीं जा रही आज वहाँ···" गौरी ने खिन्न मन से जवाब दे दिया।

"क्यों, क्या हुआ?"

माँ के सवाल पर गौरी थोड़ी सतर्क हुई। माँ को सच तो बता ही नहीं सकती थी। सो फटाफट एक सॉलिड बहाना ढूँढ़ा···"थोड़ा सिरदर्द है। दवा लेकर थोड़ा आराम कर लूँ···कल से कॉलेज भी तो खुल रहे हैं।"

सुधाजी ने भी सहमति जताई और अपने कॉलेज चली गईं। गौरी फिर से अपनी उलझनों में अकेली ही उलझती रह गई।

सोनल का फोन आया तो उससे भी सिरदर्द का बहाना बना दिया, लेकिन फोन रखते ही बिलख पड़ी।

'मैं झूठ-मूठ ही इतने सपने बुनने लगी थी।' सोच-सोचकर खुद ही खुद को बीमार करती जा रही थी। बिस्तर पर जा गिरी। पूरे तकिए को आँसुओं में भिगो दिया, लेकिन मन था कि शांत ही नहीं हो रहा था। कॉलबेल की आवाज पर चेहरा पोंछते हुए, दरवाजे की ओर बढ़ी।

"इस समय कौन होगा?" सोचते हुए दरवाजा खोला तो देखा सामने अविनाश खड़ा था।

"आप?" आँखें फाड़े हैरानी से उसे देखती रह गई। उसे अपनी आँखों पर भरोसा ही नहीं हो रहा था। इस समय तो अविनाश को दुकान पर होना चाहिए था। फिर यहाँ कैसे? आँखों के आँसू अभी सूखे नहीं थे। गालों पर सूखे हुए आँसुओं के निशान भी साफ नजर आ रहे थे। अविनाश हैरानी से कुछ देर गौरी को देखता ही रह गया।

"क्या हुआ तुम्हें?" समझ ही नहीं सका कि गौरी इस तरह से रो क्यों रही है।

"नहीं, कुछ नहीं।" कहते हुए उसने झट-से अविनाश से नजरें चुराते हुए बचे-खुचे आँसू पोंछे।

"कुछ तो हुआ है। बताती क्यों नहीं, रो क्यों रही हो?" अविनाश घबरा गया था। "क्या बात हो गई? आंटी कहाँ हैं?"

"कॉलेज गईं हैं।" गौरी ने बस उसके आखिरी सवाल का ही जवाब दिया। और अविनाश के असली सवालों से बचने के लिए झटपट बात बदलने की एक नाकाम कोशिश की, "आप कैसे आए? कोई काम था?"

"हाँ, सोनल ने बताया तुम्हारी तबीयत खराब है, लेकिन तुम तो।···" अविनाश के चेहरे पर चिंता की लकीरें स्पष्ट हो रही थीं। "क्या हो गया, बताओ

न? ज्यादा तबीयत खराब है, डॉक्टर के पास चलें?"

वह यही समझा कि गौरी की तबीयत कुछ ज्यादा खराब है और अब अनुमान लगा रहा था कि अकेली होने के कारण घबराहट में रोने लगी होगी।

"नहीं!" गौरी ने झटपट सफाई देने की कोशिश की, "डॉक्टर की कोई जरूरत नहीं। मैं ठीक हूँ। बस, थोड़ा सिरदर्द था।…दवा ले ली थी। ठीक है अब।"

अविनाश ध्यान से उसे देख रहा था। उसे साफ नजर आ रहा था कि गौरी उससे झूठ बोल रही है, कुछ छुपा रही है। 'किसी ने कुछ कह दिया क्या' सोचकर थोड़ा सा तो उसका मन भी घबराया, 'कहीं मेरे बारे में ही तो नहीं।…' फिर भी, मन को थोड़ा संयत करके बोला, "ठीक हो, तो चलो। सोनल भी इंतजार कर रही है।"

गौरी उसके यहाँ नहीं जाना चाहती थी। वह एक बार फिर लता आंटी का सामना करना नहीं चाहती थी। कहीं वे फिर से उस लड़की के बारे में न बताने लगें…'नहीं, नहीं! मैं नहीं जाऊँगी उनके सामने', सोचकर बोली, "आज रहने दीजिए…मन नहीं है…"

अविनाश लगातार उसके चेहरे के भाव पढ़ रहा था। उसे साफ नजर आ रहा था कि कुछ और ही बात है, जो गौरी को परेशान कर रही है।

"एक मिनट! बैठो यहाँ," बोलकर उसने गौरी को एक कुरसी पर बैठा दिया और दूसरी कुरसी उसके ठीक सामने खींचकर बैठ गया और उसकी आँखों में देखते हुए बोला, "सच-सच बताओ। बात क्या है?"

अब और छुपा पाना उसके लिए असंभव हो रहा था। अटकते-अटकते बता ही दिया कि अविनाश के लिए बहुत से रिश्ते आ रहे हैं और लता आंटी ने उसके लिए एक लड़की पसंद भी कर ली है। अविनाश बहुत ही ध्यान से उसकी बात सुन रहा था। उसे ताज्जुब हो रहा था कि कल ही रात को खाना खाते समय माँ ने उसके सामने भी उसकी शादी की बात छेड़ी थी, लेकिन समझ नहीं पा रहा था कि उन्होंने ये सब बातें गौरी से क्यों कीं!

"तो इस चक्कर में तुमने रो-रोकर आँखें सुजा लीं?" सुनकर गौरी ने एक बार फिर नजरें नीचे कर लीं। "मुझ पर भरोसा है या नहीं?" गौरी ने सिर हिलाकर सहमति जताई।

"फिर, इतना रोना-धोना क्यों? माँ को अभी हमारे बारे में पता नहीं है, इसलिए वो ये सब बातें कर रही हैं। जब पता चलेगा, तब थोड़ी न…" अविनाश

ने उसे समझाने की कोशिश की।

गौरी ने कुछ सशंकित निगाहों से उसे देखा।

"देखो, ऐसे घबराने से क्या होगा? सोनल की शादी होने दो, फिर हम लोग अपनी बात भी करते हैं। ठीक है न?"

एक बार फिर गौरी ने सिर हिलाकर ही स्वीकृति दे दी। कुछ क्षण अविनाश उसे यूँ ही निहारता रहा। देख रहा था कि अभी भी वह पूरी तरह से नॉर्मल नहीं हुई थी।

"चलो अच्छा है न! कम-से-कम मेरे लिए कुछ रिश्ते तो आए। तुम्हें तो खुश होना चाहिए···मेरी भी डिमांड है, भई!" गौरी को हँसाने की नीयत से वह बोला और उसकी बातों से सचमुच ही गौरी के चेहरे पर अचानक ही हँसी की फुहार फूट गई। उसे हँसते देख अविनाश की आँखों में राहत के भाव आए।

"चलो अब। जल्दी चलो, मुझे और भी काम हैं।"

गौरी की नजरों में एक बार फिर संकोच उभर आया। उसने अविनाश की ओर देखकर सिर हिला दिया, फिर बहुत ही मंद स्वर में बोली, "नहीं, नहीं। मैं नहीं जाऊँगी।"

सुनकर अविनाश थोड़ी देर उसे देखता रहा, फिर अंतिम प्रयास किया, "ठीक है। फिर मैं भी नहीं जाता।" और हाथ बाँधकर चुपचाप बैठ गया। गौरी किंकर्तव्यविमूढ़-सी उसे देखने लगी। फिर खीझकर बोली, "बहुत जिद्दी हैं। बैठिए, आती हूँ तैयार होकर।"

अविनाश शरारत से हँस पड़ा।

अविनाश समझ रहा था कि अब उसके सामने मुश्किल समय आने वाला है। घर में उसकी शादी की बातें होंगी, वह गौरी से शादी करने का प्रस्ताव रखेगा और घर में इस बात का विरोध होगा। न केवल उसके घर में, बल्कि गौरी के घरवाले भी आसानी से इस रिश्ते को मंजूरी नहीं देंगे, लेकिन वह हमेशा से ऐसी स्थिति का सामना करने के लिए तैयार था। उसे तो बस सोनल की शादी होने का इंतजार था।

□

घर पहुँचने पर पीछे के कमरे से सीधे लताजी नजर आईं। गौरी और अविनाश दोनों की ही नजर उन पर पड़ी। वे भी उनकी ओर ही देख रही थीं।

देखकर गौरी तो तेजी से सोनल के पास चली गई और अविनाश अपने कमरे में चला गया। थोड़ी ही देर में माँ उसके कमरे में आईं।

"वो तुम्हारे साथ आई है?" अविनाश अपनी आलमारी से कुछ सामान निकाल रहा था। माँ की आवाज सुनकर चौंककर पलटा, "कौन, गौरी?"

"हाँ।" माँ की आवाज में अजब सी सख्ती थी, लेकिन अविनाश ने उस ओर ध्यान नहीं दिया और लापरवाही से जवाब दिया, "हाँ। क्यों?" और वापस अपने काम में लग गया।

"ये तो मैं तुमसे पूछ रही हूँ, तुम उसे लेने क्यों गए थे?"

"अरे! इसमें क्या हो गया माँ? मैं तो अकसर ही उसे लेने और घर छोड़ने जाता हूँ। आज क्या हो गया?"

"ठीक है। अब तक जो हुआ, सो हुआ। अब ये सब करने की जरूरत नहीं है।" लताजी की आवाज की सख्ती बढ़ती ही जा रही थी।

"क्यों, ऐसा क्या हो गया?" अविनाश की आवाज में भी कुछ सख्ती आ गई।

"देखो बेटा, पहले की बात मैं नहीं करती, लेकिन अब उससे दूरी बनाकर रखो। ये सब ठीक नहीं है।"

"क्या ठीक नहीं है, माँ? आप कहना क्या चाहती हैं। साफ-साफ क्यों नहीं कहतीं?"

अविनाश समझ रहा था कि माँ उसके नए रिश्ते के कारण ऐसी बात कर रही है, लेकिन अपना पक्ष स्पष्ट करने के लिए वह माँ के मुँह से स्पष्ट बात सुनना चाहता था।

"साफ बात ये है, बेटा कि कल मैंने तुम दोनों की बातें सुनीं और कान खोलकर सुन लो, ऐसी बातें मुझे जरा भी पसंद नहीं। तुम्हें न ही घर की संस्कृति का खयाल रहा और न ही अपनी परंपराओं का।"

अविनाश का जैसे खून ही सूख गया। जुबान तालू से चिपक गई। माँ ने तो एक नई ही बात की थी। इसकी उसे तनिक भी उम्मीद न थी। उसने जरा भी नहीं सोचा था कि माँ ने कल उसकी और गौरी की बातें सुन ली थीं, इसलिए इतनी सख्ती से पेश आ रही थीं।

"लेकिन माँ···" उसकी जुबान लड़खड़ाने लगी।

"लेकिन-वेकिन कुछ नहीं। न जाने क्या-क्या गुल खिलाते रहे हो दोनों

इतने दिन? हमें कुछ खबर ही नहीं। सबकुछ खुद ही तय करके बैठ चुके हो। किसी से कुछ पूछने-बताने तक की जरूरत नहीं समझी! कोई बात तक नहीं की।...हमें तो तब पता चलता, जब ललिता और पवन की तरह भाग जाते..." लताजी बड़बड़ाने लगी थीं।

अविनाश हतप्रभ खड़ा उन्हें देख रहा था।

"ये सब क्या बोले जा रही हैं आप, माँ? ऐसा क्या कर दिया हमने? कोई गुल-वुल नहीं खिलाया...कहीं नहीं भाग रहे हम...इस तरह की बात मत कीजिए, प्लीज।"

अविनाश ने अपना पक्ष स्पष्ट करने की कोशिश की। साथ ही, गौरी के बारे में अपना इरादा बताने में भी कोई देरी किए बिना बोल पड़ा, "मैं...मैं उससे शादी करना चाहता हूँ। मैं तो बस सोनल की शादी होने का इंतजार कर रहा था। फिर खुद ही आपसे इस विषय पर बात करता।"

"यही तो मैं भी कहना चाहती हूँ, बेटा। सोनल की शादी हो जाने दो। इस समय कोई बखेड़ा न खड़ा करो। नहीं तो बहुत बदनामी होगी। उसकी खुशियों में बाधा न डालो!"

माँ अचानक ऐसे बोल रही थीं, जैसे अविनाश बहुत ही गैर-जिम्मेदार लड़का हो, जिसे अपनी बहन की शादी की, परिवार की इज्जत का कोई खयाल ही न हो। महसूस करके अविनाश को धक्का लगा।

"आपके कहने का मतलब है, मुझे अपनी बहन की चिंता नहीं या परिवार की इज्जत का खयाल नहीं?" उसका आवेश बढ़ने लगा था। "इतने सालों से मैं उसे चाहता हूँ। कभी किसी को इस बात का अहसास भी नहीं होने दिया। आज अचानक आपने हमारी बातें सुन लीं तो तुरंत ही मैं लापरवाह हो गया, गैर-जिम्मेदार हो गया?"

अविनाश की आवाज काँपने लगी थी। आँखें आक्रोश से जलने लगीं। इस तरह से बात करने की उसकी आदत नहीं थी। बात और न बिगड़े, सोचकर वह तेजी से बाहर निकल गया और कुछ ही सेकंड में उसकी बाइक स्टार्ट होने की आवाज सुनाई दी।

लताजी वहीं खड़ी की खड़ी रह गई थीं। अविनाश ने कुछ गलत नहीं कहा था। वह वास्तव में बहुत ही जिम्मेदार लड़का था। उसकी समझदारी पर तो उसके माता-पिता कितना गर्व महसूस करते थे, तो आज लताजी किसलिए उस

पर इस तरह का आरोप लगा बैठीं?

दुनिया देखी थी लताजी ने। वह जानती थीं कि समाज के नजरिए से गौरी और अविनाश का कोई मेल ही नहीं। सेठानी वाली उनकी ठसक अपनी जगह थी, लेकिन यह भी जानती थीं कि सुधाजी के परिवार में व्यापारी वर्ग से केवल दोस्ती की जाती है। रिश्ते के लिए वे लोग उच्च शिक्षा और ऊँचे ओहदे देखते थे। उनका मन डर रहा था कि कहीं इस रिश्ते में उनके लाडले अविनाश की बेइज्जती न की जाए। कहीं शिक्षा और प्रतिष्ठा के नाम पर उसे नीचा न दिखाया जाए।

फिर, उनकी अपनी सोच भी उन्हें यह रिश्ता स्वीकारने नहीं दे रही थी। वैसे तो उन्हें गौरी पसंद थी और अविनाश तो उनकी आँखों का तारा था, लेकिन परंपराओं का जो ठेका उन्होंने खुद ही अपने सिर पर उठा रखा था, उसे अचानक ताक पर कैसे रख सकती थीं? समाज में लोग क्या कहेंगे, इस बात की चिंता उन्हें खाने लगी थी।

दूसरी ओर, उन्हें इस बात का भी डर था कि यह बात सामने आने पर उनकी दोस्ती में दरार आ सकती है। उन्हें इस बात का भी डर था कि सुधाजी और उनके परिवार को यह रिश्ता बिल्कुल भी स्वीकार न होगा। उनके यहाँ इनसान को उसकी उच्च शिक्षा और प्रतिष्ठित ओहदे के आधार पर तोला जाता था, जबकि लताजी के यहाँ कभी पढ़ाई-लिखाई को अधिक महत्त्व ही नहीं दिया गया। उनका परिवार तो व्यापारी था।

फिर, उनका अपना मन भी तो तैयार नहीं हो पा रहा था। अपना दोस्त बड़े पद पर आसीन हो तो समाज में अपनी इज्जत होती है, लेकिन उसी बड़े पद पर आसीन समधन उनकी इज्जत कैसे करेगी, जबकि लड़के की माँ होने के नाते सारी इज्जत मिलने का हक तो केवल उनका ही था।

यही सब सोचकर उन्होंने किसी भी तरह से अविनाश को गौरी से दूर रखने का निर्णय लिया था। सोचा था, बेटे को समझा लेंगी, लेकिन उनका तरीका गलत साबित हो गया।···महसूस करके वह बस वहीं, अविनाश के कमरे में न जाने कितनी देर अकेली बैठी रह गईं। सामने बेटी की शादी का तमाम काम पसरा पड़ा था, लेकिन उन्हें तो अचानक ही बेटे की चिंताओं ने घेर लिया था।

अचानक सोनल की आवाज ने उन्हें झकझोरा।

"माँ! यहाँ अकेली क्यों बैठी हैं? पूरे घर में ढूँढ़ आई आपको।"

"हँ··हाँ! क्या हुआ?" वह जैसे नींद से जागी थीं।

"सुधा आंटी आई हैं।" बेटी के चेहरे पर मुसकराहट थीं।

जानती थी कि सुधाजी के आने पर उसकी माँ कितनी खुश होती हैं। उनकी सहेली एक कॉलेज की प्रिंसिपल हैं, इस बात पर उन्हें खुद पर बहुत मान होता था, लेकिन आज सुधाजी का नाम सुनकर उन्हें कोई खुशी नहीं हुई। उनका मन घबराया हुआ था। अनमनी सी सोनल से बस इतना ही बोलीं, "अच्छा, तू चल। मैं आ रही हूँ।"

बाहरवाले कमरे में आईं तो देखा सुधाजी को गौरी और सोनल मिलकर शादी के सामान दिखा रही हैं। जबरन मुसकराहट बिखेरते हुए वह उन्हीं की ओर बढ़ गईं।

"अरे, आज जल्दी छुट्टी हो गई?"

"हाँ! तभी सोचा आप लोगों से मिलती चलूँ।"

"बहुत अच्छा किया! मैं आपको याद भी कर रही थी।" फिर गौरी पर एक नजर डालते हुए सोनल से बोलीं, "जा, उषा के साथ कुछ चाय-नाश्ते का इंतजाम कर।"

सोनल जाने लगी तो गौरी को भी आदेश दिया, "जाओ तुम भी।" गौरी चुपचाप सोनल के पीछे चल दी।

सुधाजी बहुत ध्यान से लताजी को देख रही थीं। उनके व्यवहार में अस्वाभाविकता स्पष्ट ही दिख रही थी। गौरी के जाते ही पूछ बैठीं, "क्या बात है, इतनी परेशान क्यों हैं?"

लताजी थोड़ी देर के लिए चुप उन्हें देखती रहीं, फिर बोली, "समझ में नहीं आ रहा, कैसे कहूँ...कल से मन बहुत परेशान है...पता नहीं आप भी क्या सोचेंगी?"

"अरे, संकोच किसलिए कर रहीं हैं? मुझसे क्या छुपाना? बेझिझक बताइए।" सुधाजी के प्रोत्साहन पर लताजी ने गौरी और अविनाश के रिश्ते के बारे में बताया, "उन दोनों के बीच कुछ ठीक नहीं चल रहा।"

सुधाजी को अपने कानों पर विश्वास ही नहीं हुआ।

"ये क्या कह रही हैं आप? आपको कोई गलतफहमी हुई होगी...उनकी किसी बात पर शक हुआ होगा।"

"कल मैंने दोनों को बात करते सुना तो मुझे शक हुआ, लेकिन आज तो मैंने अविनाश से सीधे ही पूछ लिया और उसने जो कुछ भी मुझे बताया, उसके

बाद···" लताजी के मन का डर उनके एक-एक शब्द से प्रकट हो रहा था।

"मुझे तो समझ में ही नहीं आ रहा।"

सुधाजी अभी भी विश्वास नहीं कर पा रही थीं। उन्हें कभी भी गौरी और अविनाश को लेकर कोई संदेह नहीं हुआ था, हालाँकि दोनों का मिलना-जुलना कुछ ज्यादा था, लेकिन दोनों एक-दूसरे को इस नजर से देखते होंगे, इस ओर कभी उनका ध्यान ही नहीं गया था। वे अपने दिमाग पर जोर डालने लगीं कि कभी तो दोनों के व्यवहार में ऐसी कोई बात नजर आई हो, लेकिन ऐसा एक भी वाकया उन्हें याद नहीं आया, जब गौरी या अविनाश ने उन्हें शक करने का मौका दिया हो। कुछ क्षणों की खामोशी दोनों ओर बनी रही। फिर सुधाजी ने एक बार फिर पूछा, "क्या कहा अविनाश ने?"

"यही कि सोनल की शादी के बाद वह हमसे इस बारे में बात करने वाला था और यह भी कि वो दोनों बहुत साल से एक-दूसरे को चाहते हैं···" सुनकर सुधाजी हतप्रभ उन्हें देखती रही गईं।

न जाने कब दोनों ने एक-दूसरे का हाथ अपने हाथों में ले लिया। उसी समय सोनल और गौरी ने चाय-नाश्ते के साथ कमरे में प्रवेश किया। दोनों ने चौंककर दोनों लड़कियों को देखा। उन दोनों ने भी अपनी माँओं के चेहरों पर चिंता की लकीरें देखीं। गौरी तो चुपचाप उन्हें देखती रही, लेकिन सोनल ने पूछ ही लिया, "क्या बात है, आप दोनों इतनी परेशान क्यों दिख रही हैं?"

"अरे नहीं, बेटा, कोई परेशानी नहीं। तेरी शादी नजदीक आ रही है न, बस इसीलिए तुम्हारी माँ···"

सुनकर सोनल ने फीकी-सी हँसी बिखेर दी। लताजी ने एक बार फिर गौरी की ओर देखा और फिर सोनल से बोलीं, "तुम दोनों दूसरे कमरे में जाओ। हमें कुछ बातें करनी हैं।"

"अरे, बिल्कुल कीजिए, भई! आप दोनों सहेलियों के बीच आखिर कौन आएगा?" सोनल पूरी उमंग के साथ बोलते हुए बाहर निकल गई और गौरी भी उसके पीछे-पीछे निकल गई।

"कल तो मैंने गौरी से यह भी कहा कि अविनाश के लिए लड़की पसंद कर ली है···सोनल की शादी होते ही उसकी सगाई भी कर दूँगी। सोचा, यह सब सुनकर वह खुद ही पीछे हट जाएगी···" फिर थोड़ा ठहरकर आगे बोलीं, "वो तो पीछे हट भी गई थी, आज सुबह यहाँ नहीं आई। सोनल से बोली, सिरदर्द हो

रहा है। मैं तो समझ गई कि मेरी बात का असर हो गया, लेकिन फिर मेरे सपूत पहुँच गए उसे लेने!"

सुधाजी को अब समझ में आया कि कल से गौरी के सिर में क्यों दर्द हो रहा था और आज सुबह उसने क्यों यहाँ आने से मना कर दिया और फिर क्यों अचानक फोन करके बताया कि सोनल के पास जा रही है।

"तो उस समय अविनाश उसे लेने गया था?" उनके मुँह से निकला। लताजी बस 'हाँ' बोलकर रह गईं। थोड़ी देर खामोशी बनी रही। दोनों चुपचाप बस चाय की चुस्कियाँ लेती अपने-अपने विचारों में गुँथी रहीं। लताजी तपाक से निर्णय देनेवालों में से थीं, जबकि सुधाजी काफी सोच-विचारकर बोलतीं। लताजी की बातों को काफी तोलने के बाद, सुधाजी ने खामोशी तोड़ी।

"ऐसे हलके-फुलके ढंग से डराकर इस तरह की चाहतों को कहाँ कंट्रोल किया जा सकता है? या तो हम बहुत ही कड़ाई से इंकार करें या फिर इनकी बात मान लें।"

सुधाजी की समझदारी पर लताजी हमेशा भरोसा करतीं।

एक बार फिर दोनों खामोश हो गईं। दोनों ही इस अप्रत्याशित रिश्ते को अपने-अपने ढंग से तोल रही थीं। थोड़ी देर बाद फिर से सुधाजी ने ही खामोशी तोड़ी। लताजी वैसे भी कुछ बोलना नहीं चाह रही थीं। अपने बेटे का निर्णय वे सुन चुकी थीं और समझ भी चुकी थीं कि कड़ाई के साथ उसका विरोध करना आसान नहीं होगा। उन्हें लग रहा था कि उन दोनों को समझाने के लिए सुधाजी ही कोई बेहतर तरीका खोजेंगी।

"अविनाश बहुत ही अच्छा लड़का है। उसे अपना दामाद बनाने में किसी को भी गर्व होगा, लेकिन…" सिर झुकाए बोलते हुए उन्होंने हलके से अपना सिर उठाया और लताजी की ओर देखकर बोलीं, "लेकिन बस हमारी जातियाँ…" बोलकर यहीं चुप हो गईं। सारी चाहत, सारी पसंदगी के बावजूद जाति का बंधन तोड़ने के लिए उनका मन तैयार नहीं हो पा रहा था।

"यही तो समस्या है।" लताजी ने गहरी साँस ली थी। "एक जात होती तो क्या मैं अब तक खुद ही गौरी को आपसे माँग न चुकी होती?"

लताजी ने झटपट सुधाजी जैसा ही जवाब दिया। लताजी को अचरज था और संतोष भी कि सुधाजी ने उनके बेटे की कमियाँ नहीं गिनाईं, बल्कि उसकी तारीफ ही की। देख-समझकर वे सहज होने लगीं।

"अभी कुछ दिन पहले मुझे पवन की माँ मिली थीं," इस बार लताजी ने अपने मन की एक और परत खोली। "कितनी दुबली और कमजोर हो गई हैं। मैंने बातों-बातों में पवन के बारे में पूछा तो तुरंत ही रो पड़ीं। कहने लगीं, अपनी ही गलती से मैंने अपना बेटा खो दिया। उसने कहा था मुझसे, लेकिन मैंने मना कर दिया। उस समय समझ में नहीं आया था कि इस बात का क्या परिणाम होगा?"

ललिता और पवन के भागने के बाद से जान-पहचान के सारे माता-पिता को यही डर रहता कि कहीं अधिक कड़ाई करने से उनके बच्चे भी घर छोड़कर भाग न जाएँ।

इसी बीच लताजी की देवरानी अपने बच्चों के साथ आ गईं और उन दोनों को अपनी बातचीत को वहीं विराम देना पड़ा। चलते-चलते बस इतना तय हुआ कि सोनल की शादी के बाद ही इस विषय में बात की जाए।

□

अगले दिन कविता आ गई और परिवार की चहल-पहल कुछ और भी अधिक बढ़ गई। कॉलेज खुल जाने के कारण गौरी ने अब आना बंद कर दिया। हाँ, अविनाश जरूर उसे लेने उसके कॉलेज पहुँच जाता। दोनों थोड़ी देर बात करते और फिर उसे उसके घर छोड़कर अविनाश दुकान चला जाता। घर में माँ समझती कि दुकान पर होगा और पापा समझते कि किसी काम से घर गया होगा। उसने गौरी को अब तक नहीं बताया था कि माँ को उन दोनों के रिश्ते के बारे में पता चल चुका है। जानता था, वह घबरा जाएगी, इसलिए बहुत धैर्य से इंतजार कर रहा था कि कब सोनल अपनी ससुराल जाए और कब वह अपनी बात आगे बढ़ाए।

गौरी पहले ही आंटी की नजरों से डर चुकी थी और उनका सामना करने से बच रही थी। इसलिए कॉलेज का बहाना बनाकर उनके यहाँ जाने से बचती रही। संगीत और मेहँदी के दिन भी वह सीधे शाम को अपनी माँ के साथ ही पहुँची।

फिर तो कविता ने उसे खूब खरी-खोटी सुनाई, "इतनी बिजी हो कि इतने दिनों से मुझसे मिलने भी नहीं आईं?"

गौरी उसे सफाई देती रही, लेकिन कविता ने उसकी एक न सुनी और इतने दिनों की उसकी बेरुखी की भरपाई करने के लिए कविता और उसके पति ने गौरी को उस रात वहीं रुकने के लिए मना ही लिया, लेकिन उसी समय अविनाश ने

दखल दिया और गौरी को वहाँ रुकने के लिए मना कर दिया।

"ये क्या करेगी यहाँ रुककर? घर जाओ। सुबह आना।"

गौरी ने तो अच्छे बच्चों की तरह सिर हिला दिया, लेकिन कविता तो गुस्से से आग बबूला हो गई। भाई ने न केवल उसकी बात काटी थी, बल्कि उसके नए-नवेले पति का भी मान नहीं रखा था। आखिर परिवार के दामादजी की इच्छा का ध्यान रखना अविनाश का परम कर्तव्य था, लेकिन उसे तो रिश्ते की कोई अहमियत ही नहीं, सोचकर बस तिलमिला ही उठी और पैर पटकती हुई पहुँच गई अपनी माँ के पास, जहाँ वह सुधाजी और अन्य महिलाओं की आवभगत में लगी थीं।

"ये अविनाश अपने आपको समझता क्या है?" सुनकर लताजी के साथ ही अन्य महिलाओं ने भी उसकी ओर पलटकर देखा।

"क्या हो गया?"

"मैंने और मुकेश ने गौरी को रात में यहीं रुकने के लिए मना लिया था, लेकिन पता नहीं कहाँ से आ गया और मना कर दिया उसे। मेरी समझ में नहीं आता कि उसे जरूरत क्या है हर बात में टाँग अड़ाने की?" कविता बड़बड़ाती जा रही थी।

लता और सुधाजी ने एक-दूसरे की ओर देखा और फिर सामने ही थोड़ी दूर पर खड़े अविनाश पर उनकी नजर पड़ी, जो बड़े इत्मीनान से मोहित, पंकज, विनय आदि के साथ बातों में मशगूल था। गौरी भी सोनल और मुकेश जीजाजी वगैरह के ग्रुप में व्यस्त थी।

कविता अभी भी गुस्से में बड़बड़ा रही थी, "मुकेश भी क्या सोच रहे होंगे··· ?"

सुधाजी हमेशा से कविता को कुछ अधिक चाहती थीं। उन्होंने हँसकर उसका हाथ अपने हाथ में ले लिया और बोलीं, "अरे बेटा, तुम चिंता न करो। मैं कल सुबह ही उसे भेज दूँगी। अब ठीक?"

"क्या आंटी! अभी रुकती तो ज्यादा मजा आता न! हम लोग रात भर बातें करते!" सुनकर सुधाजी हँस पड़ीं, लेकिन लताजी को यह विचार तनिक भी न भाया।

"कोई जरूरत नहीं है रात भर जागने की। कल शादी है, आज सो जाओ सब लोग।"

लताजी ने आदेश दिया और कविता बस बड़बड़ाकर रह गई, "आप ही उसे सिर चढ़ाती हैं। जो वो कहता है, आपको वही सही लगता है..."

लताजी को ही नहीं, सुधाजी को भी अविनाश की शालीनता पर मान हो रहा था। शादी-ब्याह के माहौल में यूँ रात में गौरी का रुकना उन्हें भी सही नहीं लगा। दोनों खुश थीं कि दुनियादारी की इस बारीकी की समझ अविनाश को खूब थी।

जिस दिन माँ ने अविनाश से गौरी के विषय में बात की थी, वह तो उसी दिन से सतर्कता बरत रहा था। सोनल की शादी के बाद ही वह परिवार में अपने और गौरी के बारे में बात करना चाहता था और उससे पहले वह सबके सामने गौरी से यथासंभव दूरी बनाए रखने की कोशिश कर रहा था। वह नहीं चाहता था कि किसी को, यहाँ तक कि माँ को भी उस पर और गौरी पर उँगली उठाने का कोई भी मौका मिले।

चलते समय जब कविता ने फिर से कहा, "आंटी से बात हो गई है। सुबह जल्दी आ जाना" तो गौरी ने तुरंत अविनाश की ओर देखा। आँखों-ही-आँखों में सहमति पाकर खुद भी सहमति में सिर हिला दिया।

आँखों-ही-आँखों में उनके बीच हुई इस बातचीत को लताजी और सुधाजी; दोनों ने देखा। उनके बीच इस तालमेल को देख दोनों ही हैरान थीं। गौरी और अविनाश के बारे में जानने के बाद से उन दोनों की पैनी नजर गौरी और अविनाश की हरेक गतिविधि पर बनी रहती और अकसर ही उन्हें दिखाई देता कि वे दोनों तो न जाने कब एक अनकहे रिश्ते में बँध चुके हैं। एक अजब-सा तालमेल था, दोनों के बीच, जो कई बार वर्षों पुराने संबंधों में भी नहीं बन पाता। उन दोनों के रिश्ते को तो बस अब समाज की मान्यता चाहिए थी।

उधर मुकेश बाबू ने कविता से चुटकी ली थी, "गई तुम्हारी भाभी?"

"भाभी, भाभी कौन?" कविता सचमुच नहीं समझी थी। उसकी तो जब से शादी हुई थी, बस अपने नए रिश्तों को ही सँजोने में लगी रहती थी। किसी और के बारे में सोचने के लिए उसे वक्त ही कहाँ था?

"गौरी भाभी...और कौन?" कहकर परिवार के दामादजी बड़े ही अर्थपूर्ण ढंग से मुसकराए। नई-नवेली पत्नी के सामने धाक जमाने का इससे अच्छा मौका भला उन्हें और कहाँ मिलता कि उसके भाई का राज खुद उसे ही पता न था।

"क्या बात कर रहे हैं?" कविता के संदेह पर मुकेश हँसा और पूरे आत्मविश्वास के साथ बोला, "जो कह रहा हूँ, वही होगा। कहो तो लिखकर दे

दूँ?" कविता अपने पतिदेव की विद्वत्ता पर निहाल हुई जा रही थी। अपनी शादी से पहले उसने भी एकाध बार नोटिस किया था कि उसका भाई गौरी में कुछ अधिक ही रुचि लेता है, लेकिन नई-नई शादी के झंझटों में उलझकर सारी बातें दिमाग से निकल गईं थी। अब यह तो है नहीं कि उसके दिमाग से निकल गई तो बात ही खत्म हो गई थी। बात तो और बढ़ चुकी थी। इसीलिए मुकेश बाबू को भी नजर आ गई और उन्हें अपनी पत्नी के सामने अपनी धाक जमाने का अच्छा मौका भी मिल गया।

सुधाजी अविनाश की समझदारी और संजीदगी से आज और भी अधिक प्रभावित हुई थीं और लताजी की निगाहों में गौरी का वह रूप बस गया था, जब उसने निगाहों ही निगाहों में अविनाश से अनुमति ली थी।

जब से लता आंटी ने उस अनजान लड़की की तारीफ गौरी से की थी, वह हर निर्णय लेने के लिए अविनाश पर निर्भर करने लगी थी। उसे डर लगा रहता कि कहीं उससे कोई गलती न हो जाए। इसीलिए छोटी-से-छोटी बात पर भी अविनाश से मशविरा जरूर करती। होने वाली सासू माँ का दिल जीतना उसकी प्राथमिकता बन गया था और आज उसे अपने इस प्रयास में एक छोटी सी सफलता भी मिली थी।

□

शादी का दिन बहुत सारी व्यस्तता और उससे भी अधिक हँसी-खुशी के साथ निपट गया। सोनल की विदाई के दो-तीन दिन बाद कविता भी अपनी ससुराल के लिए रवाना हुई और परिवार वापस अपनी सामान्य दिनचर्या में आने लगा। तब लताजी ने गिरीशजी से और सुधाजी ने विनोदजी से अविनाश और गौरी के बारे में बताया। गिरीशजी ने तो उसी समय अविनाश को तलब किया, "ये क्या कह रही हैं तुम्हारी माँ? सच है ये सब?"

अविनाश ने एक नजर माँ की ओर देखा। समझ तो गया था, फिर भी धीमे-से पूछा, "किस बारे में बात कर रहे हैं, पापा?"

"गौरी के बारे में"

"जी।"

सुनकर गिरीशजी कुछ देर शांत रह गए। फिर अपनी पत्नी से मुखातिब हुए, "तो क्या करना है फिर?"

"अब मैं क्या कहूँ? आप बताइए…सुधाजी और विनोदजी से बात कीजिए।"

इतने दिनों तक सोच-विचार कर लताजी तय कर चुकी थीं कि वे अपनी ओर से इस शादी का विरोध नहीं करेंगी। अविनाश उनका इकलौता बेटा था। बेटियाँ तो अपनी-अपनी ससुराल चली गई थीं। ऐसे में बेटे की खुशी ही उनकी खुशी थी। फिर गौरी भी अच्छी लड़की थी। उस पर, वह उनकी प्यारी सहेली की बेटी भी तो थी। सुधाजी की बातों से उन्हें समझ आ गया था कि उन्हें अविनाश पसंद है।

गिरीशजी यों भी गौरी को शुरू से ही पसंद करते थे। उनके प्रोत्साहन पर ही तो गौरी ने अविनाश के साथ आना-जाना शुरू किया था। अविनाश का अधिकतर समय उनके साथ ही गुजरता। सो, उन्हें कभी-कभी गौरी के लिए अविनाश की भावनाओं पर संदेह भी होता था। कभी-कभार उनके रिश्ते की मधुरता का अहसास कर वे खुद में ही मुसकरा देते, लेकिन उन्होंने कभी कुछ जाहिर नहीं किया और न ही कुछ अधिक जानने की ही कोशिश की।

गिरीशजी काफी सुलझे हुए व्यक्ति थे। तनाव तो वे बिजनेस का भी नहीं लेते थे। प्यार-मोहब्बत के मामले में तो उनकी सोच बड़ी ही फिल्मी थी। ऐसे में अपने बेटे के प्यार में रोड़ा बनना उन्हें कहाँ मंजूर होता?

"सुधाजी ने विनोदजी से बात कर ली है?" इत्मीनान से पत्नी से पूछा।

"शायद आज की होगी।"

"तो उनसे पूछ लो और अगर तुम दोनों को ठीक लगे तो उन्हें यहीं बुलाकर एक बार मिल-बैठकर बात कर लेते हैं।"

अविनाश हैरानी से अपने माता-पिता की बातें सुन रहा था। उसे विश्वास ही नहीं हो रहा था कि वे लोग इतनी सहजता से उसका और गौरी का रिश्ता तय कर रहे थे। कहीं कोई विरोध नहीं, कोई नाराजगी नहीं, कोई डाँट-डपट नहीं। ऐसा तो उसने सोचा ही न था।

□

उधर, गौरी के यहाँ कुछ अलग माहौल बना। सुधाजी ने पहले अपने पति से बात करना ही उचित समझा। उनकी उम्मीद के मुताबिक ही विनोदजी को यह बात अधिक नहीं सुहाई।

"तो कर दो शादी…सबकुछ तो तुम्हारी बिटिया पहले ही तय कर चुकी है…"

उन्होंने ऐसे नाराजगी जताई, जैसे सब सुधाजी का ही किया-धरा हो। जैसे उन्होंने ही गौरी को इस रिश्ते के लिए उकसाया हो। चूँकि मामला उनकी सहेली के बेटे से जुड़ा था, इसलिए कहीं-न-कहीं उन्हें भी अपराधबोध हो रहा था। पति के आरोप से बचने के लिए बोल पड़ीं, "परिवार की बदनामी···"

"अब बदनामी क्या···वह तो अब हर हाल में होगी···कहीं भाग-भूग गए तो क्या कम बदनामी होगी?" विनोदजी के मन से भी ललिता के भागने की घटना निकली नहीं थी। सुधाजी झुँझलाकर रह गईं।

"वैसे···कब से चल रहा है ये सब?"

"पता नहीं।···लता कह रही थीं, कई साल से···"

"कई साल से का क्या मतलब? ऐसा कैसे हो सकता है कि इतना कुछ होता रहा और तुम्हें पता भी नहीं चला?"

"अब···क्या कहूँ···पता तो किसी को भी नहीं चला···दोनों के भाई-बहनों को भी नहीं पता चला···"

"हम्म···" पति-पत्नी दोनों ही विचारमग्न बैठे रह गए। हमउम्र भाई-बहनों को तो एक-दूसरे के राज पता चल ही जाते हैं, लेकिन इस मामले में ऐसा भी कुछ नहीं हुआ।

"वैसे, लड़के में कोई बुराई तो नहीं।···अच्छा ही है। काफी शांत और समझदार!" विनोदजी के मुँह से जैसे मजबूरन अविनाश की तारीफ निकली थी।

तो सुधाजी ने भी जोड़ा, "हाँ, सुना है, इन लोगों के समाज में उसे काफी अच्छा व्यापारी माना जाता है।"

फिर एक बार दोनों खामोश रह गए।

"तो अब आगे?" कुछ सोचते हुए विनोदजी ने फिर पूछा, "अपनी बेटी से बात की? वो तो सब तय किए बैठी है···पढ़ाई-लिखाई पूरी करेगी, या···वो भी सेठानी बनने की तैयारी में है?"

विनोदजी के मापदंडों में गिरीशजी का परिवार इसी मामले में पीछे रह जाता था। केवल ग्रेजुएशन करवाकर कविता और सोनल की शादी करवा दी गई और अविनाश को दुकान पर बैठा दिया गया।

"क्या पता?" अनमनी-सी सुधाजी बोल पड़ीं।

वे खुद कॉलेज में प्रिंसिपल थीं, पति ऊँचे ओहदे पर पदस्थ अधिकारी, बड़ा बेटा डॉक्टर बनने ही वाला था, छोटा भी बड़ा ही मेधावी छात्र था। खुद गौरी भी

बहुत ही टॉपर स्कॉलर थी। घर में सभी को पूरी उम्मीद थी कि रिसर्च करके वह भी अपनी माँ की तरह ऊँचे पद पर आसीन होगी और अगर जरा-सी तैयारी कर ले तो पक्का आई.ए.एस. बन सकती थी, लेकिन उसका मन तो शादी-ब्याह के चक्कर में पड़ गया था। फिर पढ़ाई-लिखाई में कौन सा मन लगता? सोचकर माता-पिता, दोनों का मन खट्टा हो गया था।

"मतलब, तुमने अभी तक उससे कोई बात नहीं की?" विनोदजी को आश्चर्य हुआ।

"नहीं···मैंने सोचा, पहले आप से बात कर लूँ···"

"अरे, जाओ यार। पहले उससे तो बात करो···जरा पता तो करो, एम.ए. भी पूरा करेगी या··· ?"

सुनकर सुधाजी चुपचाप गौरी के कमरे की ओर चल दीं।

"यहीं बुला लेना···मोहित आए तो उसे भी बुलाओ···तय करो क्या करना है···जो करना हो, करो···फिर छुट्टी करो" विनोदजी ने पीछे से आवाज दी। उनके एक-एक शब्द से उनकी खीझ झलक रही थी। उनके सारे सुझाव सुनती हुई वे गौरी के कमरे की ओर बढ़ गईं।

"पढ़ाई कर रही है?" बेटी को तल्लीनता से पढ़ते देख माँ को स्वाभाविक खुशी होती थी।

"हाँ माँ।" लिखते-लिखते ही गौरी ने माँ को जवाब दिया, "सोनल की शादी के चक्कर में मेरा बड़ा नुकसान हो गया। बहुत से नोट्स पूरे करने हैं।"

माँ वहीं पास में बैठ गई। गौरी ने सिर उठाकर उनकी ओर देखा तो सीधे अविनाश के बारे में पूछ बैठीं।

"अविनाश के साथ तुम्हारा क्या चल रहा है?"

अविनाश का नाम सुनते ही सकपका गई। हैरानगी से माँ की ओर देखने लगी। फिर धीमे-से नजरें नीचे कर लीं और फुसफुसाकर बोली, "क···कुछ नहीं।···"

"तुम तो सबकुछ तय करके बैठ चुकी हो, गौरी। हम तो तुम्हारी पढ़ाई के बारे में सोच रहे थे, पर तुम्हें तो शादी की जल्दी होने लगी!"

माँ के मुँह से ऐसा व्यंग्य सहन न कर सकी। आँखों में पानी तैर गया। "ऐसा नहीं है, माँ···कुछ पता ही नहीं चला···कि कब···सच कह रही हूँ···" गौरी हकलाने लगी थी। "पढ़ाई में मैं कोई कमी नहीं रखती, माँ···" बोलकर फिर से सिर नीचे झुका लिया।

"सबकुछ तो तय कर चुकी हो, बेटा और आज कह रही हो कि कुछ पता नहीं चला···" सुनकर गौरी सिर झुकाए बैठी रह गई थी। माँ आगे बोलती रहीं, "बढ़िया है। घर में किसी को कुछ बताने की जरूरत नहीं। खुद ही सब तय कर लो और अगर घरवाले आपत्ति जताएँ, तो भाग जाओ सबको छोड़कर!"

सुनकर गौरी तड़प उठी।

"भागते नहीं हम, माँ! कभी नहीं भागेंगे!" उसकी आवाज में दृढ़ता आ गई थी।

लेकिन माँ ने वापस आरोप लगाया, "क्यों? ललिता को भागने में मदद नहीं की थी? अपने लिए भी ऐसा ही सोचा होगा! घरवालों ने जरा-सी रोक-टोक की तो भाग जाएँगे घर छोड़कर!"

"नहीं, माँ! ललिता दीदी की मदद किसी ने नहीं की थी। हम बस···पवन भैया के साथ उनके रिश्ते के बारे में जानते थे, इसीलिए समझ गए थे···मैंने तो उन्हें हमेशा मना ही किया था।" गौरी अच्छी तरह समझती थी कि ललिता के उठाए कदम का असर उसकी जिंदगी पर जरूर पड़ेगा।

"तूने न सही, अविनाश ने तो की थी।···जब खुद पर आएगी, तो क्या फिर वह ऐसा ही नहीं करेगा?"

"नहीं, माँ! ललिता दीदी ने खुद ही सबकुछ तय कर लिया था। उन्होंने जितनी मदद माँगी, उतनी ही दी, लेकिन हम दोनों ऐसा कभी नहीं करेंगे। विश्वास कीजिए।" गौरी ने जल्दी से अविनाश की ओर से भी सफाई दी।

"जिस दिन वो भागी, उसके अगले दिन अविनाश ने हम सबको पवन के बारे में बताया! उसी दिन क्यों नहीं बताया, ताकि वे दोनों दूर जा सकें? ये मदद नहीं?"

"हाँ, इस बात पर मेरा भी उनसे झगड़ा हुआ था, माँ कि आप लोगों को तुरंत पवन भैया के बारे में क्यों नहीं बताया···लेकिन उस समय भैया और सोनल ने भी उनका ही साथ दिया···सबने मिलकर मुझे ही चुप करा दिया था।" एक साँस में बोलकर गौरी चुप हो गई थी।

गौरी के शब्द हमेशा की तरह एकदम स्पष्ट थे। कहीं किसी तरह का झूठ नहीं, छलावा नहीं। उसके स्पष्ट विचार, उसकी निश्छलता और ललिता के मामले में उसकी गंभीरता, सबकुछ महसूस करके सुधाजी का मन एक बार फिर पिघलने लगा।

तब तक विनोदजी कमरे में प्रवेश कर चुके थे। गौरी की बातों ने उन्हें कुछ हैरानी में डाला था। तभी गौरी ने जोड़ा था, "हम कभी नहीं भागते, माँ! आप सबको बहुत प्यार करते हैं···हम दोनों आपको धोखा नहीं देंगे!"

सिर झुकाए बैठी गौरी की आँखों से न जाने क्यों आँसू बह निकले। माँ की आँखें छलछला गईं और पिताजी भी अपनी लाड़ली की बातों की ईमानदारी देख भाव-विह्वल हो गए।

जब विनोदजी अपने कमरे में अकेले रह गए तो कई सारे पहलुओं पर विचार करने लगे। वे बहुत ही तर्कशील और विचारवान व्यक्ति थे। समझते देर न लगी कि अब विरोध करने से केवल रिश्ते बिगड़ेंगे ही। फिर अविनाश के मामले में भी, अगर शिक्षा को अलग कर दिया जाए तो गौरी के लिए वह हर तरह से उपयुक्त था। पत्नी को बेटी के कमरे से लौटने में देर होने लगी, तो खुद ही वहाँ पहुँच गए।

"वो सब तो ठीक है, लेकिन अपने कॅरियर का क्या सोचा है?" विनोदजी ने बहुत ही विनोदपूर्ण ढंग से पूछा, जिसे सुनकर माँ-बेटी दोनों ने ही उनकी ओर चौंककर देखा।

सुधाजी बेटी का विरोध करने के मूड में वैसे भी नहीं थीं, ऐसे में पतिदेव की बातों में सहमति महसूस करके उन्होंने भीतर-ही-भीतर चैन की साँस ली।

"देखो बेटा, हमें कोई ऐतराज नहीं, लेकिन उनके यहाँ पढ़ाई-लिखाई तो जरूरी नहीं समझी जाती। ऐसे में तुमने क्या सोचा है?"

"अभी तो अपना एम.ए. पूरा करूँगी।"

"हम्मम। फिर, घर सँभालोगी?" पापा की इस बात पर गौरी ने सिर झुका लिया। थोड़ी देर में धीमे से बोली, "अभी सोचा नहीं है, पापा।"

"ठीक है। एम.ए. करते-करते सोच लो···अभी बहुत समय है।"

पापा ने एक तरह का आदेश दे दिया था कि शादी किसी से भी करो, लेकिन अपने कॅरियर के मामले में कोई समझौता नहीं करना है। गौरी का सिर जो झुका तो वह झुका ही रह गया, जबकि माता-पिता आगे की योजना बनाने लगे।

"तो तुम अपनी सहेली से बात कर लो···आगे क्या, कैसे करना है, तय कर लिया जाए वगैरह-वगैरह।" इसी बीच मोहित भी आ गया और उसे भी इस रिश्ते के बारे में बताया गया।

"क्या, अविनाश के साथ, लेकिन वो तो।···यह कैसे हो सकता है, पापा? वो लोग तो···।"

"तुम्हारी बात हम समझ रहे हैं, बेटा, लेकिन अब…ये चाहती है…और लड़का भी तो अच्छा है…परिवार भी अच्छा है…जाना-पहचाना है…सब ठीक ही होगा।" पापा ने उसे समझाने की कोशिश की।

"लेकिन पापा! घर की कितनी बदनामी होगी! रोज का आना-जाना है उनके यहाँ से…लोग कितनी बातें बनाएँगे!"

''समाज में जब भी आप कुछ अलग करेंगे, लोग तो बातें बनाएँगे ही। लेकिन अगर आप गलत नहीं हैं, तो इस बात की फिक्र नहीं करनी चाहिए। लोगों की याददाश्त बहुत कमजोर होती है। कुछ ही दिनों में सबकुछ भूल जाते हैं।"

पापा की इन परिपक्व बातों के बाद भी मोहित इस बात को पचा ही नहीं पा रहा था कि उसकी बहन अविनाश से शादी करनेवाली थी।

"लेकिन…पापा…माँ…"

एक कहावत है, घर की मुरगी दाल बराबर। अब भले ही हमारी-आपकी नजर में दाल अधिक फायदेमंद होती है, लेकिन इस कहावत में जो बात कहने की कोशिश की गई है, वह बिल्कुल सच ही है। जो बहुत नजदीक होता है, उसकी अहमियत हमारी निगाहों में कम हो जाती है। ऐसा ही कुछ अविनाश के लिए मोहित भी महसूस कर रहा था। अगर पूछा जाए कि अविनाश में क्या कमी है, तो वह बता नहीं सकता, लेकिन अपनी बहन की शादी के लिए उसे कोई और चाहिए। कोई दूर का चाहिए।

"मोहित," इस बार माँ ने उसे समझाने की कोशिश की, "अगर ललिता और पवन का रिश्ता गलत नहीं था, तो तुम्हें गौरी और अविनाश का रिश्ता क्यों गलत लग रहा है?"

मोहित शांत रह गया। माँ के इस तर्क का उसके पास कोई जवाब न था। साथ ही, ललिता के जिक्र ने उसे भी डरा दिया कि कहीं विरोध करने पर गौरी भी भाग न जाए। धीरे-धीरे वह भी माता-पिता के साथ इस नए रिश्ते की चर्चा में शामिल हो गया।

जिस समय छोटू उदित ने कमरे में प्रवेश किया, उस समय तक सभी के चेहरों पर खुशी दमक रही थी। शादी का जिक्र सुनकर उसके कान खड़े हो गए। तुरंत ही पूछ बैठा, "किसकी शादी की बात हो रही है?"

"गौरी की।"

"ओहो किसके साथ, वही, अविनाश भैया…बाइक की सवारी?" सबसे

छोटा बेटा सबका मुँहलगा था। उसे किसका डर? अपने बिंदास बोल से सबको चौंका दिया।

"तुझे पता था?" मोहित ने आश्चर्य से पूछा। गौरी ने भी उतने ही आश्चर्य से उसकी ओर देखा।

"लो! किसको नहीं पता होगा? रोज-रोज...कभी कॉलेज छोड़ने जाना...तो कभी कॉलेज से लेने जाना। कोई अंधा ही होगा, जिसे ये सब दिखाई नहीं देगा!" बोलकर गौरी को छेड़ा था उसने, "क्यों दीदी, गलत कह रहा हूँ?"

गौरी समेत सभी बड़े अचरज से उसे देख रहे थे, जबकि वह तो शरारत से हँस रहा था। विनोदजी मुसकराकर बोल पड़े, "हम्म...अंधे ही थे हम लोग!" सुनकर उदित अपने शब्दों पर शर्मिंदा हो उठा, जबकि बाकी सभी खीझकर हँस पड़े।

समस्या को यूँ सुलझते देख गौरी का मन न जाने कितनी उछालें ले रहा था। ऐसा तो उसने सोचा न था। उसे तो लगा था, घर में विरोध होगा, खूब डाँट पड़ेगी और जाने क्या-क्या, लेकिन यहाँ तो सबकुछ सहजता से स्वीकार कर लिया गया। अचानक अविनाश से मिलने की इच्छा प्रबल होने लगी थी। उससे मिलकर, उसे ये सारी बातें बताने के लिए मन उतावला होने लगा था।

"चलो, सब लोग खाना खा लो। बहुत देर हो गई है।" सुधाजी के कहने पर सभी उठे थे। पापा ने जाते-जाते उसके सिर पर हाथ फेरा तो वह वहीं बर्फ की तरह जमी की जमी रह गई।

माँ-पापा के बाहर जाते ही मोहित ने गौरी को लगभग दबोच ही लिया था।

"चोरनी! मुझे हवा भी नहीं लगने दी कभी?" उसकी चोटी खींचते हुए डपटा तो गौरी बस, "सॉरी भैया, छोड़ दो, भैया" करती रही और तीनों भाई-बहन की हँसी से पूरा घर गुलजार हो उठा।

गौरी और अविनाश, दोनों ही अपनी किस्मत पर हैरान थे कि कहाँ तो वे डर रहे थे कि घरवालों को मनाना कितना मुश्किल होगा और कहाँ घर के बड़ों ने सारी दूरियाँ, सारी बाधाएँ खुद ही दूर कर दीं।

□

अगले ही दिन दोनों परिवार के बड़े मिले और गौरी और अविनाश की शादी के बारे में सबकुछ तय कर लिया गया। गौरी एम.ए. के अंतिम वर्ष में थी।

उसके माता-पिता यही चाहते थे कि एम.ए. पूरा करने के बाद ही उसकी शादी की जाए। सबके बीच विनोदजी ने अपनी बात स्पष्ट शब्दों में रखी।

"गौरी का एम.ए. पूरा हो जाए, शादी उसके बाद ही रखें।"

लताजी ने तुरंत हामी भरी, "हाँ, हाँ, क्यों नहीं? कुछ ही महीनों की तो बात है, उसका एम.ए. तो पूरा ही होनेवाला है। हमें भी तो शादी की तैयारियाँ करने का समय मिल जाएगा!" सुधाजी की ओर देखकर बोलीं तो उन्होंने भी सहमति में सिर हिलाया।

साथ ही उन्होंने जोड़ा, "अभी सगाई तो कर ही सकते हैं।"

लताजी को लग रहा था कि अगर सब तैयार हैं तो रिश्ते को एक सामाजिक मंजूरी तो दे ही देनी चाहिए।

इस तरह की दुनियादारी महिलाएँ कुछ अधिक ही समझती हैं। उन्हें डर था कि पारिवारिक मंजूरी मिलने के बाद संभव है कि अविनाश और गौरी का मिलना-जुलना कुछ अधिक बढ़ जाए, जिससे परिवार की बदनामी हो सकती है। यही डर सुधाजी के मन में भी था। इसलिए उन्होंने भी झटपट सहमति जताई।

"हाँ, ये तो मैं भी चाहती हूँ। दोनों परिवार मिलकर एक रस्म कर लें तो अच्छा होगा।"

दोनों के पतियों को इस बात से कोई ऐतराज न था।

अगले ही दिन पंडितजी को बुलाया गया। गौरी और अविनाश की जन्म-कुंडली के आधार पर सगाई की तारीख निकाली गई। ठीक दस दिन बाद सगाई के लिए बहुत ही शुभ लग्न थी। सो, उसी दिन के लिए सगाई पक्की कर दी गई।

माहौल खुशी का था।...दोनों परिवारों के बड़े इकट्ठे थे। पंडितजी भी इत्मीनान से बैठे ही थे। ऐसे में दोनों माताओं की इच्छा थोड़ी और बढ़ी और लगे हाथ उन्होंने पंडितजी से शादी की तारीख निकालने की फरमाइश भी कर दी।

पंडितजी नई नस्ल के पंडित थे। ललिता के भाई, पंकज के सहपाठी रह चुके थे। दोनों की मित्रता आज भी अटूट थी। अब वह विद्या मंदिर के आचार्यजी थे, जिन्होंने ज्योतिष विद्या में शोध किया था। पंकज के ही रिश्ते से गिरीशजी को 'मामाजी' कहते थे। इसी रिश्ते से अपने ज्ञान का थोड़ा अधिक उपयोग करते हुए उन्होंने दोनों की पत्री का कुछ अधिक ही अध्ययन कर लिया। आखिर वे भी अविनाश और गौरी को व्यक्तिगत रूप से जानते थे।

"मामाजी, कुंडली तो दोनों की कुछ ऐसी है कि झट मँगनी और पट ब्याह

का योग ही उत्तम है।" पत्रियों का ध्यान से अध्ययन करके विचारमग्न पंडितजी बोले तो सभी ने सवाल भरी निगाहों से उनकी ओर देखा।

कुछ देर कमरे में असमंजस का सन्नाटा पसर गया, फिर गिरीशजी हँसे और बोले, "अब यार, ऐसी बातें न करो। आठ-दस महीने बाद की ही तारीख निकालो।"

"जब आप सभी तैयार हैं, तो बेवजह लटकाना क्यों चाहते हैं? शादी करके छुट्टी कीजिए।" पंडितजी ने दबाव बनाने की कोशिश की।

"जल्दी तो संभव नहीं है, बेटा···" गिरीशजी ने असमर्थता जताते हुए कहा।

पंडितजी के शब्दों और हाव-भाव से कुछ अप्रिय, कुछ अनहोनी का अंदेशा महसूस करके सुधाजी पूछ बैठीं, "झटपट शादी का सुझाव क्यों दे रहे हैं, पंडितजी? कोई कारण?"

"दोनों का योग बहुत सुंदर है, न! कुछ व्यवधान···"

बोलते-बोलते पंडितजी ठहर गए। थोड़ा रुककर बोले, "आप बस यह समझ लीजिए कि ऐसा सुंदर योग फिर दो साल बाद ही बनेगा।"

सुनकर सुधाजी और लताजी ने एक-दूसरे की ओर देखा और फिर अपने-अपने पतियों की ओर देखा। हालाँकि पंडितजी व्यवधान की बात करके उन सबको डराना नहीं चाहते थे और इसीलिए अधूरी बात पर ही चुप हो गए थे, लेकिन शब्द तो उनके मुँह से निकल ही चुका था और सबने सुन भी लिया था।··· दोनों ही महिलाएँ व्यवधान की बात से डर गई थीं। सभी कुछ देर फिर चुप ही रह गए। सभी अपने-अपने ढंग से पंडितजी की बात समझने की कोशिश कर रहे थे, लेकिन अचानक विनोदजी के दिमाग में कौंधा, "कहीं अविनाश ने इसे समझा-बुझाकर तो नहीं भेजा है, ताकि शादी जल्दी हो सके?"

हालाँकि सुधाजी के मन में 'व्यवधान' शब्द अटक गया था, लेकिन वे कुछ बोल पातीं, इससे पहले ही विनोदजी बोल पड़े, "आप कम सुंदर योग में ही शादी की तारीख निकाल दीजिए, हम उसी में एडजस्ट कर लेंगे।" बोलकर हँसे तो बाकी लोग भी हँस दिए।

पंडितजी कुछ क्षण उनकी ओर देखते रहे, फिर कुछ सोचकर बोले, "फिर जल्दी क्या है? सगाई कर लीजिए। उसके बाद शादी की भी तारीख निकाल दूँगा।"

"अरे, लेकिन बुकिंग वगैरह करवानी होगी।" लताजी ने दखल दिया।

"मैं जल्दी ही बताता हूँ, मामीजी। सगाई के दिन बता दूँगा। अभी सगाई की तो तैयारी कीजिए। फिर, दस ही दिनों की तो बात है!"

☐

इसके साथ ही अविनाश की दोनों बहनों को सगाई की तारीख बताई गई। दोनों समधियों समेत सभी को सगाई में शामिल होने का न्योता भेजा गया। दोनों पक्ष के मामा-चाचा, बुआ-मौसी वगैरह सबके पास फटाफट खुशखबरी भेज दी गई। बधाइयों के फोन भी आने लगे और अंतर्जातीय विवाह पर स्वाभाविक सवाल भी उठने लगे, लेकिन दोनों ही ओर के माता-पिता बहुत ही समझदारी और शालीनता से उन सवालों के जवाब देते गए और स्थिति को सँभालते गए।

अविनाश की दोनों बहनों के लिए सबसे बड़ी खुशी का मौका था। उनके इकलौते भाई की शादी तय हो गई थी। वह भी किसी अनजान लड़की से नहीं, उनकी अपनी गौरी से!

दोनों झटपट मायके पहुँचीं और सबसे पहले तो भाई की ही खिंचाई कर डाली।

"अरे वाह भैया, इतनी बड़ी खबर हमें ही न लगने दी?" सोनल ने चुटकी ली तो कविता ने तुरंत अपने पतिदेव की बुद्धिमानी और पैनी नजर के ढोल पीटने शुरू किए।

"मुकेश ने तो सोनल के संगीत के ही दिन मुझसे कह दिया था कि देखना, तुम्हारा भाई गौरी से ही शादी करेगा।"

जल्दी ही दोनों बहनें गौरी के पास पहुँच गईं और पूरे हक के साथ उससे शिकायत भी कर डाली, "हमें बताने में क्या जा रहा था तेरा? बता नहीं सकती थी?" और गौरी बस हँसकर ही रह गई।

तय दिन पर ढोल बजे, गीत गाए गए और बड़ी ही धूमधाम से कुछ खास रिश्तेदारों, चुने हुए पड़ोसियों और दोस्तों की मौजूदगी में सगाई की रस्में निपटाई गईं।

लड़कीवाले होने के नाते सुधाजी ने लताजी के सारे रिश्तेदारों की विदाई की। हालाँकि लड़केवाले होने के नाते ऐसा कुछ भी करना लताजी के लिए जरूरी न था। उन्होंने तो गौरी के छोटे भाई के हाथ में भी कोई शगुन न रखा, लेकिन हाँ, अपने खानदान के किसी दूर के रिश्तेदार की भी विदाई करवाना नहीं भूलीं।

किसी की कपड़े से, तो किसी की दुशाले से और किसी की लिफाफे से। हाँ, बस इतनी शर्म बरकरार रखी कि यह निर्देश नहीं दिया कि लिफाफे में कितने रुपए होने चाहिए।

अविनाश के साथ ही लताजी, गिरीशजी और उनके बेटियों और दामादों के लिए तो सुधाजी ने खुद ही बहुत शौक से किया, लेकिन इससे आगे जैसे-जैसे डिमांड बढ़ रही थी, उनकी झुँझलाहट बढ़ती जा रही थी।

'अभी तो केवल सगाई है, तब ये इतने सारे लोगों की विदाई करवा रही हैं, शादी में क्या होगा?' सोच-सोचकर वो परेशान हो रही थीं। खैर, कोशिश करके संजीदा बनी रहीं। इस बात पर चर्चा करके न वह गौरी को दुःखी करना चाहती थीं और न ही मामूली बात पर अपनी दोस्ती खराब करना चाहती थीं।

सगाई के बाद जहाँ गौरी और अविनाश अपने भावी जीवन के मधुर सपनों में खो गए, वहीं कविता और सोनल काफी अधिक सजग हो गईं। आखिर अब वे दोस्त नहीं, ननदें बन चुकी थीं। वैसे तो ननदें भी भाभी की दोस्त बन सकती हैं, लेकिन फिलहाल अधिकतर परिवारों में ऐसा हो नहीं पाता। ऐसे में उन दोनों के मन में गौरी के लिए किसी तरह का प्रेम और अपनापन तो बाद में आता, पहले उसकी आलोचना करना उनका महत्त्वपूर्ण दायित्व बन गया था और इस आलोचनात्मक रवैए की शुरुआत हुई विदाई के कपड़ों से। रात में ही सारे पैकेट खोले गए और बारीकी से सारे उपहारों की स्कैनिंग शुरू कर दी गई।

"ये कैसी साड़ी दी है हम लोगों की सास के लिए? इतने फीके रंग की साड़ियाँ कहीं शादी-ब्याह में दी जाती हैं?" कविता ने मुँह बिचकाते हुए शिकायत की थी।

"अरे बेटा, उम्र के हिसाब से दिया होगा। इस उम्र में तुम्हारी सास चटक रंग पहनेंगी क्या?" पहली बार तो माँ ने खुद ही समझाने की कोशिश की।

"आप भी माँ...आपने देखा है न, वे कितनी शौकीन हैं? अब तो मुझे अपनी ओर से उनके लिए कुछ खरीदना पड़ेगा!"

माँ के समझाने-बुझाने पर बहुत अहसान जताते हुए बोली, "चलो, इस बार ले जा रही हूँ, लेकिन शादी की खरीददारी करते समय आप जरा पहले से चेक कर लेना। कुछ ऐसा न हो, जिससे हमारी ससुराल में हमारी नाक कटे!"

और इसी के साथ बड़ी ही आसानी से रिश्तों में कटुता का बीजारोपण शुरू हो गया। कविता और सोनल, दोनों की ही शादी हुए अधिक वक्त नहीं हुआ था।

दोनों ने ही अपनी शादियों में भी लेन-देन को लेकर काफी किच-किच झेली थी। अब जो कुछ भी उनके साथ हुआ, उसका पूरा बदला गौरी और उसके परिवार से लेना उनका परम धर्म तो था ही। सो उन्होंने शुरुआत की और माँ ने उनका साथ दिया।

हालाँकि समझना कठिन है कि शादी-ब्याह की रस्मों के दौरान इस तरह के लेन-देन की क्या जरूरत, लेकिन यह लेन-देन हमारे समाज का अहम हिस्सा बन चुका है। अगर इस लेन-देन की शुरुआत उपहार के रूप में हुई तो इन्हें उपहार ही क्यों न रहने दिया गया? पानेवालों ने उपहार को अपना अधिकार क्यों समझ लिया? उपहारों का आदान-प्रदान तो प्रेम का परिचायक है। इसमें तो देनेवाले की खुशी शामिल होती है, मजबूरी नहीं और लेनेवाला उन उपहार में बँधे प्रेम से अभिभूत महसूस करता है, लेकिन यह कैसा उपहार, जिसे पानेवाला खुद तय करता है कि उसे क्या मिलना चाहिए और देनेवाला मजबूरी में देता है, किसी भावना से नहीं! न देनेवाले को कोई खुशी और न ही पानेवाले को!

लीजिए! जिन उपहारों से रिश्तों में मधुरता और अपनापन बढ़ने वाले थे, उन्हीं को लेकर रिश्ते की शुरुआत में ही कटुता आ गई।

फिर, उपहारों का यह आदान-प्रदान एकतरफा ही क्यों? क्यों केवल लड़की के परिजन ही उपहार देते हैं? यदि लड़की के परिजन इस तरह से अपनी खुशी प्रकट करते हैं, तो क्या लड़के के परिजनों को रिश्ते में कोई खुशी नहीं? एकतरफा आदान-प्रदान होने के कारण रिश्तों में और भी कटुता पनपने लगती है, क्योंकि एक पक्ष इस पर अपना अधिकार समझने लगता है तो दूसरा पक्ष मजबूर और बँधा हुआ सा अनुभव करता है।

कहते हैं, किसी भी रिश्ते में रुपए-पैसे लाने से रिश्ते बिगड़ते हैं, उनमें खटास आती है। कितने ही ऐसे समझदार लोग मिलेंगे, जो दोस्तों के साथ बिजनेस कभी नहीं करते। वे कहते हैं कि पैसा बीच में आ जाने से दोस्ती में दरार आ जाती है। फिर शादी-ब्याह के रिश्ते में रुपए-पैसे को बीच में क्यों लाते हैं? क्या इस रिश्ते में दरार आने का कोई डर, कोई परवाह नहीं? या पहले से ही मान लिया जाता है कि यहाँ रिश्ता अधिक महत्त्वपूर्ण नहीं है। पहले रुपया ले लें, दरार आती है, तो आने दो! क्या पहले से तय कर लिया जाता है कि इस रिश्ते को खटास और कटुता के साथ ही निभाया जाएगा?

हमारे समाज का बाकी हर रिश्ता कहीं-न-कहीं से खून का रिश्ता होता है।

केवल शादी-ब्याह का रिश्ता ही खून का रिश्ता नहीं होता, जबकि पति-पत्नी का रिश्ता ही अंततः सबसे अधिक नजदीकी रिश्ता बनता है। तो ऐसे महत्त्वपूर्ण रिश्ते के बीच रुपया-पैसा लाकर क्यों कड़वाहट घोली जाती है?

कितनी ही बार इस लेन-देन के चक्कर में कन्या और वर पक्ष के लोग अपने संबंधों की कटुता का विष नव-दंपती के जीवन में घोल देते हैं, जिसका नव-युगल के भावी जीवन पर बहुत बुरा असर पड़ता है। ऐसे में 'सुखमय वैवाहिक जीवन' की अवधारणा केवल एक कल्पना ही रह जाती है।

एक मजेदार बात यह होती है कि इस तरह से नव-दंपती के जीवन में विष घोलनेवालों को इस बात से भी कोई फर्क नहीं पड़ता कि जाने-अनजाने वे अपने ही परिवार के दो सदस्यों के दिल में खुद को विलेन बना रहे हैं। जीवन कोई छोटा सा तो है नहीं। समय के साथ बाजियाँ पलटती हैं और नव-दंपती जब तक कुछ पुराने होते हैं, उनकी आपसी घनिष्ठता, तालमेल और समझ बढ़ती जाती है और स्वाभाविक ही है कि उनके जीवन में विष घोलनेवालों से वे दूरियाँ बनाने लगते हैं। ऐसे लोग यह सोचने की कोशिश ही नहीं करना चाहते कि किसी पति-पत्नी के जीवन में कड़वाहट घोलने का प्रयास करके वे दरअसल अपना ही एक रिश्ता खराब कर रहे होते हैं।

रिश्ते तो सचमुच धागे की तरह ही होते हैं, एक बार टूटे तो दोबारा कितना भी भूलकर निभाने की कोशिश की जाए, मन में गाँठ तो पड़ ही जाती है। एक बार आई दरार कितनी भी क्यों न भरी जाए, उसके निशान हमेशा के लिए बने रह जाते हैं।

रिश्ते पैसों से नहीं बनते···जो लोग पैसों के कारण किसी से रिश्ते बनाते भी हैं, वे अपना आत्मसम्मान खोकर ही ऐसा करते हैं, क्योंकि आप जिन लोगों के साथ उनके पैसे के लिए रिश्ते बनाते हैं, वे इस बात को बखूबी समझते हैं। ऐसे में उनके मन में आपके लिए तनिक भी सम्मान कैसे हो सकता है?

रिश्ते पैसों से नहीं बनते···रिश्ते कोई भी हों, अगर दोनों ओर से समान प्रयास किए जाते हैं, तभी उनमें मधुरता बनी रहती है अन्यथा एक तरफा निभाए गए रिश्ते तो बोझ बनने लगते हैं, जिनसे लोग जल्दी-से-जल्दी छुट्टी पाने की कोशिश में लगे रहते हैं। रिश्तों में राजनीति करनेवाले लोग ऐसी कड़वाहट घोलते हैं कि निभाने की कोशिश करनेवाले भी हारकर धीरे-धीरे पीछे हटने लगते हैं और रिश्तों में कभी न भरनेवाली खाई उत्पन्न हो जाती है।

आज व्हाट्सअप हों या फेसबुक, सब जगह रिश्तेदारों पर लोग चुटकुले साझा करते रहते हैं। ये सभी लोग इसी तरह के बोझिल रिश्तों से त्रस्त होकर रिश्तों पर हँसते हैं। सभी सोचते हैं, कि हमारे रिश्तेदार ऐसे ही हैं, लेकिन इन्हें पढ़कर कोई आत्मावलोकन नहीं करता। कोई भी यह नहीं सोचता कि शायद मैं खुद ही एक ऐसा रिश्तेदार हूँ। कोई भी विचार नहीं करता कि कहीं मेरे किसी व्यवहार के कारण किसी रिश्ते में खटास तो नहीं आई!

उम्मीदें रिश्तों में दूरी लानेवाली दूसरा बड़ा कारण होती हैं। न जाने क्यों कुछ लोग अपने आस-पास के रिश्तों से बड़ी-बड़ी उम्मीदें पाल लेते हैं, भले ही कभी ये विचार नहीं कर पाते कि क्या हम खुद भी उस रिश्ते के लिए कुछ कर रहे हैं? यदि आप केवल दूसरों से उम्मीदें कर रहे हैं, तो क्या आप अपने रिश्तों का दोहन नहीं कर रहे? ऐसे हालातों में रिश्ते कितनी दूर चलेंगे?

रिश्ते तो दोस्ती की तरह हों, मधुर और निश्छल! 'तूने मेरे लिए क्या किया' इस पर विचार करने की बजाय 'मैंने तो तेरे लिए कुछ किया ही नहीं' का विचार हो, जिनमें मतभेद तो बहुतेरे हों, लेकिन कभी मनभेद न उपजने दिए जाएँ। रिश्ते हों प्रेम की तरह, भावपूर्ण, सहज और एक-दूसरे के प्रति समर्पित। यदि ऐसे रिश्ते बनें तो जीवन कितना सहज और सुंदर होगा!

लेकिन दुनिया में बहुत से ऐसे लोग हैं, जिन्हें ऐसे सहज और सुंदर रिश्ते नहीं भाते। ऐसे सहज-सुंदर···यानी नीरस रिश्ते बनेंगे तो उनके जीवन से मसाला ही खत्म हो जाएगा। कितने ही लोगों को ऐसे ही चटपटे रिश्तों में रस आता है, जहाँ कुछ खटपट हो, कुछ अनबन हो, बहुत सारा मन-मुटाव हो।···तभी उन्हें जीवन का परमानंद मिलता है और इस परमानंद को पाने के लिए ऐसे लोग कानाफूसी करते हैं, किसी की चापलूसी तो किसी की बुराई करते हैं, रिश्तों में राजनीति करते हैं और किसी-न-किसी बहाने अपने आस-पास के दो-चार रिश्तों में मनभेद पैदा करके जो आनंद रस लेते हैं, वह शायद रूखे-सूखे, प्रेमपूर्ण जीवन में उन्हें कभी मिल ही नहीं सकता।

क्षमा कीजिएगा, गौरी और अविनाश की कहानी बताते-बताते मैं रिश्तों पर निबंध लिखने बैठ गई, लेकिन क्या करूँ? आम जीवन की जिन कमजोरियों और लापरवाहियों के कारण अनगिनत रिश्ते खराब होते हैं, उन्हीं कमियों के कारण अब इन दोनों का रिश्ता भी बिगड़ने वाला था, लेकिन अपने-अपने अहम् में चूर, अपनी-अपनी पद-प्रतिष्ठा में मगरूर, अपने-अपने स्वार्थ में मस्त, उनके किसी

भी अपने को इस बात की कोई परवाह ही नहीं थी। कोई विचार भी नहीं करता कि यदि हम अपने बेटे-बहू/बेटी-दामाद के जीवन में विष घोलेंगे तो उसका असर हम पर भी होगा।

सच ही कहा गया है, दर्द पाने के लिए किसी गैर की जरूरत ही क्या, चार रिश्ते ही काफी हैं दर्द में डुबोने के लिए।

खैर, वापस आते हैं गौरी और अविनाश की जिंदगी में।...कविता की ननदगिरी ने लताजी को खूब अच्छे से 'सासगिरी' सिखाना शुरू कर दिया था और वापस अपनी ससुराल जाने के बाद भी वह अपनी माँ के मन में ऐसा विष भरती रही, जिसका असर लताजी के व्यवहार में बहुत जल्दी दिखाई देने लगा।

अब वे भी दोस्त सुधाजी के लिए नहीं रह गईं, केवल समधन रह गईं। वह भी बेटे की माँ, यानी हर हाल में सुपीरियर! बहुत जल्दी ही उन्होंने इस बात का अहसास अपनी बचपन की दोस्त को कराना शुरू कर दिया। और तो और, अब तो उन्होंने बात-बात पर कभी सुधाजी के सामने, कभी विनोदजी के सामने भी गौरी पर अपनी उम्मीदें थोपनी शुरू कर दीं।

शादी से पहले अच्छे अंकों से पास होकर गौरी अपने माता-पिता का दिल जीतना चाहती थी। उनके सामने साबित करना चाहती थी कि प्रेम ने पढ़ाई के प्रति उसकी गंभीरता कम नहीं की थी। इसीलिए उसने और अविनाश ने अब कम मिलने-जुलने का फैसला लिया था, ताकि वह अधिक-से-अधिक पढ़ाई करके अच्छे नंबरों से पास हो सके। अविनाश खुशी-खुशी इस बंदोबस्त के लिए तैयार था और गौरी ने यह बात अपनी माँ को बताकर उन्हें भी खुश कर दिया था।

लेकिन लताजी को उसकी शिक्षा या अंकों से कोई लेना-देना था ही नहीं। वह तो अब जल्दी-से-जल्दी गौरी को पूरी तरह से अपने परिवार में ढालने के लिए बेताब होने लगी थीं, जिसके लिए गौरी को उनकी नित नई फरमाइशें पूरी करनी होतीं। कभी गौरी को सिलाई-कढ़ाई सिखाने की जिद करतीं तो कभी अपने यहाँ बनने वाले किसी खास पकवान को बनाना सिखाने की जिद करतीं। उनका तर्क होता, "दरअसल, आपके यहाँ की परंपराएँ अलग हैं न, इसलिए पहले से समझाना जरूरी है।"

सुधाजी जानती थीं कि ये सब चीजें गौरी अपनी परीक्षा के बाद भी सीख सकती है, लेकिन लताजी को अपनी बात मनवाने की अजब-सी जिद थी। अगर उन्होंने कोई बात ठान ली तो अपने तमाम कुतर्कों से सबका मुँह बंद कर देतीं।

"इतनी पढ़ाई का हमारे यहाँ क्या काम? पास हो जाए, यही काफी है। इसे तो वही चीजें सीखनी चाहिए, जो हमारे परिवार में जरूरी हैं।" उस दिन सुधाजी को समझाते हुए उन्होंने गौरी की ओर रुख किया, "तुम तो जानती ही हो कि हमारे यहाँ लड़की की परख सिलाई-कढ़ाई से करते हैं...तुमने तो देखा है न, कविता और सोनल, दोनों ही कितनी तेज थीं इन सारे कामों में! तुम भी जल्दी से सीख लो...लोग देखेंगे कि बहू ने क्या-क्या बनाया है?"

गौरी ने सहमति में सिर हिला दिया, लेकिन भीतर ही कहीं डर गई।

वह समझ रही थी कि इसी के साथ उसके जीवन में सगाई के साइड इफेक्ट शुरू हो चुके थे। तरह-तरह की फरमाइशों और उम्मीदों ने उसे ऐसे घेरना शुरू किया कि धीरे-धीरे उसका सारा उत्साह खत्म होने लगा। अकसर उसे महसूस होता कि शायद उसने शादी का फैसला लेकर कोई गलती कर दी थी। भले ही अविनाश के लिए उसके प्यार में कोई कमी नहीं आई थी, लेकिन शादी से जुड़ी तमाम फरमाइशों के चलते उस प्यार में ग्रहण तो लगने ही लगा था।

हर फरमाइश पूरी करने चलती तो उसकी पढ़ाई पर असर पड़ता और न करती तो लताजी की बेरुखी बढ़ती। अब तक हर परीक्षा में वह हमेशा अव्वल आई थी। किसी भी हालत में अपना रिजल्ट खराब करना नहीं चाहती थी, लेकिन दूसरी ओर उसे अपनी भावी सास को भी तो खुश करना था, लेकिन दोनों ओर चलना भी आसान न था। सासू माँ को खुश करने चलती तो रिजल्ट पर असर पड़ना ही था और अगर पढ़ाई पर ध्यान देती तो उनके तेवर झेलने पड़ते।

उसका प्रेमपूर्ण हृदय अब लताजी की फरमाइशों के बोझ तले दबकर कसमसा रहा था। दिल में प्रेम का स्थान अब चिड़चिड़ेपन ने ले लिया था। एक ओर लताजी के निर्देश और दूसरी ओर उसकी शिक्षा, दोनों ओर से उस पर दबाव बनाने लगे। हँसती-खिलखिलाती गौरी अब चिढ़ी हुई सी, असहज-सी दिखने लगी।

यह असहजता अविनाश की आँखों से बहुत दिन छुपी न रह सकी।

"क्या बात है? आजकल कुछ परेशान रहती हो, कोई बात हुई क्या?" आखिर एक दिन उसने गौरी से पूछ ही लिया।

"नहीं, ऐसा कुछ नहीं।" अपने मुखड़े पर झूठी हँसी बिखेरती गौरी ने टालने की कोशिश की।

"बताना नहीं चाहती?" सुनकर गौरी ने नजरें झुका लीं।

उसकी कशमकश इसीलिए इतनी अधिक बढ़ गई थी कि वह अपनी सारी परेशानियाँ अविनाश से छुपाने की कोशिश कर रही थी। सोचती, बताने पर कहीं अविनाश इसे माँ की शिकायत न समझें, लेकिन वास्तव में अविनाश से बात करके अपना मन हलका करना चाहती थी, लेकिन दुनियादारी को देखते हुए समझ रही थी कि मन हलका करने की यह कोशिश काफी भारी पड़ सकती है। वह पहले ही लताजी और कविता के मुँह से सुन चुकी थी कि उसने अविनाश को मुट्ठी में कर लिया है। ऐसे में अगर अविनाश ने उसके पक्ष में कोई बात की तो वे दोनों और भी बातें बनाएँगी। इसीलिए वह अविनाश को कुछ नहीं बताना चाहती थी। अविनाश भी चुपचाप उसके चेहरे की रंगत पढ़ने की कोशिश करता रहा, फिर बोला, "ऐसे छुपाने से तो किसी परेशानी का हल नहीं निकलेगा। क्या हुआ? बोलो न!"

गौरी कुछ क्षण लाचारी से उसकी ओर देखती रही, फिर बोली, "पढ़ाई को लेकर ही मन परेशान रहता है...कोर्स बहुत ज्यादा है...पता नहीं कैसे अच्छे नंबर आएँगे?" पूरी कोशिश करके उसने असल समस्या अविनाश से छुपा ली।

"केवल पढ़ाई की ही चिंता है या शादी को लेकर भी कोई प्रॉब्लम है?" उसका चेहरा पढ़ना अविनाश के लिए बहुत ही आसान काम था।

"नहीं...शादी की क्या प्रॉब्लम?" फीकी-सी हँसी के साथ इतना ही बुदबुदाकर गौरी चुप रह गई।

अविनाश के ऐसे ही व्यवहार ने उसे पूरी तरह से कैद कर रखा था। वह बताए या न बताए, उसकी तकलीफें समझना उसके लिए मुश्किल न होता। अविनाश ने धीरे से उसका हाथ अपने हाथ में ले लिया और समझाते हुए बोले, "गौरी, हालाँकि पहले भी मैंने तुम्हारी सारी परेशानियों को अपनी ही माना है, लेकिन अब तो हमारी शादी होने जा रही है। कोई भी परेशानी मेरी या तुम्हारी नहीं, हम दोनों की है।"

उसका सुलझा हुआ व्यवहार गौरी के व्यथित मन को शांत करने के लिए पर्याप्त था। वह बरबस ही मुसकरा दी, "जानती हूँ" गर्व से इतराते हुए बोली। उसकी आँखों में स्वाभाविक मुसकराहट फैल गई, जिसे देखकर अविनाश को भी राहत मिली।

लेकिन लताजी की बातें अधिक दिन तक अविनाश से छुपी न रहीं। गौरी ने भले ही वे बातें अविनाश से छुपा लीं, लेकिन अब वह अपनी बहुत-सी शौर्य-

गाथाएँ खुद ही अविनाश और गिरीशजी को भी सुनाने लगी थीं। आखिर उन पर भी तो धाक जमानी थी कि कैसे गौरी उनकी सारी बातें मानती है। होनेवाली बहू को अभी से कंट्रोल में रखने का गुमान उनकी जुबान को नियंत्रित नहीं रख सका। इसी उतावलेपन में एक दिन रात में खाने की मेज पर बोल पड़ीं।

"मैंने गौरी को बोल दिया है कि जल्दी से सिलाई-कढ़ाई की क्लासेस ज्वॉइन कर ले, ताकि कविता और सोनल जैसी चीजें तैयार कर सके।"

सुनकर अविनाश ने चुपचाप उन्हें देखा। बात अटपटी लगी, फिर भी चुप रहा, लेकिन गिरीशजी ने उन्हें तुरंत टोका, "यह सब करवाने की क्या जरूरत है?"

"अरे, हमारे घर आना है तो हमारे तौर-तरीके तो अपनाने होंगे न?"

"मानता हूँ, लता, लेकिन ये मत भूलो कि शादी की तारीख इसलिए देर से रखवाई गई कि गौरी अपना एम.ए. अच्छे नंबरों से पूरा कर सके। इसलिए नहीं कि सिलाई-कढ़ाई में समय गँवाए।" सुनते ही लताजी बिफर गईं।

"सिलाई-कढ़ाई सीखने का मतलब समय गँवाना है?"

"लेकिन लता, उसके माता-पिता के लिए उसकी पढ़ाई अधिक जरूरी है।"

गिरीशजी ने याद दिलाने की कोशिश तो की, लेकिन लताजी के मन में उन बातों की अहमियत ही कहाँ रह गई थी?

"आप भी मत भूलिए कि अगर उनके यहाँ पढ़ाई-लिखाई जरूरी है तो हमारे यहाँ सिलाई-कढ़ाई सीखनी और भी जरूरी है।"

"शादी हो रही है या कोई इम्तिहान है, माँ?" इस बार अविनाश ने हँसकर कहा तो पापा के साथ वह खुद भी हँस दीं।

"इम्तिहान न सही...लेकिन औरतों के मामलों में आप लोग न ही बोलो। दुनियादारी की समझ मुझमें अधिक है।"

"मानता हूँ, लेकिन आप ये क्यों नहीं समझतीं कि बेचारी इस समय पढ़ाई करेगी या इन सब चीजों में फँसेगी?" गिरीशजी ने एक बार फिर समझाने की कोशिश की।

"ठीक है, कर तो रही है पढ़ाई..." लताजी को मानो किसी भी बात की कोई परवाह ही न रह गई थी, "लेकिन आप ही बताइए, ये एम.ए. की पढ़ाई कौन सी हमारे घर में काम आएगी?"

"तो सिलाई-कढ़ाई किस काम आएगी?" गिरीशजी को हँसी आ गई।

"पूरे मोहल्ले के कपड़े सिलेगी" बुदबुदाकर अविनाश भी हँस पड़ा। उन

दोनों की हँसी में व्यंग्य महसूस करके लताजी तिलमिला गईं।

"देखिए जी···" विरोध करने चलीं, लेकिन गिरीशजी ने उनको बोलने नहीं दिया।

"देखो लता, इतनी दखलअंदाजी ठीक नहीं। कुछ ही दिनों पहले आपने भी बेटियों की शादी की है। अगर उनके ससुरालवाले भी ऐसे करते तो कैसा लगता?"

"वे क्यों करते? मेरी बेटियों में क्या कमी है? कभी किसी को मौका ही नहीं मिला!"

अविनाश ने चौंककर उनकी ओर देखा। गिरीशजी ने अविनाश की आँखें पढ़ लीं। बेटा कुछ बोले तो बात बिगड़ सकती थी, इसलिए जल्दी से खुद ही बात सँभाली, "कैसी बात कर रही हो? गौरी में क्या कमी है?"

लताजी के पास जवाब नहीं था या शायद बेटे की पसंद का खयाल करके कुछ देर चुप रह गईं।

गिरीशजी आगे बोल पड़े, "कमाल करती हो, लता। जब तक शादी पक्की नहीं हुई थी, तब तो आपको यह डर था कि कहीं वो लोग रिश्ते से इनकार न कर दें, इतने ऊँचे ओहदे और ऊँची शिक्षावाले लोग हैं और अब जब सब तैयार हैं, तो आप उन्हें नीचा दिखाने की कोशिश कर रही हैं?"

लताजी ने एक निगाह अविनाश पर डाली। उन्हें भी अहसास हुआ कि अविनाश के सामने ये सारी बातें उन्हें नहीं करनी थीं। वह चुपचाप उन्हें देख रहा था। उसकी आँखों से स्पष्ट था कि वह बहुत आहत था, लेकिन कुछ बोला नहीं। फिर, "मैं चलता हूँ, विनय से मिलकर आता हूँ," कहकर चला गया।

उसके जाने के बाद भी दोनों की बहस जारी थी। गिरीशजी अपनी पत्नी को समझाने की अनेक नाकाम कोशिशें करते रहे। फिर हारकर यह कहकर उठ गए, "आखिरी बार चेतावनी दे रहा हूँ···थोड़ा सोच-समझकर काम कीजिए, नहीं तो सबकुछ बिगाड़कर रख देंगी आप और आपकी फरमाइशें!"

☐

अब अविनाश समझ चुका था कि गौरी आजकल इतनी परेशान क्यों रहती है। बहुत विचारने के बाद अगली सुबह घर से निकलते समय शांत, लेकिन दृढ़ शब्दों में माँ से बोला, "गौरी से जो कुछ भी करवाना है, शादी के बाद करवा लीजिएगा। शादी के बाद आप जो कहेंगी, हम दोनों वही करेंगे, लेकिन अभी

अपनी इच्छाएँ उस पर न थोपिए।"

माँ के साथ वह किसी तरह की बहस में नहीं पड़ना चाहता था, इसलिए बात पूरी करते ही तेजी से निकल गया। नहीं मालूम, उन पर अविनाश की बात का क्या प्रभाव पड़ा? नहीं मालूम कि वह सचमुच समझ गई थीं और गंभीर रहने की कोशिश करने लगी थीं या भीतर-ही-भीतर इतनी कुपित हो गई थीं कि कुछ दिनों तक कुछ भी नहीं बोलीं।

लताजी और उनकी बेटियों को छोड़कर सभी लोग अपने-अपने कामों में व्यस्त रहते थे। इसलिए उनका पिछला व्यवहार धीरे-धीरे सब भूलने लगे। गौरी को भी लगा, सबकुछ सामान्य हो गया है और वह पूरी लगन से अपनी पढ़ाई में लग गई, लेकिन जल्द ही सबको अहसास हो गया कि उनके भूल जाने से मामला शांत नहीं हो गया था।

लताजी और उनकी बेटियों की जिंदगियाँ एक ही ढर्रे पर चल रही थीं। तीनों के घरों से सुबह सारे मर्द काम पर गए तो फिर रात तक इनके पास कोई काम ही न था। 'खाली दिमाग शैतान का घर' यूँ ही नहीं कहा गया है। उनके दिमाग तो इतने अधिक खाली थे कि शैतानों को बारात लेकर उनके दिमाग में डेरा डाल लेने में कोई भी मुश्किल न हुई। फोन पर ही सारे षड्यंत्र रचे जाने लगे।

जल्द ही एक आयोजन के दौरान जब गौरी के घर पर दोनों परिवार इकट्ठे हुए। किसी को खबर भी न थी कि अब तक शांत दिख रही लताजी के मन में और भी अधिक खुराफात पनप चुकी थी। सहसा सबके बीच बोल पड़ीं, "एक बात तो मैं मान ही गई! गौरी है बड़ी सयानी। इतनी कम उम्र में ऐसा लड़का वश में कर लिया, जो हमेशा उसके इशारों पर नाचे!"

गौरी ही नहीं, उसके माता-पिता और भाइयों के साथ-साथ अविनाश और गिरीशजी भी सुनकर सन्न रह गए। गौरी की आँखों में अनायास ही पानी तैर गया। चुपचाप सिर झुकाकर बैठ गई।

स्तब्ध गिरीशजी ने झट से बात सँभाली और बोल पड़े, "अगर ऐसा है तो उसने ये गुर आप से ही सीखा होगा···मैं तो भई, आज तक बंदर बना आपके ही इशारों पर नाचता हूँ।"

कहकर जोर से हँसे, तो सभी के चेहरों पर हलकी सी मुसकराहट आ गई और माहौल कुछ सामान्य हो गया।

भले ही गिरीशजी ने बहुत ही तत्परता से बात सँभाली थी, लेकिन लताजी

की बात अपना असर कर चुकी थी। सभी के मन क्षुब्ध हो चुके थे।

बाद में विनोदजी ने अपनी पत्नी से कहा, "मैं भी कह सकता हूँ कि अविनाश ने हमारी भोली-भाली बेटी को फँसा लिया।"

"अरे ध्यान मत दीजिए उनकी बातों पर। उनके जैसी बहुत सी महिलाएँ होती हैं, जिन्हें परिवार को मुट्ठी में रखने का अजब-सा शौक होता है। ऐसी ही महिलाएँ बहू लाते समय उसे प्यार और अपनापन देने की बजाय लगातार उसे डराकर, ताने देकर, उसकी कमियाँ गिना-गिनाकर उसे खुद से दूर करने की गलती कर बैठती हैं। लता इस समय यही कर रही हैं। हालाँकि वह प्यार से गौरी को पूरी तरह से अपने वश में रख सकती हैं, लेकिन ये उलटा व्यवहार कर रही हैं।"

सुधाजी ने स्थिति को समझने और समझाने की कोशिश की।

वह बहुत ही अनुभवी महिला थीं। भावुक थीं, पर ऐसी नहीं कि केवल अपनी भावनाएँ ही समझ सकें। दूसरों की भावनाओं को भी बारीकी से समझने की कोशिश करने वाली इनसान थीं वे। मानव-मन को अच्छी तरह से समझती थीं। हालाँकि वे खुद भी लताजी की बात से बहुत दुःखी थीं। भीतर-ही-भीतर डरने लगी थीं कि जो महिला अभी से गौरी को ही नहीं, हम सबको इतने ताने दे रही है, वह शादी के बाद उसके साथ कैसा व्यवहार करेगी!

आज वे दोनों बेटी के लिए खुद को बहुत असहाय महसूस कर रहे थे। गौरी के लिए अविनाश के प्यार पर उन्हें कोई संदेह न था, लेकिन उनकी अनुभवी आँखें देख सकती थीं कि लताजी के ऐसे व्यवहार के साथ गौरी का भावी जीवन काँटों से भरा होगा!

घर पहुँचने तक न ही गिरीशजी ने लताजी से कोई बात की और न ही अविनाश ने। कपड़े बदलकर गिरीशजी टहलने निकल गए। लौटने पर देखा कि लताजी फोन पर कविता से बातों में मशगूल थीं। उन दोनों की बातें सुनकर गिरीशजी को समझते देर न लगी कि लताजी को ये सारी पट्टी कविता के फोन कॉल पढ़ा रहे थे। परिवार में घुलते विष को रोकने के लिए उन्होंने एक बार फिर अपनी पत्नी को समझाने की कोशिश की, "कविता से कहो, अब उसकी शादी हो गई है। यहाँ के मामले में दखलअंदाजी न करे।"

"शादी हो गई है तो क्या ये घर उसका नहीं रहा?" लताजी ठीक ही गरजी थीं।

"देखो, मेरी बात का गलत मतलब मत निकालो...वो मेरी भी बेटी है, मैं भी उसे बहुत प्यार करता हूँ, लेकिन अब जैसे उसे अपनी ससुराल में अपनी सास वगैरह के साथ रहना है, वैसे ही आपको भी अपनी बहू के साथ प्यार से रहना है। उससे कहिए, वो अपने ससुराल में दिमाग लगाए। इस तरह से आपके दिमाग में जहर घोलकर यहाँ का माहौल खराब न करे।"

"आपका मतलब है कि अब मैं अपनी बेटी से बात भी न करूँ?" लताजी एक बार फिर गुस्से से गरजीं। बात का बतंगड़ बनाने में एक्सपर्ट थीं वे।

"कौन बेवकूफ कहेगा कि माँ-बेटी आपस में बात न करें?" गिरीशजी के सुर थोड़े ऊँचे हो गए। "लेकिन आप माँ हैं न उसकी? तो आपको उसे समझाना चाहिए कि गौरी के खिलाफ इस तरह से आपके कान भरकर वो गौरी ही नहीं, अविनाश के साथ भी आपका रिश्ता खराब कर रही है, अगर उसकी ननदें भी उसके साथ ऐसा ही व्यवहार करें तो?"

इससे अधिक स्पष्ट शब्दों में बोलना गिरीशजी के लिए संभव न था, लेकिन लताजी का गुरूर उनकी किसी बात का मर्म समझने को तैयार ही नहीं था। अपने अहम् की तुष्टि के लिए वह सारे रिश्तों की आहुति देने को तैयार खड़ी थीं। उनके इस व्यवहार का अंजाम क्या होगा, वह सोचना ही नहीं चाहती थीं। पति की हर बात उन्हें निरी बकवास लगी और तुरंत ही पूरे गुस्से में बोलीं, "तो, करती नहीं हैं क्या? बेचारी को परेशान कर रखा है, उसकी सास और ननदों ने!"

"तो आप उसका बदला गौरी से लेंगी?" गिरीशजी के सवाल पर लताजी चुप रह गईं। उन्होंने फिर समझाने की कोशिश की, "अगर आपकी बेटी के साथ कुछ गलत हो रहा है तो दूसरे की बेटी के साथ आप तो वो व्यवहार न दोहराइए।"

लताजी कुछ बोलतीं, इससे पहले ही गिरीशजी आगे बोले, "आपको क्या लगता है, जो कुछ भी आपने आज बोला, उसका असर आपके बेटे पर कैसा हुआ होगा?"

लताजी कुछ देर गुस्से में गिरीशजी को घूरती रहीं। फिर पाँव पटकती कमरे से ही बाहर चली गईं।

□

बाहर से अविनाश बिल्कुल शांत था, लेकिन उसके भीतर तूफान उठा हुआ था। गौरी के लिए उसके मन में बेशुमार प्यार था, लेकिन वह अपनी माँ के

सामने उसका पक्ष लेकर बात नहीं कर सकता था। माँ ने तो सरेआम घोषणा ही कर दी थी कि वह गौरी के इशारों पर नाचता है।

"क्या सचमुच ऐसा है?" अविनाश के अहम् को चोट लगी और माँ की दवा असर करने लगी। अविनाश सोच में पड़ गया, "माँ को नजर आया तो क्या पता सच में ऐसा ही हो?...क्या सचमुच मैं वही करने लगा हूँ, जो गौरी मुझसे करवाना चाहती है?"

वह अपने व्यवहार का आकलन करने की कोशिश करने लगा। रात करवटों में बीत गई, लेकिन माँ के आरोप का दंश उसके मन से नहीं निकला। भारी मन से दुकान पहुँच तो गया, लेकिन उसका बोझिल मन पापा से छुपा नहीं रहा। जानते थे, खुद कुछ नहीं बताएगा, इसलिए पूछ बैठे, "क्या हुआ? माँ की बातों से परेशान हो?"

अविनाश ने फीकी-सी मुसकराहट के साथ हामी भर दी।

"एक बात कहूँ? हमेशा याद रखना!" सुनकर अविनाश ने उनकी ओर सवालिया निगाहों से देखा।

"बेटा, प्यार में कोई किसी को काबू में नहीं करता, कोई किसी को अपने इशारों पर नहीं नचाता। जो रिश्ता प्यार से बनता है, उसमें समर्पण के भाव अनायास ही आ जाते हैं। लोग एक-दूसरे की इच्छा-अनिच्छा, पसंद-नापसंद और सुविधा-असुविधा का ध्यान खुद-ब-खुद रखने लगते हैं। इसके लिए कोई किसी को बाँधता नहीं। किसी भी रिश्ते के लिए हो, यदि आप किसी की बात मानते हैं, उसके अच्छे-बुरे, सुख-दुःख, सुविधा-असुविधा का ध्यान रखते हैं तो इसका यह मतलब नहीं कि आप उसके इशारों पर नाच रहे हैं, बल्कि इसका मतलब यह है कि आप उसे बहुत प्यार करते हैं। केवल प्यार ही ऐसा करवा सकता है। क्या मैं जबर्दस्ती, बिना तुम्हारी इच्छा के, तुमसे अपना खयाल रखवा सकता हूँ?"

अविनाश उनकी ओर देखने लगा।

"नहीं, बेटा। तुम मेरा खयाल रखते हो, क्योंकि तुम मुझे चाहते हो। अपनी माँ का खयाल करते हो, क्योंकि उसे भी चाहते हो। वैसे ही गौरी के साथ भी है। क्या गौरी तुम्हारी हर बात का खयाल नहीं रखती? क्या वो तुम्हारी सुविधा-असुविधा, सुख-दुःख का ध्यान नहीं रखती? अगर रखती है तो क्या इसका यह मतलब निकाला जाए कि तुमने उसे अपने वश में कर रखा है?"

पिताजी की यह बात अविनाश को समझ में आ गई। सही भी था। गौरी

भी तो उसका कितना खयाल रखती थी। अभी हाल ही में तो माँ के दबावों से परेशान होने के बावजूद उसने अविनाश से वे सारी बातें नहीं बताई थीं। धन्य है अविनाश की किस्मत कि कम-से-कम उसे इतने अच्छे ढंग से समझाने वाले पिता तो मिले थे, लेकिन यह किस्मत भी अधिक दिनों तक काम न आई।

□

जैसे-जैसे गौरी की परीक्षाएँ निकट आ रही थीं, परिवार के माहौल में गरमी भी बढ़ती जा रही थी। लताजी की फरमाइशें कभी खत्म ही न हुईं और न ही उनके ताने रुकने का नाम लेते थे। अविनाश और गिरीशजी की अनुपस्थिति में वह अकसर कभी गौरी को तो कभी सुधाजी को किसी-न-किसी बात पर शर्मिंदा कर ही देतीं।

बेशक सारी सास ऐसी नहीं होतीं, लेकिन यह भी सच है कि ऐसी ही महिलाओं ने सास-बहू के रिश्ते को विषैला बना दिया है। कई बार लताजी जैसे स्वभाव वाली बहुएँ अपनी सास के साथ दुर्व्यवहार करती हैं और अकसर ही इन रिश्तों में बद अच्छा और बदनाम बुरा बना रहता है, क्योंकि वह 'बद' अगले को बदनाम करने में भी कोई कसर नहीं छोड़ता।

उस दिन गौरी का आखिरी पेपर था, जब शाम के समय लताजी सुधाजी से मिलने आ गई थीं। 'शाम की चाय साथ पीते हैं,' की योजना के तहत विनोदजी ने गिरीशजी को भी वहीं बुला लिया।

गौरी ने सबको चाय दी और चुपचाप अपने कमरे में चली गई। जानती थी आज घर के बड़े उसकी शादी के बारे में बहुत सी बातें फाइनल करेंगे, लेकिन यह नहीं जानती थी कि किस तरह की फाइनल बातें होनेवाली हैं।

चाय के साथ मामूली गप-शप चल रही थी, जब लताजी अचानक बोल पड़ीं···

"आप लागों के लिए तो अच्छा हो गया न! बैठे-बिठाए खाता-कमाता पैसे वाला घर मिल गया। अब देखिए न, अपनी बिरादरी में ऐसा घर-परिवार और अविनाश जैसा लायक लड़का ढूँढ़ने चलतीं तो कितना दहेज़ देना पड़ता? गौरी ने तो आपकी सारी समस्याएँ ही सुलझा दीं।"

पता नहीं, लताजी के मन में दहेज का लालच आ गया था, या फिर लड़के की माँ होने की ठसक उनके मन में बढ़ती ही जा रही थी। पहले भी कितनी ही बार

वह सुधाजी को बातों-बातों में बेइज्जत कर चुकी थी, लेकिन अब तक अकसर गिरीशजी उनकी बात काटकर गौरी की तारीफ करते और मसला सँभल जाता।

भूल नहीं सकते कि ये वही लताजी थीं, जिन्हें गौरी और उसके खानदान की ऊँची शिक्षा और ऊँचे ओहदों के आगे अपने बेटे और परिवार की शिक्षा कम लग रही थी, जिसके कारण उन्हें डर था कि सुधा और विनोदजी कहीं अविनाश को अपनी बेटी देने से इंकार न कर दें, लेकिन जब उस ओर से कोई विरोध नहीं हुआ, तो इनसानी मानसिकता बड़ी ही तेजी से बदली। मन में यह बात घर करने लगी कि जरूर इन्हें गौरी के लिए अविनाश से अच्छा कोई लड़का मिलना ही नहीं था और बस, इस अहसास के साथ उनके मन का अहंकार इस कदर बढ़ता गया, जिसने रिश्ते की सारी मधुरता छीन ली।

सुधाजी कम अनुभवी न थीं। अपनी सहेली के मन में बढ़ता अहंकार उनकी आँखों से छुपा नहीं था, लेकिन वे इन बातों को नजरअंदाज करना ही ठीक समझतीं। रिश्ता किया था तो उसे निभाना भी चाहती थीं, लेकिन सुधाजी की इस समझदारी को लताजी ने कभी समझने की कोशिश ही नहीं की, बल्कि उनके मौन में उन्हें उनकी स्वीकृति दिखाई देती और वह मन-ही-मन और भी अधिक इतरातीं कि ये भी जानती हैं कि मैं सही कह रही हूँ, इसीलिए तो चुप रह जाती हैं।

सुधाजी कितनी भी चुप रह जाती हों, लेकिन उनके मन में लताजी का व्यवहार चुभने ही लगा था। बेटी की खुशी के कारण ही नहीं, बल्कि पुरानी दोस्ती को भी बनाए रखने के लिए वे चुप रह जातीं, लेकिन मन-ही-मन न जाने कितने दिनों तक लताजी की बातें उनके दिलो-दिमाग में सुई चुभोती रहतीं। उनकी खामोशी उन्हें अंदर-ही-अंदर जला रही थीं। पहले तो वह कॉलेज में अपनी सहकर्मी मित्र से सारी बातें बताकर अपना दिल हलका कर लेतीं, फिर उसी मित्र के प्रोत्साहन पर उन्होंने धीरे-धीरे लताजी की बातें घर में पति और बेटे को बतानी शुरू कर दीं। मित्र का कहना था कि आपके घरवालों को भी उनकी मानसिकता के बारे में जानकारी रहनी चाहिए।

ऐसे हालातों में जब आज लताजी ने फिर से ऐसी चुभनेवाली बातें कीं तो सुधाजी ही नहीं, बल्कि विनोदजी का भी पारा चढ़ गया। आज गिरीशजी कुछ बात सँभाल पाते, इससे पहले ही विनोदजी उखड़ गए, "आपको शायद इस बात का अंदाजा नहीं है कि हमारे यहाँ अच्छे लड़कों की कोई कमी नहीं है और ऐसा भी नहीं कि हम इतने गए-गुजरे हैं कि अपनी बेटी के लिए एक अच्छा लड़का

और परिवार नहीं ढूँढ़ सकते। वो तो आपकी और सुधा की दोस्ती का लिहाज करते हुए और अपनी बेटी की खुशी की खातिर हम इस रिश्ते के लिए राजी हुए, वरना मेरे हिसाब से तो अभी उसे और पढ़ाई करके अपने पैरों पर खड़ा होना चाहिए। इतनी मेधावी है···आपके यहाँ शादी करके तो उसकी सारी पढ़ाई धरी की धरी रह जाएगी।"

विनोदजी के शब्दों से स्पष्ट पता चल रहा था कि वह कई दिनों से भरे बैठे थे और आज अपने मन की न जाने कितनी भड़ास लताजी के सामने निकाल दी।

अब तक लताजी को आदत पड़ चुकी थीं कि वह गौरी के बारे में कुछ भी कहेंगी, उसके माता-पिता उनकी बात काटेंगे नहीं। आज पहली बार उनकी बात का विरोध हुआ और वह भी इतना सख्त विरोध, देखकर उनका पारा तो बस सातवें आसमान पर चढ़ गया।

"आपको क्या लगता है, मेरी बेटियाँ कोई पढ़ाई में कमजोर थीं? लेकिन बेटियों को हम उतना ही पढ़ाते हैं, जितनी जरूरत हो। हमारे यहाँ किस चीज की कमी है जो हम लड़कियों से नौकरी करवाएँ? इतने गए-गुजरे नहीं हैं हम लोग कि बहू-बेटियों की कमाई खाएं!"

"मतलब, आपके हिसाब से हम बहुत गए-गुजरे लोग हैं कि सुधा नौकरी करती हैं?" विनोदजी ने लगभग डपटने के अंदाज में कहा था। "इतने बड़े कॉलेज की प्रिंसिपल हैं तो। आपके पूरे खानदान में ऐसा संभव नहीं।"

जब सहनशील व्यक्ति के सब्र का बाँध टूटता है तो एक ज्वालामुखी फटता है, जिसमें बड़े-बड़े पर्वत ध्वस्त हो जाते हैं। अपने ही मद में मगरूर लताजी न जाने कितने दिनों से सुधा और विनोदजी की सहनशीलता का इम्तिहान ले रही थीं। वे दोनों ही रिश्ता बनाए रखने की खातिर चुप रहते। जितना ही वे चुप रहते, लताजी को उतना ही अधिक प्रोत्साहन मिलता, लेकिन आज उनके सब्र का बाँध टूट गया और इतने दिनों से जो कुछ उनके मन में गुँथ रहा था, वह सब एकबारगी बहकर बाहर निकल गया।

अब ऐसे में तूफान तो आना ही था। रिश्ते तो बिखरने ही थे। एक पल में रिश्तों की सारी बखिया उधड़ गईं···सारी मधुरता धरी-की-धरी रह गई। पापा और होनेवाली सास की इतनी तेज आवाज सुनकर गौरी भी सहम गई। दौड़कर बाहर आई, लेकिन कमरे का माहौल इतना तप रहा था कि वह ठिठककर दरवाजे से सटकर ही खड़ी रह गई।

लताजी एकाएक तमतमाकर खड़ी हो गईं और गिरीशजी को लगभग डपटकर बोलीं, "चलिए यहाँ से! या अभी और बेइज्जती करवानी है?"

"अरे, लेकिन लता…" इन सबके बावजूद गिरीशजी ने आज भी हालात सँभालने की कोशिश की, लेकिन इस बार देर हो चुकी थी। उनकी सारी कोशिश नाकाम रही। लताजी कमरे से बाहर निकलती हुई बस इतना ही बोलीं, "आएँगे या मैं अकेली ही जाऊँ?"

गिरीशजी के पास और कोई चारा ही न था। "बुरा मत मानिए उसकी बात का…कभी-कभी नाराज हो जाती है, मैं समझाऊँगा…" विनोदजी से बोलते हुए तेजी से लताजी के पीछे भागे।

सुधाजी और विनोदजी बस अपनी जगहों पर ही बैठे रह गए। जिस रिश्ते को बचाने के लिए वह दोनों कितने यत्न कर रहे थे, वह आखिर चरमरा ही गया। दोनों के चेहरे अभी भी तमतमा रहे थे। मौके की नजाकत समझकर गौरी वहाँ से चुपचाप खिसक गई। रिश्ता टूटने की धमक उसके कानों में पहुँच चुकी थी। लताजी उसे सीधे भी कितनी ही बार आहत कर चुकी थीं, लेकिन वह तो अविनाश के प्यार में इस कदर सराबोर थी कि कोई भी बात बुरी न लगती, लेकिन आज उसके पापा आहत हो चुके थे, जिन्हें यों भी लताजी और उनके परिवार से कोई विशेष लगाव न था।

वास्तव में जिन रिश्तों को सँभालने के लिए इतने जतन करने पड़ें, वे रिश्ते ज्यादा दूर तक जा ही नहीं सकते। रिश्तों में तो स्वाभाविक सहजता और परस्पर विश्वास होता है। यदि वही नहीं तो रिश्ते कैसे? वह तो बस दुनियादारी है। लेकिन अधिकतर लोग दुनियादारी ही निभा रहे हैं। रिश्तों में राजनीति करते हैं और उसी में खुश भी रहते हैं।

गौरी का डर सही साबित हुआ। उसी शाम पूरे परिवार के बीच विनोदजी ने ऐलान कर दिया, "मुझे उस परिवार से कोई ताल्लुक नहीं रखना। गौरी चाहे तो अविनाश से शादी करे, लेकिन मैं उस शादी में शामिल नहीं होऊँगा और अगर गौरी शादी करके उस परिवार में जाती है, तो भूल जाए कि उससे मेरा कोई नाता है।"

उदित के अलावा परिवार के सभी सदस्य उनसे सहमत थे। केवल उदित का ही मत था कि लता आंटी की गलती की सजा गौरी और अविनाश को देना ठीक नहीं, लेकिन उसे भी डपटकर चुप करा दिया गया।

गौरी स्तब्ध थी। इतनी स्तब्ध कि कुछ सोच-समझ भी नहीं पा रही थी। यह भी नहीं कि उसकी शादी टूट रही थी।

□

घर पहुँचने पर गिरीशजी ने लताजी से कोई बात नहीं की। वह रास्ते भर बड़बड़ाती रहीं, लेकिन गिरीशजी कुछ न बोले। उनके न बोलने से लताजी का गुस्सा और भी अधिक बढ़ता जा रहा था। उनकी आवाज समय के साथ तेज होती गई, लेकिन गिरीशजी के भीतर पता नहीं क्या चल रहा था, उनकी जुबान नहीं खुली तो नहीं खुली।

अविनाश घर आ चुका था। उसे देखते ही माँ ने उस पर ही प्रहार किया।

"भूल जा उस लड़की को! नाम मत लेना उसका मेरे सामने कभी। उससे नहीं हो सकती तेरी शादी! मैं भी देखती हूँ उन लोगों को···न जाने क्या समझते हैं खुद को··· ?"

माँ बड़बड़ाती जा रही थीं और अवाक् अविनाश कभी उन्हें, तो कभी पापा को देख रहा था। अचानक थोड़ी तेज आवाज में बोल पड़ा, "बात क्या है कुछ बताएँगी या बस शोर ही मचाती रहेंगी?"

"बात ये क्या बताएँगी? खुद ही तमाशा खड़ा किया। क्या-क्या सुना रही थीं उन लोगों को···और जवाब मिला तो तेवर दिखा रही हैं।" अब तक चुपचाप खड़े अपनी पत्नी को घूर रहे गिरीशजी इस बार बोल पड़े।

इतना सुनना था कि लताजी तुरंत ही और भी ज्यादा उखड़ गईं।

"मैंने तमाशा किया? मैंने किया, आपको ये नहीं दिखा कि वो लोग क्या बोले?"

"उन्होंने केवल आपकी बात का जवाब ही दिया···आप लगातार गौरी पर आरोप लगा रही थीं। उसे नीचा दिखा रही थीं। आपको लगता है, गौरी ने इसे पटाया है। यह क्यों नहीं लगता कि इसने उसे पटाया होगा? बाइक लिये तो यही उसके कॉलेज तक पहुँच जाया करता था। गनीमत है, उन लोगों ने अविनाश के खिलाफ कुछ नहीं बोला!"

गिरीशजी के इन शब्दों के साथ ही घर में भूचाल आ गया था। उस दिन जरूर पूरे मोहल्ले को पता चल गया होगा कि बड़ी सेठानी और बड़े सेठजी में ठन गई है। दोनों की तू-तू-मैं-मैं में अविनाश को पूरा किस्सा समझ में आ गया

और साथ ही समझ में आ गया कि उसके और गौरी के रिश्ते में अब तक जो बाधा नहीं आई थी, वह अब आ गई है।

अपनी माँ की भाषा में वह कई दिनों से बदलाव महसूस कर ही रहा था। इसलिए इन बातों से उसे बहुत अधिक आश्चर्य तो नहीं हुआ! हाँ, धक्का जरूर पहुँचा कि माँ गौरी को कितना गलत समझती हैं! धक्का लगा कि गौरी तो लगातार उनके मुताबिक ढलने की कोशिश भी कर रही थी, जबकि अभी शादी भी नहीं हुई थी, फिर भी माँ के मन में उसके लिए इतना जहर भरा हुआ था। माँ के इस व्यवहार को वह समझ नहीं पा रहा था। समझ रहा था तो केवल इतना कि इतनी कड़वाहट के साथ रिश्ता होगा भी तो कैसा? क्या गौरी को ये सारी बातें पता नहीं चली होंगी? ऐसे में वह माँ की इज़्ज़त कैसे करेगी? क्या ऐसी बातें सुनकर उसके मन में माँ के लिए मैल नहीं उपजा होगा?

मन में एकबारगी कसक उठी कि जिस जीवनसाथी के साथ के लिए वह इतने लंबे अर्से से इंतजार कर रहा था, वह शायद अब उसकी न हो सके और इस विचार के साथ ही दिल का दर्द आँखों तक पहुँच गया।

हमारे यहाँ शादी-ब्याह में अकसर दोनों ही पक्ष इस तरह के तर्क-वितर्क, आरोप-प्रत्यारोप करना अपना परम धर्म समझते हैं। उन्हें लगता है कि दूसरे पक्ष पर हावी होना उनका परम कर्तव्य है। नहीं तो दूसरा पक्ष उन पर हावी हो जाएगा मानो शादी नहीं, कुश्ती का खेल चल रहा हो। रिश्ता नहीं, प्रतिस्पर्धा चल रही हो! अब यह बात उन्हें कौन समझाए कि रिश्ते आपसी मोहब्बत से बनते हैं, लेकिन प्रेम-मोहब्बत रखना उनके लिए केवल आदर्शों तक ही सीमित होता है। मोहब्बत पाने की उम्मीद तो सब करते हैं, लेकिन अपने मन में प्रेम नहीं, केवल अपेक्षाएँ और उन अपेक्षाओं से जनित कटुता ही रखते हैं। सोच ही नहीं पाते कि उन्हें वापस वही मिलता है, जो वे देते हैं। यदि आपके मन में प्रेम नहीं है तो आपके लिए सामने वाले के मन में प्रेम कहाँ से आ सकता है?

भावनाएँ तो संक्रामक होती हैं। आप प्रेम करेंगे तो आस-पास भी प्रेम ही उपजेगा, घृणा करेंगे तो सब ओर घृणा उपजेगी और स्पर्धा करेंगे तो स्पर्धा ही मिलेगी। ऐसा कैसे सोच लेते हैं कि आपकी भावनाएँ सामने वाले के दिल तक नहीं पहुँचेंगी? एक शिशु को भी अहसास हो जाता है कि कौन उसे प्रेम करता है और कौन उसकी उपेक्षा करता है? मानव क्या, पशु-पक्षियों को भी अनुभूति हो जाती है कि कौन उनके लिए प्रेम रखता है और घृणा के भाव रखता है?

जब शादी-ब्याह की बात हो तो रिश्तों में कटु भावनाएँ रखनेवाले ऐसा करके एक-दूसरे के साथ तो रिश्ते में कटुता लाते ही हैं, साथ ही, भावी दंपती के जीवन में भी विष घोल देते हैं। ऐसी विषैली बातों के बाद परिवार में आने वाली लड़की के मन में अपने ससुरालवालों के लिए कैसी भावनाएँ रहेंगी, इसकी परवाह नहीं करते। क्यों? शायद इसलिए कि बहू को इनसान नहीं, सामान ही समझ लेते हैं। दहेज में आनेवाले चार सामानों के साथ पाँचवाँ सामान! उन्हें लगता है कि परिवार में आनेवाली नई लड़की हम पर आश्रित होने वाली है। इसलिए हम उसे जिस तरह से रखना चाहेंगे, उसी तरह से उसे रहना ही पड़ेगा। यही नहीं, उसी तरह से रहना उसका परम धर्म होना चाहिए।

हालाँकि ऐसे बहुत से परिवार हैं, जो ऐसा सोच नहीं रखते और बड़े ही प्रेम-उत्साह के साथ परिवार में नए सदस्य का स्वागत करते हैं, लेकिन फिलहाल अविनाश का परिवार इस तरह का बिल्कुल नहीं था। उनकी सोच में गौरी केवल उनके बेटे की पसंद थी, जो अकारण ही उनके गले पड़ रही थी और अपनी इसी सोच के साथ उन्होंने न केवल अविनाश का रिश्ता तोड़ने की तैयारी कर ली थी, बल्कि बिना सोचे-समझे अपने ही बेटे के जीवन में वीरानगी लाने की तैयारी भी कर ली थी।

शुरू में तो गिरीशजी ने अपनी पत्नी का विरोध किया, लेकिन धीरे-धीरे लताजी के आगे उन्होंने भी हार ही मान ली। शायद घर की शांति बनाए रखने के लिए एक दिन उन्होंने खुद ही अविनाश से कह दिया, "गौरी से तुम्हारी शादी हो नहीं सकती। तुम्हारी माँ के पास कुछ अच्छे रिश्ते आए हैं। देखकर पसंद कर लो।"

दोनों बहनों ने भी माता-पिता का खूब साथ दिया। आखिर उनके भाई के लिए लड़कियों की कोई कमी थी?

बात तो सही थी! आखिर अविनाश खाता-कमाता अच्छा लड़का था। देखने में भी बहुत आकर्षक व्यक्तित्व का था। उसे कौन सी लड़कियों की कमी होनेवाली थी?

यही बात गौरी के लिए भी सच थी। वह भी सुंदर, स्मार्ट और आकर्षक थी। तेज दिमागवाली लड़की न केवल पढ़ाई में अव्वल आती थी, बल्कि वाक्पटु होने के कारण डिबेट और निबंध आदि में भी उसने बड़े सारे सर्टिफिकेट बटोरे थे। अब ऐसी वाक्पटु लड़की अपनी बातों से आस-पास के लोगों को भी आसानी

से आकर्षित कर लेती थी। ऐसे में उसके घरवाले भी सही ही सोच रहे थे। उसे कौन से लड़कों की कमी होनेवाली थी? फिर उनके यहाँ पैसों की भी कोई दिक्कत नहीं थी। लिहाजा, मुँह-माँगा दहेज देकर किसी भी लड़के से बेटी की शादी वे करवा सकते थे।

कुल मिलाकर यही सच था कि न गौरी के लिए लड़कों की कोई कमी थी और न ही अविनाश के लिए लड़कियों की। यह बात दोनों के परिवारवाले अपने-अपने लड़के और लड़की के लिए बखूबी जानते थे। नहीं जानते थे तो केवल गौरी और अविनाश। दोनों को न जाने क्यों नहीं समझ में आ रहा था कि उनके लिए रिश्तों की कोई कमी न थी।

□

आखिर अविनाश ने अपने माता-पिता से साफ घोषणा भी कर दी, "मैंने गौरी से सगाई की थी। शादी भी उसी से करूँगा।"

"लेकिन हम लोग न उससे कोई रिश्ता बनाना चाहते हैं, न उसके परिवारवालों से। हमारी ओर से रिश्ता टूट चुका है।" माँ के जवाब पर अविनाश बस चुप रहा।

"मेरे साथ चलो। एक अच्छा रिश्ता आया है। चलकर आज ही लड़की देख लो" माँ की बात सुनकर अविनाश ने बस कुछ क्षण उनकी ओर देखा और उठकर जाने लगा।

"अरे, मैं कुछ कह रही हूँ और तुम हो कि···जाओ, तैयार हो जाओ और चलो मेरे साथ।" माँ का आदेश सुनकर इस बार अविनाश बिफर ही गया।

"आप लोगों ने क्या मजाक समझ रखा है? एक से सगाई, फिर दूसरे से सगाई, फिर किसी और से। शादी है या खिलवाड़?"

ऐसा लगा, जैसे अविनाश ने अपने बच्चों को उनकी गलती के लिए डपटा हो। लगे भी क्यों न? 'शादी है या खिलवाड़' जैसे डायलॉग अधिकतर परिवारों में माता-पिता के मुँह से सुनाई देते हैं, लेकिन यहाँ उलटा हो रहा था।

माँ अवाक्-सी उसे देखती रह गईं, जबकि पापा के चेहरे पर हलकी मुसकराहट की रेखा उभर आई।

"खिलवाड़?" लताजी ने अपने पति की ओर देखा। "इसे लग रहा है हम खिलवाड़ कर रहे हैं?"

गिरीशजी ने गहरी साँस लेकर धीमे से कहा, "हाँ, कह तो कुछ ऐसा ही रहा है।"

"तुम कहना क्या चाहते हो?"

"देखिए माँ," इस बार अविनाश ने स्पष्ट शब्दों में अपना इरादा बताया, "आप लोग नहीं चाहते तो मैं गौरी से शादी नहीं करूँगा।"

सुनकर माँ की आँखें चमक उठीं। पापा ने अचरज से उसकी ओर देखा, लेकिन उसके अगले शब्दों के साथ ही माँ की आँखों में आई चमक तुरंत गायब हो गई, चेहरा मुरझा गया।

"आप लोग जब तक राजी नहीं होंगे, मैं गौरी से शादी नहीं करूँगा। चाहे मुझे सारी जिंदगी ही कुँवारा क्यों न बैठना पड़े, लेकिन किसी और से भी शादी नहीं करूँगा। यह बात भी तय है।"

"कुँवारा बैठना पड़े···इस बात का क्या मतलब है?" माँ हड़बड़ा ही गई थी।

"यही कि शादी नहीं करूँगा।" अविनाश के जवाब में सहजता थी और चेहरे पर गंभीरता।

लड़का शादी नहीं करेगा, सुनकर परिवार में एक नया हड़कंप मच गया।

"शादी नहीं करेगा तो लोग क्या कहेंगे? शादी नहीं करेगा तो खानदान कैसे आगे बढ़ेगा? शादी नहीं करेगा तो बुढ़ापे में अकेला रह जाएगा।" न जाने कितनी परेशानियाँ गिना दी गईं, लेकिन अविनाश का इरादा बदला नहीं।

"लोग क्या कहेंगे, इस बात की चिंता है, लेकिन मैं क्या चाहता हूँ, इस बात की कोई चिंता नहीं? खानदान बढ़ाने की चाहत है, लेकिन मेरी चाहत की कोई कीमत नहीं? बुढ़ापे में अकेला रहूँगा, इसकी भी चिंता है, लेकिन अभी अकेला हूँ, यह नहीं नजर आ रहा?"

अविनाश के दिल का दर्द बस दिल में ही रह गया। हँसमुख से उस मिलनसार लड़के को आज पहली बार पूरी दुनिया से नफरत हो रही थी। फिर भी, दबे मन में कहीं एक उम्मीद शेष थी कि यूँ अड़ा रहेगा तो एक न एक दिन उसके घरवाले मान ही जाएँगे।

अकेले में बैठता तो वह विश्वास ही न कर पाता कि कैसे उसके और गौरी के घरवाले एक-दूसरे से इतना रूठ गए कि उन दोनों का रिश्ता ही तोड़ बैठे। सगाई के समय तो सब कितने खुश थे! इस बीच क्या हो गया कि सब इस कदर बिगड़ गए? इतने साल से सबका आपस में कितना प्यार भरा रिश्ता चल रहा था, लेकिन आज सब टूटे काँच की तरह बिखर गया।

गौरी ने अपने घर में कोई बहस नहीं की, किसी से कोई शिकायत नहीं

की। वह बस शांत हो गई। लता आंटी की बातें उसके दिल में नश्तर की तरह चुभ रही थीं, लेकिन वह अविनाश के लिए प्यार भी दिल से निकाल नहीं पा रही थी। लता आंटी के आरोपों के बाद शादी करके उनके घर जाना उसे संभव नहीं लग रहा था, लेकिन अविनाश की जगह किसी और को देना भी उसके लिए असंभव ही था।

न जाने क्या सोच वह एक स्कूल में पढ़ाने के लिए आवेदन दे आई। एम.ए. का रिजल्ट आने पर उसने पी.एच.डी. के लिए तैयारी शुरू कर दी और प्रतियोगितात्मक परीक्षाओं की तैयारी करने के लिए ईवनिंग क्लासेस में दाखिल हो गई। उसके माता-पिता उसके इस निर्णय से खुश थे। यह देखकर वह भी निश्चिंत हो गई।

पढ़ाई-लिखाई आदि में उसने खुद को कुछ इस कदर व्यस्त कर लिया कि घर में रहने का, घरवालों से बातचीत करने का समय ही न मिले। हाँ, माँ से उसने भी बता दिया था कि उन लोगों की मर्जी के बिना वह शादी नहीं करेगी, लेकिन अविनाश के अलावा किसी और से भी शादी नहीं करेगी। आखिर इतना कुछ है जिंदगी में करने के लिए, शादी इतनी भी जरूरी नहीं।

माँ अवाक् थीं, दुःखी भी थीं, लेकिन इस समस्या का उनके पास कोई हल भी न था। बेटी को पढ़ते-बढ़ते देख वे खुश थीं। भले ही उसके विवाह की चिंता थी, लेकिन लताजी के घर अपनी बेटी को भेजने के लिए उनका मन किसी भी तरह से तैयार नहीं हो पा रहा था। लताजी की बातों ने उनको ही नहीं, उनके पति को भी बुरी तरह से आहत किया था।

दूसरे, उनके दिल में यह डर बुरी तरह घर कर गया था कि यदि लताजी सबके सामने इतना बुरा बोल सकती हैं तो शादी के बाद अकेले में गौरी को कितना तंग करेंगी? वे माँ थीं। बेटी के भविष्य के लिए चिंतित होना स्वाभाविक ही था। हालाँकि कहा नहीं जा सकता कि बेटी के भविष्य के लिए लिया गया निर्णय कहाँ तक सही था, फिर भी, वे एक अच्छी माँ का दायित्व निभाने का पूरा प्रयास कर रही थीं।

सुधाजी को लताजी के व्यवहार से चोट तो लगी ही थी, क्योंकि अपनी व्यस्त दिनचर्या के बावजूद उनके हर सुख-दुःख में वे हमेशा उनके साथ खड़ी हुई थीं। जिस समय कविता की शादी के लिए वे लोग परेशान होतीं, आहत होतीं, हर बार सुधाजी खुद आगे बढ़कर उन्हें और कविता को सँभालतीं, लेकिन जब

खुद उनकी बेटी की शादी की बात आई तो उन्हीं लताजी ने कैसा सलूक किया?

वह यह भी खूब समझ रही थीं कि इस सारी नोक-झोंक के पीछे कविता ने बहुत बड़ी भूमिका निभाई थी। वह जानती थीं कि कविता अपनी ससुराल में भी खूब राजनीति करती थी, जिसकी झलक उन्होंने सोनल की शादी में कविता और उसके ससुराल वालों के रिश्ते में देख ली थी। समझ रही थीं कि दूर से दोस्ती तक तो ठीक है, लेकिन रिश्तों में मधुरता बनाए रखने वाले गुण उस लड़की में न थे।

हर रिश्ते को अपने ढंग से चलाने का, अपनी मर्जी के हिसाब से चलाने का उसके अंदर जैसे एक जुनून-सा था। उसके हिसाब से जो न हो, जो न चले, उसके खिलाफ दूसरों के कान भरना, मनगढ़ंत शिकायतें लगाना उसकी आदत में शुमार था।...यह काम वह बड़ी ही कुशलता से करती। जब तक उसकी शादी नहीं हुई थी, वह खुद में ही उलझी रहती और उसका यह स्वभाव दबा हुआ था, लेकिन शादी होने के बाद जैसे ही वह निश्चिंत हुई, उसका असल स्वभाव उभरकर सामने आने लगा। पहले तो उसका यह स्वभाव समझकर भी सुधाजी सोचतीं कि क्या करना है! आखिर वह उनकी सहेली की बेटी ही तो थी, लेकिन वही लड़की जब उनकी बेटी की ननद बनने जा रही थी तो स्वाभाविक रूप से इनके लिए चिंता का कारण बन गई। सच है, भूमिकाएँ बदलते ही व्यवहार बदल जाता है, इनसान बदल जाता है।

गौरी भी जानती थी कि लता आंटी के मन में बिष घोलने में कविता दीदी ने क्या भूमिका निभाई थी? वह यह भी जानती थी कि सोनल भी अपनी माँ और बहन की 'हाँ' में 'हाँ' मिलाने में पीछे नहीं रही थी, भले ही वह यह नहीं समझ पा रही थी कि उन लोगों ने ऐसा क्यों किया! ऐसा करके उन्हें क्या हासिल हो गया, लेकिन उनके इस व्यवहार से गौरी का आहत मन उन लोगों के बारे में सोचना भी नहीं चाहता था। उनसे मिलना, उनसे बात करना तो दूर की बात थी।

लेकिन इन सबके बावजूद भी गौरी अविनाश से रिश्ता नहीं तोड़ पा रही थी। भले ही उस परिवार ने उसे आहत किया था, लेकिन इसमें अविनाश का क्या दोष था? वह तो इन सबमें शामिल नहीं था। फिर, अविनाश के लिए अपना प्रेम कैसे भुला देती वह?

अविनाश को जानने के साथ ही उसने जीवन में प्रेम की अनुभूति को जाना था! उसके किशोर मन में जब प्रेम ने पहली दस्तक दी तो सामने उसने अविनाश को ही पाया। एक प्यार भरे रिश्ते में कितना भरोसा, कितना अधिकार,

कितना समर्पण होता है, यह उसने अविनाश के साथ ही महसूस किया। उसके लिए अविनाश ही प्रेम का पर्याय था। उसके दिल का वह कोना, जो किसी के प्यार के लिए धड़कता है, वहाँ केवल और केवल अविनाश ही समाया हुआ था।

वह कोई सामान नहीं थी, जिसके दिल के उस कोने में से अविनाश को निकालकर अब किसी और को रख दिया जाता और उसे कोई फर्क नहीं पड़ता।

वह जीती-जागती, सबकुछ महसूस करती एक इनसान थी! उसके लिए अविनाश को भुला पाना नामुमकिन था। अविनाश ही उसका अस्तित्व बन चुका था। अविनाश के अलावा तो वह अपनी जिंदगी में किसी और की कल्पना भी नहीं करती थी। किसी और के साथ जिंदगी बिताना तो दूर, किसी और के साथ बाइक पर बैठना भी उसे गवारा न था।

□

दोनों को सख्त हिदायत दे दी गई थी कि वे दोनों अब एक-दूसरे से मिल नहीं सकते। फिर भी दोनों मिले। गौरी के कॉलेज के पास उसी रेस्टोरेंट में, जहाँ वे दोनों पहले अकसर जाते थे।

"ये सब क्या हो गया?" अविनाश बस इतना ही बोल सका। माँ के बर्ताव के लिए वह शर्मिंदा महसूस कर रहा था। माँ के लाँछनों से गौरी किस कदर आहत होगी, सोचकर ही शर्मिंदा महसूस कर रहा था, लेकिन उस विषय में चर्चा भी कैसे करता? बेटा था, माँ के खिलाफ बोलने-सुनने में भी शर्मिंदगी होती।

गौरी तो बस खामोश ही रह गई। नहीं बोल सकी कि लताजी और कविता-सोनल के व्यवहार ने उसे कितना आहत किया है। बस, चुपचाप बैठी रही अविनाश के सामने, नाउम्मीद-सी, निराश-सी! आँखों में रह-रहकर छलकते पानी को पूरे जतन से समेटे···

"मैंने घर में बोल दिया है, शादी तो तुमसे ही करूँगा, वरना किसी से नहीं!" सुनकर गौरी ने उसकी ओर देखा।

"फिर?"

"फिर क्या? हंगामा चल रहा है।" अविनाश मुसकराया, "कितने दिन हंगामा करेंगे? कभी-न-कभी तो मानेंगे कि मेरी शादी की उम्र निकली जा रही है।" बोलकर ठहाका लगाया।

अपनी बिंदास हँसी के नीचे सारे दर्द दबा देना चाहता था, अपने भी और

गौरी के भी। प्रयास सफल हुआ और गौरी अनायास ही हँस दी।

"वे सब तो यों ही परेशान हैं कि शादी के लिए मेरी उम्र निकली जा रही है। ऐसे में कितने दिन जिद करेंगे?"

"तो अनशन कर रहे हैं?" गौरी ने चुटकी ली।

"नहीं, सत्याग्रह!" और दोनों ही जोर से हँस पड़े।

इस खिलखिलाहट के साथ परिवारों से मिले सारे तनाव, सारे दंश बिसराकर दोनों अपनी ही दुनिया में खो गए। उन्होंने खुश रहने का तरीका ढूँढ़ लिया। भले ही उनकी जिंदगी में मिलन न लिखा हो, पर वे नदी के दो किनारों की तरह साथ-साथ तो चल ही सकते थे। दोनों को कोई जल्दबाजी न थी। दोनों ही सब्र के साथ इंतजार करना चाहते थे।

जल्द ही अगली मुलाकात के वायदे के साथ दोनों ने एक-दूसरे से विदा ली। दिल भारी था, मन में भीतर कहीं उदासी पैठी थी। कहाँ तो दोनों रोज-रोज मिलते थे। बीच में संडे भी भारी लगता था और कहाँ अब पूरे एक सप्ताह बाद मिलना था। इस मुलाकात के लिए दोनों ही बहुत उतावले थे, उत्साहित थे।

□

नियत दिन, समय और स्थान पर दोनों मिलने पहुँचे। दिलों का उतावलापन उनकी तैयारी में छलक रहा था। न केवल गौरी, बल्कि सोबर-सा रहने वाला अविनाश भी खूब बन-ठनकर पहुँचा। कुछ क्षण के लिए दोनों बस एक-दूसरे को देखते ही रह गए।

"बहुत अच्छी लग रही हो" अविनाश के चेहरे पर स्नेह से परिपूर्ण मुसकराहट देख गौरी की आँखें चमक उठीं।

"आप भी।"

"हम्म! आज पहली बार लग रहा है, जैसे हम दोनों डेट पर आए हैं।" अविनाश ने कहा तो गौरी भी हँस पड़ी।

"तुम्हें देखे हुए कितने दिन हो गए थे। इतने दिन न मिलने की आदत नहीं है।"

अविनाश मुसकराया, लेकिन उसकी आँखों से दर्द छलका जा रहा था। गौरी कुछ क्षण उसकी ओर देखती रही, फिर बोल पड़ी, "आदत डाल लीजिए। अभी तो शुरुआत है। अभी आगे जाने क्या-क्या होनेवाला है?"

और दोनों ही पीड़ित खीझ के साथ हौले-से हँस पड़े।

"क्या खाओगी?" के साथ ही बात का विषय बदला। गंभीर स्थिति को सहज मन से सुलझाने में सक्षम थे वे दोनों। तनाव रखकर परेशान होने की बजाय हालात को ठंडे दिमाग से देखने और उस पर विचार करने की कोशिश करते।

खैर, खाया-पिया गया, बहुत सारी बातें की गईं, एक-दूसरे के दर्द पर सहानुभूति और स्नेह का मरहम भी लगाया गया और अगली बार मिलने की तारीख और जगह भी तय कर ली गई। बाहर निकलकर अविनाश गौरी के लिए रिक्शा देख ही रहा था कि मोहित की आवाज पर दोनों चौंक पड़े।

"गौरी! तुम यहाँ, इसके साथ?"

"भैया···वो···" मोहित के तमतमाते चेहरे को देख गौरी सकपका गई। ऐसी घिग्घी बँधी कि मुँह से आवाज ही नहीं निकल रही थी।

अविनाश कभी गौरी के डरे हुए चेहरे को देखता तो कभी मोहित के गुस्से से तमतमाते चेहरे की ओर। बात सँभालने के लिए आगे बढ़कर मोहित के कंधे पर हाथ रखते हुए बोला, "देखो, मोहित···"

लेकिन मोहित कहाँ कुछ देखने-सुननेवाला था? उसका दिमाग तो गुस्से से उबल रहा था। अविनाश के साथ बहन को देखकर वह अपना आपा ही खो बैठा था।

"क्या देखूँ? चुप रहो बिल्कुल! तुमसे तो मुझे बात ही नहीं करनी, भाई! तुम तो चुप ही रहो।"

अविनाश के साथ मोहित को इस तरह से बात करते देख गौरी उखड़ गई।

"ऐसे क्यों बात कर रहे हो, भैया?"

"तू चुप कर! अभी तो मैं बहुत तमीज से बात कर रहा हूँ वरना···"

"वरना क्या?" इस बार अविनाश भी तैश में आ गया। "क्या कर लेगा?"

अबकी बार गौरी अविनाश की ओर पलटी, "आप तो चुप रहिए, प्लीज!"

"चुप किसलिए रहूँ? शादी कर रहा हूँ तुमसे। कोई चोरी तो कर नहीं रहा?"

"शादी कौन सी? भूल जा! कोई शादी-वादी नहीं होनी अब!" गर्मागर्मी बढ़ती ही जा रही थी।

"अरे, तो क्या हम दोनों कुँवारे मर जाएँगे?"

अविनाश का सवाल उस गर्मागर्मी पर बर्फ के टुकड़ों-सा पड़ा। कुछ क्षण तीनों ही चुप रह गए···नाराजगी में नहीं, अपनी-अपनी हँसी रोकने की कोशिश

में। मोहित उसकी ओर हैरानी से देखने लगा। अविनाश जानता था कि मोहित भी अपनी हँसी रोककर संयत दिखने की कोशिश कर रहा था। देर न करते हुए अविनाश तेजी से गौरी की ओर पलटा, "अब रिक्शे की जरूरत नहीं हैं। चलो, तुम्हें घर छोड़ दूँ।"

मोहित को चिढ़ाने के लिए ही बोला था और मोहित सचमुच तप गया।

"तू? तू क्यों छोड़ेगा? मैं भी तो घर ही जा रहा हूँ। चल, गौरी!"

अविनाश गौरी की ओर देखकर मुसकराया। गौरी अचरज से उसे देख रही थी। आँखों-ही-आँखों में अविनाश ने उससे मोहित के साथ जाने के लिए कहा और जैसे ही वह मोहित के साथ जाने के लिए आगे बढ़ी, धीमे-से फुसफुसाया, "मिलते हैं...कॉल करना।"

गौरी की घबराहट दूर हो गई थी। उसने मुसकराकर अविनाश की ओर देखा। फिर मिलने का वायदा वह भी कर चुकी थी। भाई के साथ उसकी गाड़ी में बैठती हुई गौरी को अविनाश शांत निगाहों से देखता रहा। गौरी भी उसे ही देख रही थी...तब तक, जब तक वह आँखों से ओझल न हो गया। बीच में एक बार भाई ने टोका भी, "उधर क्या देख रही है?" लेकिन गौरी ने कोई जवाब नहीं दिया।

ऐसा नहीं कि अविनाश परेशान नहीं था, ऐसा नहीं कि उसके मन में कोई डर नहीं था। बस, वह गौरी को डराना नहीं चाहता था। इसीलिए उसके सामने अधिक-से-अधिक सहज बना रहता, जिससे गौरी की भी हिम्मत बनी रहती, लेकिन सच तो यही था कि भविष्य की चिंताएँ-आशंकाएँ उसे घेरे ही रहतीं।

□

घर पहुँचने पर मोहित ने माता-पिता के सामने काफी हंगामा किया, लेकिन अविनाश की आश्वासन भरी निगाहें गौरी की हिम्मत बढ़ाती रहीं और परिवारवालों के सारे आक्रमण का सामना वह बड़ी हिम्मत से करती रही।

"इसे देखिए! अब भी उस अविनाश से ही मिलती है।" मोहित की शिकायत पर पापा-मम्मी दोनों ही चौंके। गौरी ने एक निगाह दोनों पर डाली, फिर चुपचाप आँखें नीची करके खड़ी हो गई।

"मोहित सही कह रहा है, गौरी?" पापा की कड़कती आवाज पर गौरी बस काँप उठी। जवाब के लिए शब्द ही न सूझे।

"कुछ पूछ रहा हूँ, तुमसे!" इस बार पापा गरजे थे।

"जी···जी···" कँपकँपाते स्वर में गौरी बस इतना ही बोल सकी।

"घर-परिवार की इज्जत का कोई खयाल है तुम्हें या नहीं?" पापा के शब्द अब आग उगलने लगे। सहमी गौरी की सारी हिम्मत छूटने लगी। अब उसके लिए वहाँ खड़े रहना संभव ही न था।

"तुमने देखा नहीं कि लताजी क्या-क्या बोलती रही हैं इतने दिनों तक? खुद तुम्हारी भी कितनी बेइज्जती की, फिर भी अविनाश से मिलती हो?" इस बार माँ ने डपटा।

"लेकिन···मम्मी···इसमें···अ···अविनाश···की···क्या गलती?" किसी तरह उसने अपना पक्ष रखने की कोशिश की।

और इसके साथ ही घर में युद्ध ही छिड़ गया।

"गलती तो हमारी है, जो तुम्हें इतनी छूट दी, बेशर्म लड़की!" पापा एक बार फिर गरजे।

इस बार गौरी सहमकर जहाँ की तहाँ खड़ी रह गई। उसकी आँखों से दो आँसू लुढ़क गए, जिसकी परवाह आज उसके परिवार में किसी को भी न थी।

"इसका घर से अकेले निकलना बंद करो।" पापा ने माँ से कहा और साथ ही जोड़ा, "कहीं जाना हो तो मोहित या उदित के साथ ही जाओगी, वरना घर पर बैठो!"

पापा का आदेश सुन गौरी दहल गई। दिल कहीं बुझने लगा, जुबान खामोश रह गई। माता-पिता के निर्देशों और अविनाश के प्यार के बीच बँटने लगी थी वह, लेकिन न जाने क्या था, जो उसे टूटने नहीं दे रहा था। कहीं-न-कहीं एक भरोसा था, एक उम्मीद बनी हुई थी।···जानती थी कि हर सख्ती के बावजूद अविनाश का प्यार हमेशा उसके साथ है। समझती थी कि वह कभी भी उसे अकेली नहीं छोड़ेगा। विश्वास था कि वह जल्दी ही कोई-न-कोई तरीका निकाल लेगा और एक बार फिर दोनों परिवारों के रिश्ते सुधर जाएँगे।

☐

मुश्किलें एक बार आती हैं तो आसानी से पीछा कहाँ छोड़ती हैं? कॉलेज खत्म हो जाने के कारण अविनाश से मिलने के लिए गौरी के पास कोई बहाना ही न रहा। उसे अकेले कहीं जाने की इजाजत नहीं थी। हर समय किसी-न-किसी की पहरेदारी में ही रहती। वह कहीं भाग नहीं रही थी, लेकिन फिर भी कैद कर दी गई थी।

मायूस गौरी ने इसी बीच शाम को एक प्रोफेशनल क्लास में दाखिला ले लिया और अधिक-से-अधिक व्यस्त रहने के लिए पास के एक छोटे-से स्कूल में नौकरी भी कर ली, लेकिन इन दोनों ही जगहों पर परिवार की ऐसी पहरेदारियाँ थीं कि वह अविनाश से मिलने की सोच भी नहीं सकती थी।

ऐसे में काम आई, उसकी दोस्त वाणी। मौका मिलते ही वाणी के घर पहुँचकर उसके साथ बाहर जाती, अविनाश से मिलती, वापस वाणी के घर आ जाती और फिर भैया के आने पर उसके साथ वापस अपने घर लौटती, लेकिन यह सारा ताम-झाम उसे जरा भी नहीं सुहाता।

"घर आकर मुझे ले जाइए। इस तरह से चोरी-चोरी नहीं मिलना मुझे।" एक दिन झुँझलाकर अविनाश से बोल पड़ी। रूठी हुई गौरी को अपलक देखता अविनाश मुसकरा दिया।

"ऐसे क्या देख रहे हैं?"

"पता है, जब तुम गुस्से में लाल होती हो तो..."

अविनाश की अधूरी बात पर ही गौरी के चेहरे की रंगत बदल गई। "बस, बातें बनाइए!" कहकर पलकें झुका लीं। वह चुपचाप उसे देखता ही रहा।

"घर में बात कीजिए न...?" कुछ क्षण बाद गौरी ने धीमे स्वर में आग्रह किया।

"कोई फायदा नहीं, गौरी। कितने महीने बीत गए, अभी भी सबके दिमाग उबल रहे हैं। ऐसे में किससे क्या बात करूँ?"

"अगले महीने वाणी की शादी है। फिर उसके बहाने भी मिलना न हो सकेगा।"

सुनकर अचानक अविनाश का मन भी हताश होने लगा। एक गौरी ही तो थी, जिसे देखकर उसे कुछ चैन मिलता था। घर के तनावपूर्ण माहौल से निकलकर कभी-कभी गौरी के साथ शांति के कुछ क्षण बिता पाता था, लेकिन अब ये मुलाकातें भी बंद हो जाएँगी, सोचकर एकाएक जैसे धड़कनों पर ही ब्रेक लग गया।

□

रिश्तों की इस आपाधापी, अबूझ, असीमित खींचातानी में गौरी का मन उकताने लगा था। अब वह रिश्तों की चिल्ल-पों से दूर भागने लगी। उसे अपनी

किताबों की दुनिया ही अधिक प्यारी लगने लगी। यहाँ वह खुद अपनी इच्छा से जी सकती थी, पंख लगाए, जितनी चाहे, उतनी ऊँचाइयों में उड़ सकती थी। न जाने कब उसने अपने कॅरियर का दामन पहले से भी अधिक कसकर थामना शुरू कर दिया।

अविनाश के लिए उसका प्यार अभी भी कम नहीं हुआ था, लेकिन उस प्यार ने उसके जीवन में एक दूसरी ही जगह बना ली थी। अब वह प्यार उसका हमदम था, उसका साथी था, लेकिन उस साथी को पति बनाने की तड़प धीरे-धीरे बुझती जा रही थी। उसकी प्राथमिकताएँ बदलने लगीं। अब वह रिश्तों को, जैसे और जहाँ थे, वैसे और वहीं छोड़कर अपने कॅरियर की ओर अधिक ध्यान देने लगी।

□

साल से अधिक समय बीत चुका था, लेकिन गौरी और अविनाश के रिश्ते को सँवारने की कोशिश दोनों परिवार में से किसी ने भी न की। हाँ, दोनों को हमेशा के लिए दूर करने की तैयारी जरूर शुरू हो गई।

उस दिन विनोदजी ने पत्नी को बताया, "आज मधुकरजी का फोन आया था।"

"मधुकर भाई! इतने साल बाद? कैसे हैं वे लोग? आजकल कहाँ पोस्टेड हैं भाई साहब?"

मधुकरजी बहुत साल पहले विनोदजी के सीनियर रहे थे। बाद में उनका ट्रांसफर दूसरे शहर में हो गया था। विनोदजी को बहुत मानते थे। कुछ समय तक नियमित रूप से संपर्क बना भी रहा, लेकिन धीरे-धीरे दोनों अपनी-अपनी जिंदगियों में व्यस्त हो गए। अब एक अरसे बाद उन्होंने संपर्क किया था।

"हैं तो वहीं। बस ऐसे ही फोन किया था। बेटी की शादी हो गई है। अब बेटे के लिए लड़की ढूँढ़ रहे हैं।"

"ओह!" मधुकर भाई साहब के संभ्रांत परिवार से सुधाजी बहुत अधिक प्रभावित रहती थीं। उनकी पत्नी की शालीनता उन्हें बहुत भाती। "उनके बच्चे भी शादी के लायक हो गए हैं। जरूर ही अपने माता-पिता जैसे काबिल और प्रभावशाली व्यक्तित्व के होंगे।" सुधाजी के मन में जाने कैसे अरमान जागने लगे।

"अच्छा! क्या करता है लड़का?"

"डॉक्टर बन गया है। अभी तो सरकारी अस्पताल में काम कर रहा है।

आगे चलकर अपना क्लीनिक खोलने की योजना है।"

"अरे वाह!" सुधाजी को कुछ ईर्ष्या सी हुई।

भीतर-ही-भीतर उनकी बड़ी तमन्ना थी कि उनका दामाद भी डॉक्टर या प्रोफेसर टाइप कुछ मिलता, लेकिन किस्मत तो कुछ और ही रंग दिखा रही थी। हालाँकि एक समय में उनको अविनाश बहुत पसंद था, लेकिन बाद में जो कुछ हुआ, उसके बाद उनके मन में अकसर ही यही बात सालती कि उन्होंने अपनी बेटी के लिए अपनी ही बिरादरी में, अपने परिवार जैसा लड़का क्यों नहीं ढूँढ़ा?

अभी सुधाजी अपने ही खयालों में डूबी हुई थीं कि विनोदजी आगे बोले, "गौरी के बारे में पूछ रहे थे।"

सुधाजी हैरानी से देखने लगीं। क्या विनोदजी वही कह रहे थे, जो वह समझ रही थीं, पूछ बैठीं, "क्या?"

"यही कि क्या कर रही है··· ? शादी के बारे में क्या सोचा है··· ?"

"तो, आपने क्या कहा, अविनाश के बारे में?"

"अविनाश के बारे में क्या बताता? जो रिश्ता है ही नहीं, उसका जिक्र क्यों करूँगा?"

"फिर?"

"मैंने कह दिया कि अब सोच रहे हैं···" सुधाजी मानो यही सुनना चाहती थीं। दिल में नई तमन्ना उमड़ने-धुमड़ने लगी। उस परिवार में गौरी की शादी हो जाए तो वह कितनी सुखी रहेगी! हमारे परिवार की शान भी कितनी बढ़ जाएगी। गौरी का क्या है? थोड़ा रोएगी-धोएगी, लेकिन दबाव डालेंगे तो मान ही जाएगी! उसकी ओर से वह तनिक भी सशंकित न थीं।

"गौरी के बारे में जानकर उन्होंने मिलने की इच्छा जताई।" विनोदजी ने आगे बताया, "इसी शनिवार वे लोग यहाँ आ रहे हैं। दो दिन रहेंगे। तभी हमारे घर भी आएँगे। कह रहे थे, क्या पता हमारे बच्चे एक-दूसरे को पसंद कर लें?"

सुनकर सुधाजी को बड़ा अजीब लगा। "उन लोगों ने गौरी को पाँच-छह साल की उम्र में देखा होगा। इतने साल से हम लोगों से भी नहीं मिले। अचानक सीधे शादी की बात कैसे कर रहे हैं?"

"हाँ। मैंने भी यही कहा तो वो बोले कि उनकी पत्नी तुम्हें बहुत पसंद करती थीं। अभी भी अकसर तुम्हारी बात करती हैं। इसीलिए जब बेटे की शादी की बातें चलने लगीं तो उन्हें गौरी की याद आई।"

दोनों पति-पत्नी को तसल्ली हो रही थी कि अब लताजी और उनके परिवार से छुटकारा मिलेगा। व्यक्तिगत रूप से अविनाश से दोनों को कोई शिकायत नहीं थी, लेकिन आखिरकार तो वह भी उसी परिवार का सदस्य था और माँ के व्यक्तित्व और विचारों का असर बच्चों पर देर-सबेर पड़ता ही है। आज नहीं तो कल, अविनाश के स्वभाव में भी उसकी माँ की झलक दिखाई देगी। फिर गौरी का क्या होगा? वह तो उस परिवार में जी ही न सकेगी।

विचार करके पति-पत्नी ने अपने दोनों बेटों को मधुकर परिवार के विषय में सूचना दे दी। शनिवार को मधुकर परिवार का उनके यहाँ डिनर पर आना तय हो गया। गौरी को उसकी माँ ने एक दिन पहले बताया।

"कल स्कूल नहीं जाना और अपनी क्लास से भी छुट्टी ले लो।" माँ के निर्देश पर वह चौंक पड़ी।

"क्यों?"

"तुम्हारे पापा के पुराने परिचित आ रहे हैं।" सुनकर गौरी हैरानी से उन्हें देखने लगी। आखिर पापा के परिचितों के आने पर उसे क्यों छुट्टी लेनी होगी, वह समझ न सकी।

"याद है तुम्हें, मधुकर अंकल और आंटी की? एक बार मोहित की बर्थडे पर भी आए थे।"

सुधाजी ने गौरी को याद दिलाने की कोशिश की थी।

"ठीक से कुछ याद नहीं।...बहुत छोटी थी मैं।"

खैर, माँ को इस बात से कोई फर्क नहीं पड़ता था कि गौरी को वे लोग याद हैं या नहीं। इसलिए आगे बोलीं, "कल वे लोग खाने पर आ रहे हैं। उनका बेटा भी आ रहा है। डॉक्टर है।"

"डॉक्टर है।" पर माँ ने कुछ ऐसे जोर दिया था कि गौरी का माथा ठनका। उन पुराने परिचितों के बेटे में माँ इतनी रुचि क्यों ले रहीं हैं? गौरी माँ की ओर ध्यान से देखने लगी। अब माँ भी असल बात पर आईं।

"देख, गौरी। अब अविनाश के साथ संबंध रखना संभव नहीं। न लताजी का व्यवहार कभी सुधरेगा और न ही उनकी अकड़ कम होगी। अगर सबकुछ भुलाकर हम तुम्हारी शादी अविनाश से कर भी दें तो भी ऐसे परिवार में तुम कभी खुश नहीं रहोगी। इसलिए उसे भूलने की कोशिश करो। ये अच्छे लोग हैं। बहुत बड़ा, इज्जतदार परिवार है। पढ़े-लिखे लोग हैं। बड़ी बेटी की शादी भी

बहुत ही बड़े खानदान में हुई है। लड़का भी डॉक्टर है। तुम्हें सबसे प्यार भी मिलेगा और सम्मान भी।"

माँ के एक-एक शब्द गौरी की आँखों का गीलापन बढ़ाते जा रहे थे। अविनाश और उसके परिवार के बारे में अपनी माँ के मूल्यांकन को वह नकार नहीं रही थी, लेकिन अपने प्यार को भी तो झुठला नहीं सकती थी। उसने तो कभी अविनाश के अलावा किसी और के बारे में सोचा ही नहीं था। अचानक उसे भूल कैसे जाए?

"और मम्मी, उन्हें मुझसे क्या मिलेगा?" थरथराते होंठ धीमे से खुले तो बस एक रुँधी हुई आवाज ही निकली।

"कहना क्या चाहती हो?" माँ की आवाज कड़क हो गई।

"यही...कि...क्या मैं भी उन लोगों को प्यार और सम्मान दे पाऊँगी?" बहुत अटक-अटककर गौरी ने अपनी बात पूरी की, "मुझे तो हमेशा अविनाश ही याद आते रहेंगे न?"

"ज्यादा फिल्मी बनने की कोशिश न कर, गौरी।" सुधाजी अचानक उखड़ गईं।

हालाँकि वे अविनाश और गौरी की भावनाएँ अच्छी तरह से समझती थीं, लेकिन लताजी के व्यवहार के बाद अब व्यवहारी होने की कोशिश कर रही थीं। उस रिश्ते को अब वे पूरी तरह से खत्म ही कर देना चाहती थीं।

"वो लोग आएँगे। हँसी-खुशी उनसे मिलना। अविनाश के बारे में किसी से कुछ कहने की कोई जरूरत नहीं है। अब उससे कोई रिश्ता संभव ही नहीं। तुम्हारे पापा इसकी इजाजत कभी न देंगे। अपनी न सही, हम लोगों की इज्जत का कुछ खयाल रख लो।"

सुनकर गौरी ने चुपचाप नजरें नीची कर लीं। वास्तव में, अपने माता-पिता की बेइज्जती वह कैसे सहन कर सकती थी, लेकिन अविनाश के अलावा किसी और के साथ जिंदगी बिताने की बात भी कैसे सोच सकती थी?

रात में, अकेले कमरे में आज वह बिलख पड़ी। बिलख पड़ी अपनी असमर्थता पर, अपनी लाचारी पर कि उन हालातों को ठीक करने के लिए, दोनों के रूठे माता-पिता को वापस मिलवाने के लिए वह कुछ भी नहीं कर पा रही थी। बिलख पड़ी कि उसने तो सोचा था कि समय के साथ स्थितियाँ सामान्य हो जाएँगी। इसी इंतजार में दिन, सप्ताह, महीने करते लगभग दो साल बीतने को थे।

सुधार तो कुछ नहीं हुआ, बल्कि नौबत यहाँ तक आ गई कि उसके माता-पिता उसकी दूसरी शादी की योजना बनाने लगे थे।

'दूसरी शादी?' हाँ, उसके लिए यह दूसरी शादी जैसी ही तो थी। उसके लिए तो जाने कब ही अविनाश ही सबकुछ बन चुका था। यों भी, सगाई के समय ही अगर पंडितजी की बात मान ली गई होती तो उसकी शादी हुए अब तक दो साल हो चुके होते, लेकिन अब तो¨।

गौरी जितना सोचती, उतना तड़पती। सच है, खुशियाँ हों या गम, बड़े ही दबे पाँव आते हैं और पूरी जिंदगी बदल जाते हैं। उसकी जिंदगी में अविनाश ने जितने दबे पाँव कदम रखा था, अब वह उतने ही दबे पाँव उससे दूर चला जा रहा था।

□

तय दिन, तय समय पर मधुकरजी सपरिवार पधारे। अपनी पूरी भव्यता के साथ पुराने परिचित परिवार ने एक बार फिर विनोदजी एवं परिवार का मन मोह लिया। माँ के निर्देशों के अनुसार गौरी ने अपनी सबसे सुंदर सलवार-कमीज पहनी। माँ ने खुद उसके चेहरे पर हलका मेक-अप लगाया। अब आगे की चेतावनी के अनुसार गौरी को अपना मुँह बंद रखना था, अविनाश का कोई जिक्र नहीं करना था। जितना पूछा जाए, बस उतना ही जवाब देना था और माता-पिता की 'हाँ' में 'हाँ' मिलानी थी और खुश दिखना था, बस!

मोहित और उदित खूब जोर-शोर से मेहमानों की आवभगत में लगे थे।

परिवार के सदस्यों के अलावा किसी को भी कानोकान खबर नहीं होने दी गई कि इन नए मेहमानों की इतनी आवभगत असल में किसलिए हो रही थी! घर के नौकरों तक को पता नहीं चलने दिया गया कि आज की दावत का असल मुद्दा क्या था।

मधुकरजी का डॉक्टर बेटा रोहन वास्तव में किसी राजकुमार से कम नहीं दिखता था। चेहरे पर मुसकराहट की जगह थोड़ी सख्ती जरूर झलक रही थी, लेकिन वह तो उसके कठिन व्यवसाय की देन थी। नहीं तो स्वभाव में वह बहुत ही सरल था।

अल्पभाषी था, क्योंकि अनजान लोगों के साथ अचानक तालमेल बैठा लेना किसके लिए आसान होता है?

भले ही उसने गौरी की ओर एकाध बार देखा था, लेकिन कोई खास रुचि

नहीं दिखाई। आखिर वह एक सभ्य परिवार का, शरीफ लड़का था। ऐसे किसी लड़की को नजर भर कर कैसे देखता?

एक ही व्यवसाय में होने के नाते मोहित से उसकी थोड़ी-बहुत बातचीत जरूर हुई, लेकिन अधिक घुलना-मिलना संभव नहीं था। आखिर मोहित तो उससे जूनियर था, जबकि रोहन तो काफी प्रख्यात डॉक्टर के साथ काम कर रहा था। मेडिकल फील्ड में अपनी जगह बनाने लगा था।

बहुत मजेदार बात पर भी वह बस एक फीकी-सी मुसकान बिखेर देता, आखिर सबका अपना-अपना स्वभाव होता है। हर बात पर हँस देना हर किसी का स्वभाव तो होता नहीं।

मधुकर आंटी लगातार अपने बेटे के स्वभाव की हर जटिलता के पक्ष में सफाई देती जा रही थीं और साथ ही गौरी पर अपना सारा प्यार-दुलार उड़ेलने में लगी थीं।

गौरी ऊपर से शांत थी, लेकिन उस नए लड़के और उसके परिवार का मूल्यांकन बहुत ही बारीकी से कर रही थी। उसकी जुबान बंद थी, लेकिन दिमाग नहीं। रोहन का व्यवहार उसके मन में संदेह पैदा कर रहा था। मधुकर आंटी चाहे कितनी भी सफाई दें, लेकिन क्या पता, अपनी गुड़ से भी अधिक मीठी बातों के पीछे वह कुछ छुपाने की कोशिश कर रही हों? जरूरी नहीं, जहाँ माता-पिता बेटे की शादी तय करने निकले हों, वहीं बेटा भी शादी करना चाहता हो!

खैर! स्वादिष्ट खाना खाने के बाद तय हुआ कि कुछ देर गौरी और रोहन को आपस में बात करने के लिए अकेले छोड़ दिया जाए। आखिर वे खुले विचारों के लोग थे। जिन्हें शादी करनी है, उन्हें तो एक-दूसरे को समझना ही चाहिए। इस उदारता के प्रदर्शन के कुछ ही पलों के भीतर कमरे में उन दोनों के अलावा कोई नहीं था। हालाँकि दोनों माँएँ बगल के ही कमरे में कुछ ऐसे बैठीं कि न केवल दोनों के हाव-भाव पर पूरी नजर रख सकें, बल्कि उनकी बातों को भी थोड़ा-बहुत सुन सकें। सारी उदारता के दिखावे के बावजूद उनके मन सशंकित तो थे ही।

थोड़ी देर दोनों के बीच शांति बनी रही। गौरी का मन बार-बार व्याकुल हो अविनाश की ओर दौड़ रहा था। दिल कह रहा था कि अविनाश के बारे में सबकुछ सच-सच बताकर इस लड़के से झटपट छुट्टी पा ले, लेकिन मम्मी से किए वायदे ने जुबान पर ताला लगा रखा था। फिर, किसी अनजान पर भरोसा

भी कैसे करती? पशोपेश में न जाने कब अपनी सगाई की अँगूठी दूसरे हाथ की उँगली से घुमाने लगी।

पता नहीं, रोहन पहले से जानता था या उसने गौरी के मन को पढ़ लिया या फिर बस, उसकी उँगली में घूमती अँगूठी देखकर यूँ ही बोल पड़ा, "सुंदर अँगूठी है। किसी ने गिफ्ट की है?"

गौरी ने चौंककर उसकी ओर देखा। पहली बार उसे खुलकर मुसकराते हुए पाया। चकित थी। अनजाने में उसने अँगूठी को अपने दाहिने हाथ की मुट्ठी में भींच लिया। अविनाश का चेहरा आँखों के आगे आकर ठहर गया।

'क्या अब आपके बारे में बता दूँ?' मन-ही-मन अविनाश से ही बात करने लगी।

ऊपर से तो वह बहुत शांत होने का अभिनय कर रही थी, लेकिन भीतर-ही-भीतर बेचैनी बढ़ती ही जा रही थी।

'क्या किसी तरह से सच्चाई बताकर इस रिश्ते को आगे बढ़ने से रोका जा सकता है?' उसका मन और भी अधिक उद्वेलित होता जा रहा था। अभी वह कुछ जवाब दे पाती कि रोहन आगे बोला, "वैसे लड़कियाँ इस उँगली में सगाई की अँगूठी पहनती हैं।"

उसके आश्चर्य की कोई सीमा ही न रही। 'इस लड़के को पता है। हाँ, इसे सब पता है। शायद ये पता लगवाकर आया है। इसीलिए तो, किसी से अधिक हँस-बोल नहीं रहा था।'

गौरी ने घबराहट में रोहन की ओर देखा और पाया उसके चेहरे पर बिंदास हँसी बिखरी हुई थी। आँखों में एक विचित्र सा अपनत्व था। नहीं, उसमें कोई अश्लीलता नहीं, कोई वासना नहीं।...वैसा वाला प्रेम भी नहीं था,...लेकिन स्नेह था। जैसे किसी दोस्त की आँखों में होता है...या...या, जैसे कभी-कभी भैया की आँखों में नजर आता है।

अचरज भरी निगाहों से गौरी उसकी ओर देखे जा रही थी। जवाब देने के लिए खुद को तैयार ही कर रही थी कि रोहन ने पूछा, "कुछ बताना चाहती हो?"

जवाब में गौरी ने सिर हिलाया और पूरी हिम्मत जुटाकर बोल ही पड़ी, "हाँ। ये मेरी सगाई की ही अँगूठी है।"

रोहन ने यूँ गहरी साँस ली, मानो उसे बहुत बड़ी राहत मिली हो। "चलो, फिर तो चिंता ही खत्म।"

"क्यों, आपको भी यहाँ जबर्दस्ती लाया गया है? किसी और को चाहते हैं?" गौरी बहुत देर से ऐसा महसूस कर रही थी। सो, मौका मिलते ही दिल की बात पूछ ही बैठी।

"चाहता? मेरी तो शादी हो चुकी है, मैडम, लेकिन हमारे मम्मी-पापा! उन्हें हमारा रिश्ता मंजूर नहीं, तो वे ये भी मानने को तैयार नहीं कि मेरी शादी हो चुकी है। बाकायदा कोर्ट में शादी की है हमने।"

उस पूरी शाम रोहन पहली बार बोल रहा था और इसके साथ ही उसके बारे में गौरी की सारी पूर्वधारणाएँ धराशायी होती नजर आ रही थीं। वह तो बहुत ही खुशमिजाज स्वभाव का, सुलझे दिलवाला लड़का था। काफी देर तक दोनों अपने-अपने प्यार के बारे में एक-दूसरे को बताते रहे और दोनों के माता-पिता यही सोच-सोचकर खुश हो रहे थे कि उनके बच्चे आपस में खूब घुल-मिल गए हैं। संभव है, उन्हें संदेह भी हुआ हो, लेकिन एक-दूसरे के सामने किसी ने कुछ भी जाहिर नहीं किया।

मुलाकात पूरी होते-होते रोहन और गौरी तय कर चुके थे कि उन्हें अपने परिवारों में क्या कहना है और फिर पूरी आत्मीयता के साथ दोनों परिवारों ने एक-दूसरे से विदा ली। जल्दी ही मिलने के वायदे किए गए।

"वो लड़का शादीशुदा है। उसने मुझे खुद बताया, उसकी कोर्ट-मैरिज हो चुकी है।" उनके जाते ही गौरी ने अपनी माँ के सामने खुलासा किया, जिसकी जानकारी तुरंत ही विनोदजी तक भी पहुँच गई।

"तभी कहूँ, लड़का इतना चुप-चुप क्यों है? जबर्दस्ती ले आए उसे!"

"मैं तो हैरान हूँ कि मधुकर भाई साहब कैसे हमें धोखा देने चले थे? सोच रहे होंगे, दूर रहते हैं, हमें तो कुछ मालूम पड़ेगा नहीं। इसीलिए अपने शहर में शादी न करके यहाँ रिश्ता लेकर आ गए।"

मधुकर एंड फैमिली की आलोचना करने में मशगूल पति-पत्नी भूल ही गए कि धोखा तो वे भी कर रहे थे। उन्होंने भी तो अविनाश के साथ गौरी की सगाई की खबर छुपाकर रखी थी। भले ही उन्होंने अपनी ओर से सगाई तोड़ दी थी, लेकिन न ही उनकी बेटी ने सगाई की अँगूठी उतारी थी और न ही अविनाश को दिल से निकाला था।

"शादी करनी क्या बहुत जरूरी है, माँ?" आखिर उस दिन सही मौका देख, गौरी ने अपने दिल की बात अपनी माँ से करने की कोशिश की। माँ चुपचाप

उसकी ओर देखती रही। फिर थोड़े तैश में पलटकर पूछ बैठी, "तो? कुँवारी रहना है सारी जिंदगी?"

"ऐसे गुस्सा मत होइए, मम्मी! एक बार शांत मन से मेरी बात सुन लीजिए…"

माँ को शांत देख गौरी आगे बोली, "इस बीच मैंने बहुत सोचा…आप लोगों के बारे में, अविनाश और उनके परिवार के बारे में और साथ ही अपनी जिंदगी के बारे में भी। शादी करने से अच्छा है, माँ कि मैं अपने कॅरियर पर ध्यान दूँ। थोड़ी अधिक मेहनत करके जल्दी से अपनी रिसर्च पूरी कर लूँगी तो किसी बड़े कॉलेज में अच्छी नौकरी जरूर मिल जाएगी। मैं अपने पैरों पर खड़ी हो जाऊँगी और आप सबको भी कोई परेशानी नहीं होगी।"

बेटी के मुँह से इतनी परिपक्वता की बात सुनकर माँ का दिल एक ही बार में पसीज गया।

"लेकिन गौरी, जिंदगी इतनी छोटी नहीं। अकेले जिंदगी बिताना आसान नहीं।" उन्होंने समझाने की कोशिश की।

"आपकी बात मैं समझती हूँ, माँ, लेकिन जरा मेरे नजरिए से भी तो सोचिए। मुझे याद भी नहीं मैं कब से…अ…अविनाश…को चाहती हूँ…कभी किसी और की ओर ध्यान भी नहीं गया और अब…केवल समाज की रीति के लिए किसी से भी कैसे शादी कर लूँ? देखिए, इस बार तो रोहन के बारे में पता चल गया। उसने खुद बता दिया, लेकिन अगर नहीं बताता तो?"

थोड़ी देर माँ और बेटी के बीच खामोशी बनी रही। सुधाजी के मन में भी यह बात तो आई ही थी कि अगर रोहन अपना राज न बताता और हम जबर्दस्ती उसके साथ गौरी की शादी कर देते तो या अब हम किसी और के साथ उसकी शादी की बात करें और वो लड़का हमें धोखे में रखे तो? सुधाजी खामोश बैठी रह गईं। थोड़ी देर बाद गौरी ने एक बार फिर खामोशी तोड़ी।

"बस, रस्म अदायगी के लिए शादी करने से अच्छा क्या ये नहीं कि स्वावलंबी बनूँ?"

आज माँ और बेटी खुले मन और मस्तिष्क से आपस में विमर्श कर रही थीं। अपने जीवन के बारे में आखिर और किससे विमर्श करती वह? माँ भी गंभीरता से उसकी बातें सुन रही थीं। काफी हद तक उससे सहमत भी थीं, लेकिन बेटी को पूरी जिंदगी अकेली रहने की सलाह कैसे दे सकती थीं?

"तुम्हारी हर बात समझती हूँ, बेटा, लेकिन जिंदगी बस यहीं तक नहीं।"

"कम-से-कम मैं किसी पर निर्भर तो न रहूँगी, शादी करना इतना जरूरी तो नहीं?"

"तू उसके लिए सारी जिंदगी कुँवारी रहना चाहती है?"

गौरी की आँखें नीचे हो गईं। उसने धीमे से सिर हिला दिया।

"और, उम्र बढ़ने पर···अगर उसने किसी और से शादी कर ली तो?"

"नहीं मम्मी, ऐसा नहीं होगा।" गौरी के शब्दों में आत्मविश्वास कूट-कूटकर भरा था। सुधाजी चुपचाप उसे देखती रहीं।

"और फिर अप्रत्याशित भविष्य की कल्पना करके मैं आज अपनी जिंदगी का निर्णय लूँ या फिर वर्तमान में जो सही लगे, वह करूँ?"

माँ कुछ देर तक चुपचाप उसे देखती रह गईं। फिर गंभीर स्वर में बोलीं, "इतना आसान नहीं होता, गौरी। आप कितने भी आत्मनिर्भर हो जाओ, एक साथी की जरूरत हर किसी को होती है। जैसे-जैसे उम्र बढ़ती है, यह जरूरत और भी अधिक बढ़ती जाती है।"

"लेकिन यह जरूरी तो नहीं कि वो साथी पति ही हो? कितने लोग हैं, जो बेमेल शादी के चक्कर में फँसकर पूरी जिंदगी घुट-घुटकर बिता देते हैं। एक-दूसरे को धोखा भी देते हैं! ऐसी जिंदगी लेकर क्या करूँगी?"

"सच है कि बेमेल शादियाँ भी बहुत होती हैं, लेकिन फिर भी, हम कभी निगेटिव संभावनाओं को लेकर तो चलते नहीं और फिर, कई बार साथ रहते-रहते उन बेमेल शादियों में भी तालमेल बैठ ही जाता है।"

"आपका मतलब, जुआ है यह जिंदगी?" गौरी ने मुसकराकर कहा।

"हाँ, जुआ कह सकती हो। नए रिश्ते तो संभावनाओं पर ही किए जाते हैं। इसीलिए तो जहाँ ठीक नहीं लगता, वहाँ रिश्ता नहीं करते।"

इस बार माँ ने सीधे अविनाश के साथ उसके रिश्ते की ओर इशारा किया था। गौरी खूब समझ रही थी। वह आहत तो हुई, लेकिन माँ की बात भी समझ रही थी। उन्होंने खुशी से तो रिश्ता तोड़ा नहीं था।

"तो यह जुआ मैं अकेली रहकर भी तो खेल सकती हूँ?" खूब सोच-समझकर गौरी ने जवाब दिया। "हो सकता है मैं अकेली ही खुश रहूँ और अगर जिंदगी में किसी मोड़ पर किसी का साथ मिलना होगा, तो मिल जाएगा, वरना कितने लोग तो शादी करके भी अकेली जिंदगी बिता देते हैं।" कुछ देर ठहरकर

आगे बोली, "फिर, समय के साथ हालात भी तो बदलेंगे, माँ! मैं नेगेटिव क्यों सोचूँ?"

गौरी के तर्क पर माँ चुप रह गईं। रिश्तों के विकृत रूप से भी वह अनजान नहीं थीं।

"क्यों न पढ़ाई करके अच्छी नौकरी कर लूँ, माँ? फिर, समय के साथ रिश्ते बनाना और सँभालना भी सीख लूँगी।" समय के थपेड़ों ने उसे सहसा बहुत अधिक परिपक्व बना दिया था।

□

मधुकर परिवार के आने की खबर भले ही सुधाजी के परिवार ने पूरे जतन से पूरे मोहल्ले-रिश्तेदारों से छुपा रखी थी, लेकिन ऐसी बातें लाख छुपाई जाएँ, छुपती कहाँ हैं? उस परिवार के जाने के साथ ही यह खबर हवा की तरह इस घर से उस घर तक पहुँच गई कि गौरी को लड़केवाले देखने आए थे। आखिर दोनों परिवारों को जाननेवाले इतनी मसालेदार और चटपटी खबर ब्रॉडकास्ट करने में पीछे कैसे रहते? कितनों को तो लताजी एवं परिवार की प्रतिक्रिया देखनी थी और कितनों को वह प्रतिक्रिया विनोदजी एवं परिवार तक पहुँचानी भी थी।

"ऐसा कैसे कर सकते हैं वो लोग! सगाई तोड़ी नहीं और नई जगह रिश्ता जोड़ने लगे?" आहत लताजी की पहली प्रतिक्रिया आई, लेकिन कुछ ही देर में उनके अहम् को हवा मिली और फिर तो उन्होंने ईंट का जवाब पत्थर से देने की पूरी तैयारी कर डाली।

"अरे, तो मेरे बेटे में कोई कमी है क्या? एक से बढ़कर एक रिश्ते आ रहे हैं। वो तो इसके इश्क-मोहब्बत के चक्कर में मैं ही किसी को घास नहीं डाल रही थी अब तक! अब देखना, कितनी अच्छी लड़की से उसकी शादी करती हूँ!" उनका अहंकार फड़फड़ाया।

"सुन लो, अविनाश। बहुत रिश्ते आ रहे हैं तेरे लिए। अब एक को फाइनल करो। अगले ही लगन में तुम्हारी शादी करनी है।"

उनका फरमान मानो अविनाश ने सुना ही नहीं। वह तो उस खबर में ही उलझा हुआ था। बेचैनी बढ़ने लगी थी। उसने उम्मीद न की थी कि हालात यहाँ तक पहुँचेंगे। उसे तो जल्दी-से-जल्दी गौरी से मिलकर सारी बातें विस्तार से जाननी थीं।

"तुझसे ही कह रही हूँ। समाज की कितनी ही औरतों ने तेरे लिए एक से बढ़कर रिश्ते बताए हैं और वो…कविता की चचेरी ननद की सास कब से पीछे पड़ी हैं! बहुत ही सुंदर बेटी है उनकी। हमारी बराबरी का परिवार है। लड़की पढ़ी-लिखी भी है। कल ही चलकर देख ले और सगाई कर!"

माँ के आदेश पर अविनाश ने उन्हें एक नजर देखा और चुपचाप खाना खाने लगा। कोई जवाब न पाकर लताजी का गुस्सा सातवें आसमान पर पहुँच गया।

"मैं तुमसे बात कर रही हूँ। सुन रहा है या नहीं?"

"जी। सुन रहा हूँ।" अविनाश ने शांत स्वर में जवाब दिया।

"ठीक है। कल दुकान जल्दी बढ़ा देना। शाम को जल्दी ही चलते हैं। लड़की से मिल लो तो फाइनल करें।"

अविनाश ने गहरी साँस ली, खाना खत्म किया और चुपचाप उठ गया। रिश्तों की इस खींचातानी ने उसे बाहर से और भी अधिक शांत बना दिया था। भले ही उसके भीतर-ही-भीतर शोले भड़क रहे थे। वे शोले बाहर न फूट पड़ें, इसलिए उसने वहाँ से हट जाना ही ठीक समझा, लेकिन माँ तो सबकुछ पक्का कर लेना चाहती थी। इसी इरादे से फिर से पूछ बैठीं, "आठ बजे का टाइम दे दूँ उन्हें?"

"आप लोगों को जब जाना हो, जहाँ जाना हो, जाइए। मुझसे क्यों पूछ रही हैं?"

"अरे! तू नहीं चलेगा?"

"नहीं!"

"लो! शादी तुम्हारी होनी है और तुम ही नहीं चलोगे? फाइनल तो तभी करेंगे, जब तुम उसे पसंद करोगे!"

"मेरी पसंद? मेरी पसंद आप नहीं जानती?"

"अरे तो तुम्हारी वो पसंद अब किसी और से शादी कर रही है। तू जिंदगी भर उसके इंतजार में बैठा रहेगा?"

अविनाश ने शांत नजरों से माँ की ओर देखा। धीरे-से मुसकराया। "ऐसा कुछ नहीं होगा" बोलकर अपने कमरे की ओर चल दिया।

उसकी आँखों में आत्मविश्वास कूट-कूटकर भरा था और हो भी क्यों न! गौरी और उसके रिश्ते का आधार ही आपसी विश्वास था। फिर उनके रिश्ते पर, उनके प्रेम पर परिवार और समाज की स्वीकृति की मोहर भी लगी थी।

तुनककर माँ चीखीं, "क्या देखते हैं? क्या समझ क्या रहा है तू? कितने

साल तक यूँ उसके इंतजार में बैठा रहेगा?" उनके तेज सुर पर अविनाश के कदम ठहर गए थे।

"जब तक जिंदगी है…" सुनकर एक बार तो माँ सन्नाटे में आ गईं। अविनाश के शांत सुर में गहराई से पैठा दर्द उभरने लगा था। दर्द छलककर बाहर न आ जाए, इसी कोशिश में वह भी चुप रह गया। मोहब्बत में दिल टूटनेवालों में उसका नाम भी शामिल था, लेकिन उसका दिल उसकी महबूबा ने नहीं, उसकी माँ ने तोड़ा था, उनके अहम् ने तोड़ा था।

हालाँकि गौरी को लड़केवाले देखने आए थे, इस खबर ने उसे थोड़ा डराया जरूर था, लेकिन वह विचलित नहीं हुआ था। अपने प्यार पर उसे पूरा विश्वास था।

"आखिर हम भी कब तक बहू की आस में तरसेंगे?" अचानक माँ ने उसे अपनी भावानाओं का वास्ता दिया था। हर माता-पिता का सपना होता है कि उनके बेटे-बेटियों का ब्याह हो, घर में नाती-पोतों की किलकारियाँ गूँजें और उन्हीं के साथ हँसते-खेलते बुढ़ापा गुजर जाए।

माँ को पूरा यकीन था कि उनका बेटा उनकी भावनाओं से खुद भी भावुक हो उठेगा। आखिर उनका लाडला है, कभी भी उनकी इच्छा का निरादर नहीं किया था उसने, लेकिन उनकी उम्मीद के विपरीत अचानक अविनाश के चेहरे पर सख्ती छलक आई।

"मैं तो बहू ला रहा था, माँ! हमारी सगाई आपने ही तो तोड़ी, माँ, मैंने तो नहीं, आपको नहीं लगता कि आप लोगों के अहम् ने हम दोनों की जिंदगी खराब कर दी? आस तो हमारी टूटी है और आप…"

अविनाश की आवाज में आवेश बढ़ता जा रहा था। गला रुँधने लगा। कुछ शब्द और बोलता तो शायद फफक पड़ता। महसूस करके एक क्षण ठहरा, गहरी साँस ली और "जाने दीजिए, आप नहीं समझेंगी…" बोलकर तेजी से अपने कमरे में जाकर खुद को वहीं बंद कर लिया।

कब से सँभाले आँसू आज इतने साल में पहली बार अविनाश की आँखों से छलक ही गए। अचानक लगने लगा, जैसे गौरी उसके हाथों से छूटती, बहुत दूर होती जा रही थी। इस दूरी के अहसास भर से दिल तड़प उठा। पहली बार बेबसी का अहसास मुँह तक आ गया। एक बार जो आँसू छलके तो न जाने कहाँ से आँसुओं की बाढ़ आ गई। सिसकियों की आवाज बाहर तक न पहुँचे,

इस जतन में तकिए में मुँह छुपाकर न जाने कितनी देर सुबकता रहा···अपनी बेबसी पर, अपने प्यार के लिए!

जिस समय माँ ने उसकी सगाई तोड़ी थी, तब उसे यही लगा था कि गुस्सा शांत होने पर सबकुछ सामान्य हो जाएगा, लेकिन दिन बीते, फिर सप्ताह, महीने और फिर साल बीतते गए, लेकिन गुस्सा तो शांत न हुआ, बल्कि दोनों परिवारों के बीच की दूरियाँ खाई की तरह बढ़ गईं। दूर नहीं हुए तो बस उसके और गौरी के मन। जैसे-जैसे उनकी मुलाकातें कम होने लगीं, उनके दिल और भी अधिक नजदीक आने लगे। दूर रहकर शायद दोनों एक-दूसरे के दिल की जुबान अधिक गहराई से समझने लगे थे।

अब तक अविनाश ने आस नहीं छोड़ी थी, लेकिन आज, नए परिवार में गौरी के रिश्ते की बात सुनकर वह भीतर-ही-भीतर कहीं टूट रहा था। उस पर माँ की बातों से बिल्कुल ही बिखर गया। नए परिवार में रिश्ते का अर्थ वह खूब समझ रहा था। जान रहा था कि अब अंकल-आंटी के मन से वह पूरी तरह से उतर चुका है। समझ रहा था कि अब वे उसे गौरी के साथ देखना ही नहीं चाहते। अब वे इस रिश्ते को पूरी तरह से खत्म कर देना चाहते हैं।

मन निराश होने लगा। हताशा के आँसुओं में डूबी उसकी आँख कब लग गई, पता ही न चला। नींद में कहीं दूर से मधुर संगीत सा महसूस हुआ। अचानक आँख खुली तो देखा उसके मोबाइल की घंटी बज रही थी। गौरी के घर का नंबर देख तुरंत घड़ी पर निगाह गई। रात के दो बज रहे थे। हड़बड़ाकर फोन उठाया। "सॉरी, इतनी रात में जगाया," गौरी की फुसफुसाहट सुनाई दी।

"गौरी! कहाँ हो तुम? मैं कब से परेशान···" शब्दों में घबराहट और व्याकुलता थी। "क्या हुआ, कौन आया था?"

"कल मिल सकते हैं? मिलकर बताती हूँ।"

"लेकिन कहाँ? तुम कहाँ मिल सकती हो? बोलो, मैं वहीं पहुँच जाऊँगा।"

"मुझे तो कुछ भी नहीं समझ में आ रहा। हर जगह तो जासूस बैठा रखे हैं घरवालों ने···आप ही बताइए···"

कुछ पल रुककर अविनाश बोला, "अच्छा, मुझे सोचने दो।···सुबह मौका मिलते ही फोन करना। बताता हूँ।"

"ठीक है, दिन में स्कूल से फोन करके बताती हूँ।"

"ठीक है···और तुम···तुम ठीक हो न?" आश्वस्त होना चाहता था।

"पता नहीं।...बहुत डर लग रहा है...जल्दी मिलिए..." और तड़ाक-से फोन कट गया।

अविनाश की नींद उड़ गई। गौरी से मिलना आसान नहीं रह गया था। वैसे तो दिन में वह एक स्कूल में पढ़ाती थी, लेकिन वहाँ पड़ोस की एक और महिला भी पढ़ाती थी। उसके मोहल्ले के बहुत से बच्चे भी वहीं पढ़ते थे। वहाँ गौरी से मिलने जाने का मतलब था, सारे शहर को पता चल जाता कि गौरी और अविनाश मिले थे और जब से पी-एच.डी. शुरू की थी, तब से उसने शाम की क्लासेज में जाना भी बंद कर दिया था।

जागती आँखें सुबह होने का इंतजार ही करती रहीं। दिल की उलझन इतनी अधिक बढ़ी कि भीतर-ही-भीतर घुटन महसूस होने लगी। ताजी हवा की उम्मीद में उठकर छत पर चला गया। शीतल, मंद हवा में उसके शरीर को ही नहीं, मन को भी ठंडक मिली और न जाने कब वहीं बैठे-बैठे उसकी आँख लग गई। सूरज की रोशनी चेहरे पर पड़ी तो अविनाश हड़बड़ाकर उठ खड़ा हुआ। उसे छत से नीचे आते देख माँ चौंकी।

"तुम ऊपर थे? हम पूरे घर में ढूँढ़ रहे थे।" अविनाश ने एक नजर उन पर डाली, कुछ बोला नहीं। मन अभी भी अपनी ही उलझनों में उलझा हुआ था। चाय पीते-पीते विचार आया और पंकज को मैसेज कर दिया।

"मिलना है। बहुत जरूरी है। कब संभव है?"

मुश्किल से दो मिनट भी नहीं बीते थे कि पंकज का फोन उसके मोबाइल पर आया, फोन रिसीव करके बात करते हुए अविनाश बाहर निकल गया, "हेलो! अरे कैसे हैं, भैया? सुबह-सुबह कैसे।" और बाहर निकलकर असल मुद्दे पर आया। "मिलना जरूरी है, तुरंत। कुछ समझ में नहीं आ रहा।"

"गौरी?" पंकज सब समझ रहा था।

"हाँ"

"दोपहर में मेरे घर पर आ जाओ"

"लेकिन वहाँ बुआजी और भाभी भी होंगी..."

"नहीं! उन दोनों को कहीं जाना है। केवल मैं रहूँगा।" ललिता के जाने के लगभग एक साल बाद, रिश्तेदारों और मित्रों के समझाने पर किशोरीजी ने पंकज की शादी कर दी थी, ताकि घर में कुछ तो रौनक रहे।

"ठीक है। मैं गौरी को स्कूल से सीधे वहीं आने के लिए कह देता हूँ।"

दिन में गौरी का फोन आया तो उसे दो बजे पंकज के घर पहुँचने के लिए कहा और दो बजते ही पापा से 'अभी आता हूँ' बोलकर दुकान से निकल पड़ा।

पापा अब उसे टोकते न थे। कुछ पूछते भी न थे। बस, चुपचाप उसे देखा और सिर हिलाकर वापस अपने काम में लग गए।

□

पंकज के घर पहुँचा ही था कि गौरी भी आ गई। चेहरे पर व्याकुलता आँखों में बेचैनी।

"क्या हुआ? उस दिन कौन आया था?"

पंकज ने पूछा तो दोनों पर नजर डालते हुए फीकी-सी मुसकराहट बिखेरी और सिर झुका लिया। अविनाश एकटक उसकी ओर देख रहा था। उसके उत्तर का इंतजार कर रहा था। गौरी की खामोशी उसकी बेताबी बढ़ाती जा रही थी। बहुत देर चुप देखकर खीझकर पूछ बैठा, "क्या हुआ, कुछ बताओगी?"

सुनकर उसने अविनाश की ओर देखा। वह उसे ही देख रहा था। गौरी की आँखें छलछलातीं, इसके पहले ही आँखें फेरकर बोली, "शादी के लिए आए थे…" शब्दों को बँटोरने में कुछ पल ठहरकर आगे बोली, "पापा के पुराने परिचित थे…उनका बेटा…" और धीरे-धीरे उस दिन की सारी घटना उन दोनों को बता दी, "लड़के ने मुझे खुद बताया कि उसकी कोर्ट मैरिज हो चुकी है… मैंने भी माँ को बता दिया!"

सुनकर अविनाश ने राहत की साँस ली और पंकज के चेहरे पर व्यंग्य के भाव उभरे।

"फिर इतना क्यों घबरा रही है?" पंकज ने हँसते हुए पूछा।

"उस दिन बच गई, भैया, लेकिन आगे क्या? किसी और से रिश्ते की बात चलाएँगे। हर बार तो ऐसा संयोग नहीं होगा।"

गौरी का डर वाजिब था। समझकर दोनों ही चुप रह गए।

"किसी को याद ही नहीं कि मेरी सगाई हो चुकी है। अभी तक सोचती थी सब बस गुस्सा हैं, समय के साथ मान जाएँगे, लेकिन ये लोग तो हमारा रिश्ता ही तोड़ रहे हैं।"

बोलते-बोलते उसका गला रुँधने लगा था। आँसुओं पर काबू पाने के लिए जल्दी से विषय बदलते हुए पंकज से बोली, "भैया, चाय बनाऊँ? स्कूल से ऐसे ही भाग आई।"

पंकज कुछ बोलता, इससे पहले ही तेजी से किचेन की ओर दौड़ गई। चाय का पानी स्टोव पर रखते हुए तेजी से आँसू पोंछे। अविनाश पीछे ही था। गौरी ने पलटकर देखा। दोनों चुप थे। दोनों ही एक-दूसरे से अपने आँसू छुपा रहे थे। कमजोर पड़कर दूसरे को कमजोर करना नहीं चाहते थे। गौरी का दिल किया कि दौड़कर उसके गले लग जाए और अपने सारे दुःखों को, सारे दर्द को आँसुओं के साथ ही बहा दे, लेकिन संकोच ने कभी दोनों को इतने निकट आने नहीं दिया था। अविनाश ने आगे बढ़कर उसका हाथ अपने हाथों में लिया तो बस इतना ही बोल सकी, "बहुत डर लग रहा है।"

अविनाश कुछ बोल न सका, बस उसके हाथ अपने हाथों में लिये अपने ही विचारों में गुँथता रहा।

"कहीं बाहर नौकरी लग जाए तो चली जाऊँ इन सबसे दूर।"

सुनकर अविनाश तड़प उठा, "अपनों से दूर, मुझसे भी दूर?" उसकी आवाज में पीड़ा थी।

"फिर क्या करूँ, बताइए?" वही पीड़ा गौरी के स्वर में भी थी, "इस कुंठा भरी जिंदगी से कैसे बचूँ? इतनी घुटन है कि···जिन्हें आप अपना कह रहे हैं, उन्हीं अपनों से मैं बात भी नहीं कर सकती। मेरे अपने मेरी सुनना ही नहीं चाहते···मन हर समय डरा रहता है। अपने ही घर में हर समय सहमी-सहमी रहती हूँ। ये कैसी जिंदगी है, बोलिए?"

अविनाश दिल-ही-दिल में उसके सारे सवालों के जवाब खोजता खुद में गुँथता रहा। स्पष्ट देख सकता था कि व्यवहारी गौरी अब टूटने लगी थी। उसकी जिंदादिली अब हताशा में बदलने लगी थी और सरलता स्तब्धता में। कुछ ऐसा ही हाल उसका भी तो था। वह भी तो अपनी हताशा, कुंठा को छुपाने के प्रयास में हर किसी से मुँह चुराने लगा था।

चाय तैयार हो गई थी। गौरी ने तीन कपों में चाय डाली और दोनों बाहर कमरे में पंकज के पास आ गए। पंकज ध्यान से दोनों को देख रहा था। हँसते, खिलखिलाते इस युगल को कुंठा और हताशा में डूबे देख वह भी कम दुःखी न था।

"कुछ तय किया, क्या करना है?" उसने अविनाश से पूछा।

"कुछ समझ में नहीं आ रहा।"

"मैं सुधा आंटी से बात करूँ?" पंकज के प्रस्ताव पर दोनों ने उसकी ओर

देखा और फिर एक-दूसरे की ओर देखकर सिर झुका लिया।

"मत कीजिए, भैया," अचानक गौरी पंकज की ओर मुखातिब हुई थी, "मुझे शादी ही नहीं करनी। यह बात मैंने माँ से भी कह दी है।"

गौरी के इस निर्णय पर वे दोनों ही चौंक पड़े। अविनाश का दिल बैठने लगा। अचानक लगा, जैसे वह सबकुछ हार चुका है, दीवालिया हो गया है। आँखों में अनायास ही आँसू छलक आए। कुछ बोला नहीं। बस, तेजी से उठकर खिड़की के पास जा खड़ा हुआ।

पंकज उसके मनोभाव समझ रहा था। कुछ देर चुपचाप उसे देखता रह गया। फिर उसे उसके अंतर्द्वंद्व के साथ अकेला छोड़ गौरी की ओर मुखातिब हुआ...

"क्यों, अब क्या हो गया तुझे? तू चाहे तो कल ही तुम दोनों की कोर्ट मैरिज करवा सकता हूँ...तुम जानती...।"

भावुक पंकज की बात बीच में ही काटकर गौरी बोली, "वो बात नहीं है, भैया...चुपके से शादी करनी होती तो कभी की कर ली होती, लेकिन फिर क्या हम दोनों खुश रहेंगे?"

"लेकिन, गौरी..."

"दोनों परिवारों में इतना अधिक मन-मुटाव हो चुका है...अब शादी हो जाए, तब भी क्या दिलों की दूरियाँ कभी कम हो सकेंगी, घाव भर सकेंगे? ये जो दंश लगे हैं, क्या शादी हो जाने पर भी हमारे दिलों को घायल नहीं करेंगे? अब तो...।"

सुनने में लग रहा था, जैसे वह पंकज से बात कर रही थी, लेकिन उसका एक-एक शब्द केवल और केवल अविनाश के लिए था। गौरी बोलती जा रही थी। "अब तो अपना कॅरियर ही अच्छा लगने लगा है...उसमें कम-से-कम कोई आरोप तो नहीं लगाता...कोई लांछन तो नहीं लगाता।"

आवाज काँपने लगी। अविनाश को फँसाने के आरोप से वह अब तक भीतर-ही-भीतर बस घायल ही थी। खिड़की से बाहर देखते अविनाश की आँखों से न जाने कब आँसू बह निकले। वह समझ रहा था कि गौरी का इशारा किस ओर है। बेबसी में बस खामोश ही था।

काफी देर कमरे में खामोशी छाई रही। अचानक गौरी उठी, "घर जाऊँ?"

पंकज चुपचाप सिर झुकाए बैठा रहा। अविनाश तुरंत पलटकर उसके पास आ गया। उसके दोनों हाथों को अपने हाथों में लेकर कुछ क्षण उसे अपलक

देखता रहा। फिर धीरे-से पूछा, "इतना सब तय कर लिया है तो ये भी तय कर लिया होगा कि मैं क्या करूँगा?"

सुनकर फफक पड़ी वह। उन बेबस आँसुओं का एकमात्र प्रत्यक्षदर्शी पंकज भी अपने आँसू रोक न सका।

□

उस रात माँ ने एक बार फिर उसकी शादी की बात छेड़ी तो अविनाश अचानक ही फट पड़ा। गौरी के दर्द से आज वह भीतर तक छलनी था। जानता था कि वह गलत नहीं कह रही थी। यह भी समझ रहा था कि समस्याओं का कोई समाधान उसके पास भी न था। भीतर-ही-भीतर तिलमिला रहा ही था। ऐसे में माँ की बातों ने ऐसा तड़का लगाया कि अचानक गुस्से में उबल पड़ा...

"मैंने जिससे सगाई की थी, उसी से शादी भी करूँगा। आप लोगों की सहमति से ही करूँगा, भागूँगा नहीं, लेकिन किसी और से भी शादी नहीं करूँगा। मैं क्यों अपने साथ किसी लड़की की जिंदगी खराब करूँ? न मैं उसे कभी प्यार दे सकूँगा और न ही इज्जत और इस माहौल में तो मैं गौरी से भी शादी नहीं कर सकता। इस जहरीले माहौल में लाकर उसे भी कैसी जिंदगी दूँगा? इसलिए अब जैसा हूँ, वैसा ही रहने दीजिए।"

माँ आँखें फाड़े उसे देखती रह गईं। उनका गुस्सा भी सातवें आसमान पर चढ़ता जा रहा था। अविनाश के चुप होते ही बरस पड़ीं, "कितना बद्तमीज हो गया है ये लड़का! कोई लिहाज ही नहीं कि किससे बात कर रहा है...?" गिरीशजी की ओर मुखातिब हुईं। वे खामोशी से देख रहे थे कि अविनाश के भीतर अब तक दबा शांत ज्वालामुखी अचानक फट पड़ा था।

"हाँ, जानता हूँ मैं बद्तमीजी कर रहा हूँ, लेकिन इस तरह बोलने के लिए मुझे किसने मजबूर किया?"

सुनकर लताजी सन्नाटे में आ गईं।

"आपने तो अपनी बेटियों की सलाह पर मेरे साथ रिश्ता रखना शुरू कर दिया है। गौरी मेरी जिंदगी में आई तो क्या मैं आपका बेटा नहीं रहा? आप वो कहने और करने लगीं, जो कविता या सोनल बताएँगी और उन दोनों को तो मैं..." कुछ क्षण रुककर गहरी साँस ली और आगे बोला, "उन्हें भाई से तो सबकुछ चाहिए, प्यार-दुलार भी और सारी फरमाइशें भी, लेकिन भाई की खुशियाँ उन्हें

बर्दाश्त ही नहीं। मेरी खुशियों का किसी को कोई खयाल ही नहीं?"

माँ हतप्रभ थीं। गिरीशजी की ओर मुखातिब हुईं तो उनके सुर भी विरोध से भरे निकले, "मैंने पहले भी कहा था, कविता से कहो, इसकी जिंदगी में इतना दखल न दे, लेकिन वह तो आपको जाने क्या पट्टी पढ़ा देती है कि आप…"

अब तो लताजी तिलमिला ही गईं, "आप लोग मेरी बेटियों के दुश्मन क्यों बने जा रहे हैं? शादी कर देने का ये मतलब है कि बेटियाँ पराई हो गईं? क्या उन्हें इस परिवार के सुख-दुःख की परवाह नहीं?"

"आपको हर वक्त बात को गलत ट्रैक पर ले जाने की आदत है।"

गिरीशजी का आवेश बढ़ गया, "समझने की कोशिश करो। दो लोगों को आपसी रिश्ते खुद निभाने होते हैं, उसमें किसी भी तीसरे की दखलअंदाजी से रिश्ते बिगड़ने लगते हैं।"

"सीधे कहिए न कि आपको मेरी बेटियों से अधिक अविनाश और गौरी के रिश्ते की परवाह है।"

लताजी को सीधी बात समझाना काफी ही टेढ़ी खीर थी, यह बात गिरीशजी से ज्यादा कौन जानता था? उनके व्यंग्य की परवाह किए बिना दृढ़ स्वर में बोले, "अगर कभी बेटा-बहू तुम्हारे और तुम्हारी बेटियों के बीच आने की कोशिश करेंगे, तब भी मैं यही कहूँगा…दो रिश्तों के बीच न ही तीसरे को आना चाहिए और न ही आने देना चाहिए।"

गिरीशजी की कठोरता ने लताजी को चुप रहने के लिए मजबूर कर दिया। अब जब बहस करने की बजाय वे चुप रह गईं तो सोचने को भी मजबूर हो गईं।

गिरीशजी को भी और बोलने का मौका मिल गया, "इस उम्र में हम इतने मूर्ख कैसे हो सकते हैं, लता कि हमारे ही बच्चे हमें रिश्ते निभाना सिखाएँ? सिखाने का दायित्व तो हमारा है, न कि उनका। जैसे बेटे-बहू को माता-पिता के साथ बेटियों के रिश्ते के बीच आने की कोशिश नहीं करनी चाहिए, वैसे ही बेटियों को भी बेटे-बहू के साथ उनके रिश्ते में दखल नहीं देना चाहिए। रिश्ते कैसे भी हों, साथ रहते, खुद कोशिश करते सुधर ही जाते हैं, लेकिन दूसरों की दखलअंदाजी से, पट्टी पढ़ाने से अच्छे-खासे रिश्ते भी बिगड़ने लगते हैं।"

गिरीशजी कुछ ज्यादा ही बोल गए थे। वे समझ रहे थे कि इतना बोलना उनके और लताजी के रिश्ते के लिए सेहतमंद नहीं था, लेकिन लताजी की ओर से विरोध नहीं हुआ तो वे भी मौके का फायदा उठाते ही चले गए। पानी का

गिलास मुँह में लगाकर ध्यान से लताजी को देखा और पानी पीकर चुपचाप उठ खड़े हुए। वे समझ रहे थे कि लताजी पर उनकी बात का असर हो रहा है।

उस रात जब कविता का फोन आया तो उखड़ी हुई माँ ने खुद ही उसे समझाया, "अब जैसा है, सब ठीक है, कविता। यहाँ की परेशानियाँ हम लोग खुद ही निपटा लेंगे। बेटा दुःखी है तो आखिर मैं कैसे खुश रह सकती हूँ?"

समझदार को इशारा काफी होता है। यों भी, कविता कोई सिद्धांतों की लड़ाई तो लड़ नहीं रही थी, जिस पर टिकी रहती। उसका खाली दिमाग तो बस गौरी के खिलाफ खुराफात कर रहा था। जैसे ही उसे आभास हुआ कि अब इस खुराफात से माँ नाराज हो सकती है, तो तुरंत ही उसके सुर बदल गए। बोल पड़ी, "मैं कहाँ कुछ कहती हूँ माँ? मुझे तो वो वैसे भी हमेशा से पसंद थी। वो तो आपके कारण ही दिल दुःखता था।" कहकर बात निपटा दी।

□

लताजी अब तक बौखलाने लगी थीं। लगभग दो साल हो रहे थे, जब से उनका घर-परिवार लगातार बिखरता ही जा रहा था। बेटा उनसे बात नहीं करता था। पति केवल मतलब भर की बात करते थे। बेटियाँ ही फोन करके उनका हाल ले लेती थीं। कहने को देवरानी का परिवार बगल में रहता था, लेकिन गौरी और अविनाश वाले किस्से के बाद उनकी देवरानी से भी उनकी खींचातानी हो गई थी। दरअसल, जिस समय लताजी गुस्से में सगाई तोड़कर आईं, उसी दिन उनकी देवरानी ने हँसते हुए अपने पति से कहा था, "इतनी गुस्सैल और घमंडी हैं कि इनके साथ तो भगवान् भी नहीं निभा सकते!"

उनका देवर भी अपनी पत्नी की बात पर सहमति जताते हुए हँस दिया, लेकिन किस्मत ऐसी कि उन दोनों को खबर ही न थी कि लताजी उनके पीछे ही खड़ी थीं। फिर तो जो हंगामा हुआ कि उस परिवार के साथ भी बातचीत का वह अंतिम दिन साबित हुआ।

इसके साथ ही देवर-देवरानी का जो भरा-पूरा परिवार चौबीस घंटे उनके सुख-दुःख का साथी था, उनके साथ भी रिश्तों में कटुता आ गई।

समाज-बिरादरी में कभी उनकी काफी धाक थी, लेकिन अब वह भी धूमिल होने लगी था। वैसे तो दूसरी बिरादरी में अविनाश की शादी तय करने के नाम पर लोगों में थोड़ी खुसफुसाहट तो हुई थी, लेकिन अच्छे परिवार, योग्य लड़की

और बेटे की खुशी का हवाला देकर उन्होंने सभी को शांत करा दिया था, लेकिन जब से उन्होंने अविनाश और गौरी का रिश्ता तोड़ा था, तब से बिरादरी के लोगों का रवैया कुछ कठोर हो गया था।

वे स्पष्ट महसूस करती थीं कि पीठ पीछे लोग उनका मजाक बनाते हैं। नए विचारों की महिलाओं ने तो उनसे मिलना-जुलना ही कम कर दिया था और जो उनकी जैसी महिलाएँ अब भी उनसे मिलती थीं, वे भी थीं तो उनके जैसी ही! बात-बात में ताने, उलाहने देना, रौब झाड़ना उनकी भी आदत थी। अब जब अधिकतर समय अपने जैसी महिलाओं के साथ बीतने लगा, तो लताजी को घुटन होने लगी। उनकी आदत तो दूसरों को ताने देने की थी। ताने सुनने में कैसा लगता है, अब यह भी खूब पता चल रहा था। हर रोज वह भीतर-ही-भीतर थोड़ा और जलतीं, थोड़ी और सुलगतीं।

ऐसे में सुधाजी का सौम्य व्यवहार उन्हें बरबस ही याद आ जाता! "इतने बड़े ओहदे पर हैं, लेकिन घमंड का नाम भी उनके व्यवहार को छू नहीं गया। उन्होंने कभी मेरी या मेरे परिवार की बेइज्जती नहीं की!" सोचकर खुद ही अपने व्यवहार पर लज्जित होतीं, लेकिन किसी से कुछ कह न पातीं। कहतीं भी किससे? सारे मधुर रिश्तों में कटुता तो उन्होंने खुद ही भरी थी।

अब अपना खाली समय समाज की महिलाओं के साथ बिताना उनकी मजबूरी बन गया था, चाहे वे मौके-बेमौके उन्हें कितने ही दंश क्यों न चुभोती रहें। उनके समाज के हिसाब से यों भी अविनाश की शादी की उम्र निकली जा रही थी, लेकिन पहले लोग इसलिए कुछ न कहते कि बेटियों की शादी नहीं हुई थी और फिर गौरी से सगाई होने के बाद भी उन्होंने यह कहकर लोगों के मुँह पर ताला लगा दिया था कि पढ़नेवाली लड़की की पढ़ाई पूरी होने का इंतजार करके वे काफी बड़प्पन दिखा रही थीं, लेकिन अब तो लोगों का मुँह बंद करने का कोई भी तरीका न था। अब तो कितनी ही महिलाओं को खुला मौका मिला था, उनसे बदला लेने का। आखिर उन्होंने अपनी जली-कटी बातों से कितनी ही महिलाओं को कितनी ही बार दु:खी किया था! अब उनके पास बदला लेने का न केवल मौका ही था, बल्कि अधिकार भी था।

हद तो कर दी उनकी तथाकथित सबसे प्रिय सखी, सुमन ने, जब उन्होंने बहुत ही प्यार से लताजी को याद दिलाया, "अब देखो बहन, बुरा मत मानना, लेकिन अविनाश की उम्र कुछ ज्यादा हो गई है।"

सुनकर लताजी के दिल पर चोट लगी। बेटे की बढ़ती उम्र का हवाला देकर सुमन बहनजी ने उन्हें आहत तो किया था। फिर भी उन्होंने बहुत ही बहादुरी के साथ सच्चाई को स्वीकारा था।

"हाँ बहन···वो तो मैं समझती ही हूँ···अब कर भी क्या सकती हूँ?" लताजी गहरी साँस लेकर रह गई थीं। "अब देखिए न, जब तक बहनों की शादी नहीं हुई, तब तक तो वह शादी करने को ही नहीं तैयार था और उसके बाद इस लड़की का चक्कर···" लताजी ने अपनी कुंठा गौरी पर निकालने की कोशिश की।

"हाँ, हाँ, वो तो मैं समझती हूँ लता बहन, लेकिन लोगों को इतना कहाँ याद रहता है? लोग तो यही देखते हैं कि लड़का क्या करता है, कितना कमाता-धमाता है और उमर क्या है?"

"हाँ बहन! वो तो मैं समझती हूँ।" लताजी के स्वर में लाचारी आ गई।

"फिर भी मुझे एक अच्छा रिश्ता मिला है और केवल आपकी ही खातिर मैंने उनसे बात भी कर ली है। आप लोग भी देख-सुन लो और बात पक्की करो।"

सुनते ही लताजी की आँखों में चमक आ गई।

"अच्छा!" वे चहक उठीं थीं और फिर तो कौन लोग हैं, क्या काम करते हैं, लड़की कैसी है, उसने क्या पढ़ाई की है—जैसे सवालों की झड़ी ही लग गई थी।

सुमनजी बहुत ही तसल्ली से लताजी के सारे सवालों के जवाब देती जा रही थीं और हर जवाब के साथ लताजी के चेहरे की चमक फीकी पड़ती चली जा रही थी। न ही ये परिवार उनकी बराबरी का था और न ही लड़की गौरी के आगे कहीं ठहरती थी।

उनका दिल जल गया। अब भले ही उन्होंने गौरी के साथ अविनाश का रिश्ता तोड़ने का निश्चय कर लिया था, लेकिन जब भी अविनाश की शादी की बात करतीं, गौरी और उसके परिवार के साथ नई लड़की और उसके परिवार की तुलना स्वाभाविक रूप से करने लगती थीं। सारे सवालों के जवाब सुनकर कुछ क्षण शांत बैठ गईं और फिर मंद स्वर में बोल पड़ीं, "आपको नहीं लगता, बहन कि ये रिश्ता अविनाश के लिए बराबरी का नहीं है? आप तो हम लोगों के परिवार को जानती हैं···"

"हाँ, बिल्कुल ठीक कह रही हैं आप···पहले मुझे भी ऐसा ही लगा था, लेकिन फिर देखिए···बुरा मत मानिएगा···अब अविनाश की पहली सगाई टूटने की बात किसी से छुपी तो है नहीं।···ऐसे में आपको कहीं-न-कहीं समझौता तो

करना ही पड़ेगा···सबकुछ अपने मन का कैसे मिल सकता है?"

सुमनजी का जवाब सुनकर लताजी तिलमिला उठीं।

"अब, ऐसा भी क्या हो गया है, सुमनजी? सगाई ही हुई थी, कोई शादी तो हुई नहीं थी! आजकल तो हजारों शादियाँ तय होती और टूटती रहती हैं, लेकिन अब इतनी भी मजबूरी नहीं है कि कहीं भी समझौता कर लिया जाए···लड़के की सारी जिंदगी का सवाल है। ऐसे कैसे किसी के साथ भी उसे बाँध दूँ?"

लताजी के भीतर का आक्रोश स्वर में छलक गया, लेकिन आज सुमनजी उनके इस आक्रोश को किसलिए सहन करतीं? आज तो वही आक्रोश सुमनजी की आवाज में भी आ गया।

"अरे, तो कोई जबर्दस्ती थोड़े ही है? मत करिए शादी, आपकी मर्जी, लेकिन बराबरी की बात भी मत कीजिए···अब किसे नहीं मालूम कि अविनाश और गौरी का चक्कर कब से चल रहा है और ये भी किसी से नहीं छुपा है कि उनकी सगाई क्यों टूटी? मेरा मुँह न ही खुलवाओ···अरे, शुक्र मनाओ कि मैंने आपकी ओर से इतनी बातें बनाईं···वो तो मैं थी कि उन लोगों को इस रिश्ते के लिए राजी कर लिया, वरना सबकुछ जानते-बूझते कौन देगा आपको अपनी बेटी?"

सुमनजी का एक-एक शब्द नश्तर चुभो रहा था, लेकिन उनके आखिरी वाक्य पर तो लताजी उखड़ ही गईं। "क्यों, ऐसा क्या हो गया है जो कोई अपनी बेटी हमें नहीं देगा?"

"सच बहुत कड़वा है, लता बहन···सब जानते हैं कि अविनाश की सगाई आपके ही कारण टूटी है। वो तो मैं हूँ कि बात सँभालने की कोशिश कर रही हूँ, वरना आपके चक्कर में कौन पड़ेगा भला?"

सुमनजी की आवाज और भी अधिक तेज हो गई थी। शब्दों का कसैलापन लगातार बढ़ता ही चला रहा था। लताजी हतप्रभ-सी बस सुनती ही रह गईं।

ये वही सुमन बहन थीं, जिन्होंने कभी बढ़-चढ़कर अविनाश और गौरी की सगाई तोड़ने के लिए उन्हें उकसाया था। "आपको भला लड़कियों की क्या कमी, जो गैर-बिरादरी की लड़की ला रही हैं? आपके परिवार के तो नाम और प्रतिष्ठा पर ही रिश्तों की लाइन लग जाएगी···आपको नहीं लगता कि ये लड़की आपकी जरा भी इज्जत नहीं करेगी?" जैसी बातों से लताजी को कितना भड़काया था। आज कैसे पलटकर मुझ पर ही लांछन लगा रही है!

उनकी आँखों में पानी तैरने लगा। इतनी ऊँची आवाज में उनसे कभी किसी

ने बात नहीं की थी। इतनी बेइज्जती उनकी कभी किसी ने न की थी। अचानक वह दिन उनकी आँखों के सामने से गुजरने लगा, जब अंतिम बार उनकी विनोदजी के साथ तू-तू-मैं-मैं हुई थी। उस दिन गिरीशजी ने उन्हें समझाने की कितनी कोशिश की थी!

"मैं कुछ ज्यादा ही बोल गई थी।" दिल के किसी कोने से आवाज आई। उन्होंने आवाज को नजरअंदाज नहीं किया। स्पष्ट सुना, साथ ही याद आई देवरानी की बात···जब उसने अपने पति से कहा था, "इतनी गुस्सैल और घमंडी हैं कि इनके साथ तो भगवान् भी नहीं निभा सकते!"

अचानक जैसे आत्मबोध हुआ।

अब यह उनकी किस्मत थी या फिर गौरी और अविनाश की, कि उन्हें सही समय पर आत्मबोध होना शुरू हो गया था, वरना अधिकतर लोगों को तो उस समय आत्मबोध होता है, जब हालात पूरी तरह से हाथों से निकल चुके होते हैं···जब बिखरे रिश्तों को वापस सँजोना संभव ही नहीं रह जाता। गनीमत थी कि लताजी की यह प्रक्रिया थोड़ी जल्दी शुरू हो गई···भले ही उनका दिमाग अभी भी उखड़ा हुआ था।

□

उसी उखड़े दिमाग से सुमनजी की सारी बातें पतिदेव के सामने जड़ दीं। साथ ही जोड़ा, "देखो तो, मैं उसे दोस्त समझती थीं और वह तो आस्तीन का साँप निकली।"

गिरीशजी ने हमेशा की तरह शांति से उनकी सारी बातें सुनीं और कुछ देर चुप रहकर बोले, "बुरा न मानो तो एक बात कहूँ?"

"अब, आपकी कौन सी बात का बुरा मानती हूँ मैं कभी?" आज एक जमाने के बाद उन्होंने पति को इतने प्यार से उलाहना दिया था। सुनकर वे बोलने के लिए प्रोत्साहित हुए।

"अब भी समय की नजाकत समझकर पुराने गिले-शिकवे भुला दो।···सभी के लिए अच्छा होगा···तुम्हारा बेटा गौरी के अलावा किसी से शादी न करेगा··· फिर, वह भी तो बहुत अच्छी लड़की है।"

बहुत डरते-डरते गौरी का नाम अपनी जुबान पर लाए थे। पत्नी की ओर देखा। इस बार उसका नाम सुनकर उनकी भृकुटि तनी नहीं थीं, चेहरे पर सामान्य

भाव ही बने रहे। देखकर भी आगे कुछ कहने की हिम्मत न हुई। अभी नॉर्मल हैं तो क्या? किस बात पर फिर से भड़क जाएँ, सोचकर उन्होंने अपनी बात अधूरी ही छोड़ दी।

लताजी चुप थीं। वह खुद भी वही महसूस कर रही थीं, जो गिरीशजी कहना चाह रहे थे। उनकी बातें समझ भी रही थीं और सहमत भी थीं, लेकिन अब परिस्थितियों को दोबारा सामान्य बनाने का कोई तरीका उन्हें नजर नहीं आ रहा था।

☐

उधर मधुकरजी वाले अनुभव के साथ ही सुधाजी और विनोदजी को भी इस बात का अहसास हो गया कि गौरी की शादी कहीं और करना आसान नहीं। अपने शहर में तो वैसे भी गौरी और अविनाश का रिश्ता मशहूर हो चुका था और अनजान जगह रिश्ता करने की कोशिश में फिर से मधुकरजी जैसा धोखा मिलने का खतरा महसूस होने लगा था।

वैसे तो सबकुछ जानते-बूझते सुधाजी की सहयोगी, मिसेज शर्मा ने कहा था कि मेरा भतीजा बहुत अच्छा है, एक बार मिल लीजिए। गौरी के साथ उसकी जोड़ी बहुत जमेगी।

लेकिन इस प्रस्ताव पर खुश होने की जगह सुधाजी निराश ही हुई थीं। मिसेज शर्मा के भतीजे को वह अच्छी तरह जानती थीं। कुछ ढंग का नहीं कर पाया तो बस घर बैठे डिग्रियाँ इकट्ठी करता रहा। वह बात अलग है कि तीन साल की ग्रेजुएशन चार साल में पूरी की और दो साल के एम.ए. में तीन साल लगा दिए। वे खूब समझ रही थीं कि शादी का प्रस्ताव केवल बढ़िया दहेज और बड़े खानदान से रिश्ता जोड़ने की नीयत से आया था ताकि उस रिश्ते के भरोसे ही लड़का कुछ कमा-धमा सके।

न जाने कब और कैसे सुधाजी मन-ही-मन अविनाश से उसकी तुलना करने लगीं। उसके स्वावलंबी और स्वाभिमानी स्वभाव पर उन्हें मान होने लगा। 'उसे तो पढ़ना ही नहीं था, इसलिए आगे डिग्रियाँ नहीं लीं, वरना जितनी पढ़ाई की, उसमें हमेशा इज्जत के साथ पास हुआ। उसके लिए तो बिजनेस ही जरूरी था पढ़ाई और डिग्रियाँ नहीं और बिजनेस में उसे बहुत ही कुशल माना जाता है। अब कोई भोंदू लड़का तो ऐसा कुशल बिजनेसमैन बन नहीं सकता।'

'दरअसल, अब गौरी के लिए ऐसे ही रिश्ते आएँगे, जिनमें कोई कमी होगी···या जिनको दहेज का लालच होगा!' सुधाजी बहुत ही बारीकी से स्थिति का मूल्यांकन कर रही थीं। 'एक बार लड़की का रिश्ता किसी से होकर टूट जाए तो फिर उसके लिए अधिक अच्छे विकल्प नहीं रह जाते!'

'कहीं-न-कहीं समझौता करना ही पड़ता है, लेकिन इतना समझौता भी क्यों करें? ऐसे किसी के भी साथ अपनी होनहार बेटी को क्यों बाँध दें, जिसे वह चाहती भी नहीं।···ऐसी शादी में वह कैसे खुश रह सकेगी?' खुद ही खुद से सवाल कर बैठीं।

'ऐसे समझौतों से अच्छा तो यही होता कि एक बार फिर से लताजी से ही समझौता करने की कोशिश की जाए!'

सोचकर सुधाजी का मन एक बार फिर तड़प उठा था। लताजी के पुराने दंश एक बार फिर से तरोताजा होने ही वाले थे कि सुधाजी ने उन्हें किनारे कर एक नए ढंग से सोचने की कोशिश की।

'आखिर अविनाश अच्छा लड़का है। गौरी को इतना चाहता है कि उसे हमेशा खुश रखेगा। इस बात पर तो संदेह किया ही नहीं जा सकता। गौरी भी उसे कितना चाहती है। समझौता तो हर जगह करना ही होगा, लेकिन कहीं और समझौता करने पर बेटी की खुशी की कोई गारंटी नहीं है, जबकि यहाँ दोनों साथ होंगे तो मिल-जुलकर अपने लिए खुशियाँ तलाश ही लेंगे।'

आखिर उन्हें अपनी ही बेटी की बात याद आई, 'क्या कोई बीच का रास्ता नहीं निकल सकता, जिसमें सभी खुश रहें?'

सुधाजी का दिल भर आया। 'मेरी बेटी इतनी समझदार है, लेकिन हम उसके साथ समझदारी नहीं दिखा सके, लेकिन लताजी···' सबकुछ समझते-बूझते भी लताजी की तीखी बातें याद आते ही वे घबरा जातीं।

'हमारे विवेक, हमारी समझदारी को वह फिर से हमारी कमजोरी समझेंगी और फिर से ताने-उलाहने देना शुरू कर देंगी!' इस विचार के साथ ही सुधाजी हर बार पराजित-सा महसूस करने लगतीं। लताजी से बात करना उनके लिए संभव नहीं रह गया था। उनको कुछ भी समझा पाना असंभव लगता।

अब तक उन्हें यकीन हो गया था कि गौरी ने भी रोहन को अपने और अविनाश के रिश्ते के बारे में बताया होगा, या कुछ इशारा किया होगा। वे खूब समझती थीं कि भले ही गौरी सामने से विरोध न करे, लेकिन उसकी इच्छा के

खिलाफ उसका रिश्ता करना संभव ही नहीं था। यह भी समझती थीं कि उनकी इज्जत भी तभी तक है, जब तक बेटी ने सँभाल रखी है। अगर कहीं बगावत पर उतर आई तो पल भर में सबकुछ खत्म हो जाएगा।

भले ही लताजी का व्यवहार याद आते ही उनके दिल की कड़वाहट फिर बढ़ जाती, लेकिन बेटी की खुशियों के आगे कहीं-न-कहीं हारने लगती थीं। इसी पशोपेश में बैठी उस शाम कॉलेज से लौटकर अकेली बैठीं चाय पी रही थीं कि पंकज आया।

"अरे, आओ बेटा। बहुत दिनों बाद आना हुआ?"

"जी आंटी, बस थोड़ी व्यस्तता चल रही है, कामकाज में वक्त ही नहीं मिलता। फिर आप भी तो बहुत बिजी रहती हैं।"

"हाँ, बिजी तो सब हैं।" साफ दिख रहा था कि सुधाजी का मन कहीं और ही खोया हुआ था।

"चाय पिओगे?" अनमने मन से ही पूछ बैठीं और लगभग तुरंत ही आवाज लगाई, "रानी, एक चाय और देना बेटा।"

"तबीयत कैसी है आपकी?" सुधाजी की सेहत इधर डगमगाने लगी थी।

हालाँकि वे हँसकर कहतीं कि अब कॉलेज का वर्कलोड बहुत बढ़ने लगा है, इसीलिए हेल्थ खराब हो रही है, लेकिन उन्हें जाननेवाले सभी लोग अच्छी तरह से समझते थे कि बेटी को लेकर उनकी चिंता दिनोदिन इस कदर बढ़ती जा रही थी कि उनकी सेहत पर बुरा असर हो रहा था।

"ठीक है।" बोलकर चुप रह गई थीं।

पंकज ने खुद को समेटा, हिम्मत बटोरी और सीधे मुद्दे पर आया, "छोटे मुँह बड़ी बात होगी, आंटी, लेकिन आप लोगों ने गौरी और अविनाश के बारे में क्या सोचा है?"

सुधाजी इस अप्रत्याशित सवाल पर चौंककर उसे देखने लगीं। पंकज ने आगे कुछ भी नहीं पूछा। आंटी को नाराज करने की हिम्मत नहीं थी उसमें।

"तुमसे किसी ने कुछ कहा है, गौरी ने या अविनाश ने?"

एकबारगी पंकज घबरा गया, लेकिन जल्दी ही खुद को सँभालकर बोला, "उन दोनों के लिए मेरी भावनाएँ आप जानती हैं। मुझसे किसी को कुछ कहने की क्या जरूरत? उस दिन गौरी को देखने लड़केवाले आए थे, किससे छुपी है यह बात?"

सुधाजी ने धीरे-से सिर हिलाया। कुछ देर शांत रहकर बोलीं, "कुछ समझ में नहीं आता, बेटा। मेरा तो दिमाग ही काम नहीं करता। वो लड़की तो किसी और से शादी करेगी नहीं और अविनाश से···" बोलते-बोलते अचानक गहरी साँस लेकर चुप रह गईं।

"अविनाश भी तो किसी और से शादी नहीं करेगा, आंटी। उसमें क्या बुराई है ?"

"उसमें कोई बुराई होती तो हम उसकी सगाई अपनी बेटी से क्यों करते ? लेकिन लताजी जिस तरह से··बेटा, अगर तुम एक माँ की तरह सोच पाते तो समझते··उनके व्यवहार से मेरे मन में कैसा डर बैठ गया है। जरा सोचो, जब वो हमारे सामने हम लोगों से इतना कड़वा बोल सकती हैं तो अकेले में गौरी के साथ कैसा व्यवहार करेंगी ?"

तब तक रानी चाय लेकर आ गई और सुधाजी चुप करके बैठ गईं। पंकज चुपचाप चाय की चुस्कियाँ लेने लगा। जानता था कि आंटी की बातें गलत नहीं थीं। अपनी मामी के अहंकार को भी वह खूब समझता था और मामा की चुप्पी का मतलब भी जानता था और यह भी समझ रहा था कि आंटी नाराज नहीं थीं, दुःखी थीं। कुछ और बोलकर उनके दुःख को बढ़ाना नहीं चाहता था। सो चुपचाप चाय ही पीने लगा, लेकिन थोड़ी देर में खुद आंटी ने ही चुप्पी तोड़ी।

"हालाँकि यह भी सच है कि हर परिवार में कुछ खट-पट होती ही रहती है···साथ रहते-रहते बहुत कुछ ठीक भी हो जाता है।"

पंकज को आंटी की बातों में स्वीकार्यता नजर आई तो मन-ही-मन उसका हौसला बढ़ा, लेकिन चुप ही रहा। सुधाजी भी चुप रह गईं। कुछ देर में चाय की एक चुस्की लेकर फिर बोली, "कभी-कभी सोचती हूँ, दोनों को मिलने के मौके दें ? तो शायद दोनों फिर से करीब आएँ और शायद खुद ही दोबारा अपनी शादी का जिक्र करें, लेकिन समझ में नहीं आता, कैसे ?"

गहरी साँस लेकर सुधाजी चुप रह गई थीं। उनकी आँखों का दर्द पंकज से छुपा नहीं था। बेटी की खुशी के लिए वह समझौता करने को तो तैयार थीं, लेकिन स्वाभिमानी इनसान आखिर किसी के सामने किस हद तक झुक सकता है !

"वे दोनों दूर ही कब हुए जो दोबारा करीब आएँगे, आंटी ? दूरी तो आप लोगों में है···" पंकज ने हिम्मत करके कहा तो उन्होंने सहमति में बस सिर हिला दिया। वे भी जानती थीं कि उन दोनों के न मिलने से भी उनके रिश्ते में कोई दूरी नहीं आई थी।

इस बातचीत से बस इतना हुआ कि पंकज काफी हद तक सुधाजी का मन समझ सका…जान सका कि सुधा आंटी भी फिर से संबंधों में सुधार चाहती हैं। उन्हें तो बस सही मौका और तरीका नहीं मिल रहा।

□

कभी-कभी सबकुछ जानते-समझते हुए भी बिगड़े रिश्तों को सँभालने की पहल हम नहीं कर पाते, लेकिन कुछ अप्रत्याशित घटनाएँ उन रिश्तों को सँभालने में हमारी मदद कर देती हैं। शायद हमारी इच्छा इतनी प्रबल होती है कि प्रकृति हमारी सहायता करने खुद आगे आ जाती है। ऐसा ही कुछ गौरी और अविनाश के जीवन में भी हुआ। इतने महीने, साल बीत जाने के बाद भी, इतनी दूरियों के बावजूद उनकी भावनाओं में कोई कमी नहीं आई थी।

भले ही उनके माता-पिता के अपने-अपने अहंकार, सोच और मानसिकता ने दोनों को दूर कर दिया था, लेकिन अब वे सब भी इस दूरी से पछता रहे थे। रिश्तों में बेवजह आई कड़वाहट से वे सब भी दु:खी थे। सभी चाहते थे कि बिगड़े रिश्ते फिर से सँभल जाएँ, लेकिन पहल करने में सभी संकोच कर रहे थे। पहल करने में न केवल उनके अपने अहम् बीच में आ रहे थे, बल्कि दूसरे की प्रतिक्रिया भी डरा रही थी। सभी इसी सोच में फँसे रहे कि कहीं सामनेवाला पलटकर तिरस्कार ही न कर दे!

□

किस्मत से अगले ही दिन जब अविनाश दुकान में अपने ग्राहकों के बीच व्यस्त था, उसके मोबाइल पर एक कॉल आई।

"अविनाश?"

"जी…आप कौन?" अविनाश को एक परिचित-सी आवाज सुनाई दी, लेकिन पहचान नहीं सका।

"पवन बोल रहा हूँ।" सुनते ही अविनाश चौंक पड़ा।

"पवन! कहाँ है यार तू?" दुकान पर मौजूद सभी लोग अविनाश की ओर देखने लगे।

ललिता और पवन को गए दो साल से अधिक समय बीत चुका था। इस बीच कहीं से उनकी कोई खबर नहीं मिली थी। सभी ने उन दोनों को लगभग भुला ही दिया था, लेकिन कोई सचमुच कहाँ भूलता है? लोग तो बस कुछ दिन

के लिए बिसराकर अपने कामों में लग जाते हैं। जैसे ही पुरानी बातें वापस दस्तक देती हैं, सारी घटनाएँ फिर से तरो-ताजा हो जाती हैं।

अविनाश के मुँह से पवन का नाम सुनकर दुकान में मौजूद सभी परिचितों के साथ ऐसा ही हुआ। सभी हैरानी से अविनाश की ओर देखने लगे, गिरीशजी भी।

"अच्छा? ओ.के.···अच्छा-अच्छा···" बात करते हुए अविनाश दुकान से बाहर निकल गया।

अविनाश लौटा तो एक बार फिर सभी ने उसकी ओर देखा। वह समझ रहा था कि सभी पवन और ललिता के बारे में जानना चाहते हैं, लेकिन दुकान में कुछ अनजान ग्राहक भी थे, इसलिए किसी से कुछ न बोलकर सीधे अपने पापा के पास गया।

"पवन का फोन था। ललिता को बेटी हुई है। वो लोग घर वालों से मिलना चाहते हैं।"

"तो?" गिरीशजी स्थिति की गंभीरता समझ रहे थे। "इसमें हम लोग क्या कर सकते हैं? उन्हें खुद ही अपने घरवालों से बात करनी चाहिए।"

"हाँ, आप ठीक ही कह रहे हैं, लेकिन···अगर एक बार पंकज भाई से बात करूँ?"

"कर लो।" पापा ने अनमने से जवाब दिया। फिर तुरंत ही जोड़ा, "पवन खुद क्यों नहीं बात करता? तुम्हें क्यों बीच में ला रहा है?"

"अब···दोस्त हूँ, पापा। इतनी मदद तो बनती है!"

"अपनी समस्या तो सुलझा नहीं पा रहे, उनकी मदद करने चले हो?" पापा के सवाल पर दंग अविनाश उन्हें देखता ही रह गया था।

"मेरी समस्या का इस बात से क्या लेना-देना, पापा? वो अलग बात है और ये अलग!"

"लेना-देना हो या नहीं, लेकिन तुम्हारी समस्या सुलझाने कोई नहीं आएगा।"

अविनाश चुप रह गया। समझ रहा था कि पापा उसे कुछ बोलने के लिए उकसा रहे हैं, लेकिन वह किसी से कोई बात करना नहीं चाहता था, न अपनी माँ और पापा से और न ही गौरी के घर में किसी से।

"पवन और ललिता अगर अपने घरवालों से बात करना चाहते हैं, तो वो खुद भी कर सकते हैं, लेकिन तुम्हारे लिए कौन बात करेगा?" पापा ने जोर दिया।

"किससे बात करूँ मैं और क्यों बात करूँ किसी से? ऐसा कौन है, जिसे

मेरी भावनाओं की चिंता हो, सभी को तो मेरी खुशी से अधिक अपना अभिमान प्यारा है! ऐसे लोगों से क्या बात करूँ, गिड़गिड़ाऊँ?"

स्वर में आक्रोश बढ़ता महसूस कर अविनाश चुप कर गया। पापा भी चुप रह गए। दोनों अपने-अपने काउंटर पर अपना-अपना काम सँभालने का अभिनय करने लगे। अंदर-ही-अंदर दोनों ही आहत थे। अविनाश पापा से भी नाराज था। भीतर कहीं-न-कहीं उसके मन में यह दुःख था कि पापा उसकी माँ को समझाकर सारी बिगड़ी बात बना सकते थे, लेकिन उन्होंने ऐसा कुछ नहीं किया। अपना मन शांत रखने के लिए वे बहुत-सी बातें नजरअंदाज कर देते थे और इस बार तो उन्होंने अपने बेटे के दुःख को भी नजरअंदाज कर दिया था।

पापा चुप रह गए। जानते थे कि अविनाश उनसे भी नाराज था, लेकिन करते क्या? दुनियादारी वे अविनाश से कहीं अधिक समझते थे। अपनी पत्नी को भी जानते-समझते थे। हाल ही में उन्होंने अपनी पत्नी की बातों में, उनके व्यवहार में बदलाव महसूस किया था। सुमनजी के तानों से घायल होने के बाद उनकी सोच में कुछ सुधार आया था। गिरीशजी समझते थे कि वह बस पहल करने में सकुचा रही हैं। अगर कोई पहल कर दे तो अब वह तुरंत ही अविनाश और गौरी की शादी के लिए तैयार हो जाएँगी। यही सोचकर गिरीशजी अपने बेटे को उकसा रहे थे। उन्हें उम्मीद थी कि अगर अविनाश एक बार अपनी माँ के साथ बात कर ले तो वे मान जाएँगी।

□

अविनाश भी कोई कम हठी नहीं था। अपनी बात दरकिनार करके पंकज को ललिता और पवन की सूचना दी। फिर दोनों ने दोनों परिवारों को न केवल सूचित किया, बल्कि सबकुछ भूलकर उन्हें वापस अपना लेने के लिए मनाया भी। ललिता की माँ, किशोरीजी तो कब की आँसुओं के साथ दिल का सारा मैल बहा चुकी थीं और अब वे किसी भी तरह से बस अपनी बेटी को सकुशल देखना चाहती थीं। उनके पति कुछ कुपित जरूर थे, लेकिन किशोरीजी और उनके दोनों बेटों, पंकज और राजीव ने मिलकर उन्हें भी मना लिया।

पवन के माता-पिता तो बहुत पहले ही अपने बेटे को माफ कर चुके थे। वे तो हर हाल में अपने बेटे और बहू को अपनाने के लिए तैयार थे। ऐसे में पोती के जन्म की खबर ने तो उन्हें भाव-विभोर ही कर दिया। बेटे-बहू से अधिक तो

वे दोनों अपनी पोती को देखने के लिए उतावले हो उठे थे।

और जल्दी ही गोद में बिटिया को सँभाले ललिता अपने पति पवन के साथ सजी-सँवरी घर वापस आ गई। पहले वे दोनों पवन के माता-पिता के पास गए। माँ ने बेटे-बहू की आरती उतारी, बाकायदा वधू-प्रवेश किया गया। पिता ने बेटे-बहू को ढेर सारे आशीर्वाद दे डाले। पोती को गले लगाकर दादा-दादी भावुक हो उठे। इस चिर-प्रतीक्षित मिलन के साथ ही कुछ गिले-शिकवे दूर किए गए और कुछ बाद के लिए छोड़ दिए गए।

फिर तय समय पर उनकी सवारी ललिता के मायके जा पहुँची। बेटी-दामाद से अगर कोई शिकायत होती भी तो नन्ही-सी नवासी को देखकर सारी शिकायतें न जाने कहाँ उड़न-छू हो गईं। बलाएँ ली गईं, दुआएँ दी गईं और ढेर सारी मिठाइयों, स्वादिष्ट पकवानों के साथ उस मौके का जश्न जी भरकर मनाया गया। जाते समय माँ ने बेटी, दामाद और नवासी को ढेर सारे उपहार दिए और जल्दी ही समधी-समधन को साथ लेकर आने का भी वायदा लिया।

दोनों परिवारों में जिंदगी वापस आ गई थी। ललिता और पवन के चले जाने से जिन आँगनों में वीरानगी छा गई थी, वही आँगन आज फिर गुलजार हो उठे थे। जहाँ दो दीवाली आकर भी नहीं मनाई गई थी, वहाँ आज बिन दीवाली ही दीवाली का-सा उत्साह था।

□

गौरी और अविनाश की सगाई होने और फिर टूट जाने की खबर ने ललिता और पवन को हैरानी में डाल दिया। उनकी जिंदगी में कविता की दखलअंदाजी को लेकर ललिता ने उसे तो मीठी-सी फटकार भी लगा दी, लेकिन मामा-मामी से एक शब्द भी न बोली। हाँ, सुधा आंटी के पास जरूर पहुँच गई। किसी तरह से गौरी और अविनाश को मिलवाकर कहीं-न-कहीं उनके प्रति अपनी कृतज्ञता भी व्यक्त करना चाह रही थी।

"जानती हैं आंटी, छोटी थी, फिर भी गौरी ने भागने की बात पर हमेशा ही मेरा विरोध किया था।···कहती थी, मम्मी-पापा को दुःखी करके मैं कैसे खुश रह सकती हूँ··· ?" ललिता की बातें सुनकर सुधाजी को बेटी पर एक बार फिर गर्व हो उठा था।

"लेकिन···इतनी समझदार होने के बावजूद, देखिए····वही बेचारी कैसी हो गई है!"

सच था कि भले ही गौरी की सच्चाई और प्यार उसके चेहरे पर तेज की तरह दमकता था, लेकिन उसकी आँखों की उदासी किसी से भी न छुपी थी।

"सबका खयाल रखती थी, लेकिन उस बेचारी की ही खुशी का खयाल किसी को नहीं रहा।"

सुनकर सुधाजी का दिल बेटी के लिए रो पड़ा।

"दोनों मिलते तो हैं न···कभी-कभी?" सुधाजी ने संकोच के साथ पूछा।

"हाँ आंटी, कभी-कभार मिल भी लेते हैं, लेकिन छुप-छुपकर मिलना इतना आसान कहाँ? फिर···इस मोड़ पर आकर मिलना-जुलना इतनी अहमियत कहाँ रखता है?" आंटी ने सहमति में सिर हिलाया।

"और आंटी, अब तो मिलने पर भी अनिश्चित भविष्य की चिंताएँ दोनों को ही घेरे रहती होंगी और न मिलने पर भी!" फिर थोड़ा रुककर जोड़ा, "सबसे ज्यादा गुस्सा तो मुझे मोहित पर आता है!"

सुनकर सुधाजी चौंकीं, "क्यों?"

"आपको पता नहीं, लेकिन जब मैं परेशान थी, उस समय उसने मेरा बहुत साथ दिया, यहाँ तक कि भाग जाने में भी और जब गौरी की बात आई तो विलेन बन गया! अपनी बहन की भावनाओं का उसे कोई खयाल नहीं रहा?"

सुनकर सुधाजी हतप्रभ रह गईं। "मोहित ने तुम्हारा साथ दिया था?"

"जी आंटी···नहीं तो इतना बड़ा कदम मैं अकेली कैसे उठाती?"

सुधाजी सोच में पड़ गईं। उस शाम के एक-एक क्षण उनकी आँखों के सामने से गुजरने लगे, जब पंकज और राजीव के साथ मोहित और अविनाश ललिता को ढूँढ़ने में लगे थे।

"यानी वो सब नाटक कर रहे थे? हम सबको बहला रहे थे!" सुधाजी के मन में मिश्रित से भाव आने लगे। कुछ सोचकर ललिता से पूछ बैठीं, "और अविनाश भी?"

ललिता के चेहरे पर मुसकराहट फैल गई। हँसी रोकते हुए बोली, "छोड़िए न आंटी वो पुरानी बातें···मेरा ही बचपना था।" और दोबारा गौरी की चर्चा पर आ टिकी।

"बस, गौरी ने मेरा साथ नहीं दिया था। लगातार मेरा विरोध कर रही थी। भागिए मत दीदी, आंटी-अंकल पर क्या गुजरेगी?"

"हाँ, वह तो हमारे सामने भी यही कह रही थी!" ललिता से सहमति जताती

हुई सुधाजी को अचानक हँसी आ गई।

"तुझे पता नहीं है ललिता, तेरे जाने के बाद इन लड़कों ने हमें कितना बेवकूफ बनाया था। सब तुझे ढूँढ़ने का नाटक कर रहे थे।" हँसते हुए बोलीं तो ललिता भी हँस पड़ी।

"जानती हूँ! वो सब भी हमारी योजना का हिस्सा था। बस, गौरी की जुबान पर ताला लगाए रखने की जिम्मेदारी अविनाश ने ले रखी थी। ये बात तो मुझे अब समझ में आ रही है···" फिर कुछ सोचकर हँस पड़ी।

"पता है आंटी, उस समय गौरी हमारी हर बात का विरोध करती थी। केवल अविनाश ही उसे कंट्रोल कर पाता था। वो तो मुझे अब समझ में आता है कि वह अविनाश की हर बात क्यों मान लेती थी?"

दोनों हँस पड़ीं।

सुधाजी ने शाम को ही सारी बातें अपने पति को बताईं। गौरी की तारीफ सुन गहरी साँस लेकर केवल इतना ही बोले, "जानता हूँ कि तुम्हारी बेटी बहुत अच्छी है। अब उसकी अच्छाइयों का क्या करें? लताजी के पास जाकर चिरौरी करें, देखिए जी, हमारी बिटिया तो कितनी अच्छी है···अपने चरणों में उसे थोड़ी जगह दे दीजिए तो उसकी जिंदगी बन जाएगी। उसे कोसिए, गालियाँ दीजिए, जो मर्जी कीजिए, लेकिन···"

विनोदजी के शब्दों में कुंठा और आक्रोश स्पष्ट थे। सुधाजी चुप रह गईं। कितनी भी कोशिश कर लें, लताजी के व्यवहार को भुला पाना उन दोनों के लिए ही संभव नहीं हो पा रहा था। जानबूझकर अपनी बेटी को ऐसे परिवार में कैसे भेज देते, जहाँ लोगों के मन में उसके लिए कोई प्यार, सम्मान ही न हो। वे दोनों विवश से बस चुप ही बैठ गए।

□

अगले ही दिन ललिता अपनी नौकरी वापस ज्वॉइन करने के लिए पुराने ऑफिस में बॉस से मिलने गई। लौटते समय अपनी माँ से भी मिलने आई। ससुराल वापस जाने के लिए निकल ही रही थी कि लताजी वहाँ आ पहुँचीं। ललिता को देख उससे बोल पड़ीं, "अरे तुम भी हो! चलो अच्छा है, इतने दिनों तक जिज्जी को रुलाया, अब उसकी भरपाई कर रही हो।"

इनसान के ऐसे ही व्यवहार को देखकर कहावत बनाई गई होगी कि लकड़ी

जल गई, लेकिन अकड़ नहीं गई! ताने देने के स्वभाव से लताजी अब भी उबर नहीं पाई थीं।

उनका व्यंग्य उनकी रिश्ते की ननद यानी ललिता की माँ, किशोरी जिज्जी को भीतर तक भेद गया। बीते हुए दर्द को यूँ कुरेदना उन्हें अच्छा नहीं लगा। बस तिलमिलाकर चुप रह गईं, लेकिन ललिता चुप न रही।

तपाक से जवाब दिया, "वो क्या है न, मामी, गौरी जैसी हिम्मत मुझमें नहीं थी कि खुद दुःखी रहकर माता-पिता को खुश रखती, वरना अविनाश तो उसे लेकर कब का उड़ गया होता और आप लोग अपनी अकड़ लिये बस देखते ही रह जाते।"

लताजी अवाक् उसे देखती रह गईं।

"चुपकर, ललिता। जा, घर में तेरी सास इंतजार कर रही होंगी।" बात सँभालने के लिए किशोरीजी ने ललिता को ही फटकारा और बेटी को गले लगाकर विदा किया।

"घर पहुँचकर फोन कर देना!" बेटी को प्यार से निर्देश दिया और बेटी भी "जी माँ, गौरी भी वहाँ पहुँचती होगी", कहकर मामी को नमस्ते कर चलती बनी।

गौरी आज ललिता की ससुराल जा रही है, सुनकर लताजी को कुछ अच्छा नहीं लगा। मन में जैसे कुछ सुलग सा गया, लेकिन चुप रह गईं।

किशोरीजी ने लताजी पर नजर डाली। स्पष्ट था कि वे आहत थीं, लेकिन किशोरीजी को उनसे कोई हमदर्दी न थी।

"कुछ खाओगी या चाय बनाऊँ?" किशोरीजी ने औपचारिकता निभाई। लताजी भी उस औपचारिकता को समझ बस, "कुछ नहीं। अभी खाना खाकर ही आ रही हूँ" कहकर चुप रह गईं।

किशोरीजी ने एक गहरी नजर लताजी पर डाली और बोल पड़ीं, "किस्मत वाली हो न, इसीलिए इतना इतराती रहती हो। न बेटे की कोई परवाह और न ही खुद अपने भविष्य की।"

"ये क्या कह रही हैं, जीजी? मुझे परवाह नहीं अपने बेटे की?"

"परवाह होती तो ऐसा बर्ताव करतीं उसके साथ? कितने दिनों से तुमने केवल अपनी जिद पर दोनों को अलग कर रखा है। कभी सोचा, अगर कुछ ऐसा-वैसा हो गया तो? मुझसे पूछो, माँ-बाप पर क्या बीतती है अगर उनके बच्चे अचानक गायब हो जाएँ, या उन्हें कुछ हो जाए तो!"

"तुमने तो ललिता पर ताना कस दिया और हो गया, लेकिन वो दर्द जो मैंने उठाए, उसका अहसास भी नहीं हो सकता तुम्हें।"

किशोरीजी भावुक हो उठीं। उनकी छलछलाई आँखें देखकर लताजी सकते में आ गई थीं। प्रतिवाद न कर सकीं। बस "मेरा वो मतलब नहीं था, जिज्जी···" ही कह सकीं।

"मुझसे पूछो, कैसे रात-दिन डरती रहती थी इसके लिए··· कहीं कुछ हो गया होगा तो! पता नहीं, नौकरी मिली या नहीं?···क्या खाती होगी, कहाँ और कैसे रहती होगी···पता नहीं सोने को बिस्तर भी है या नहीं?···जाने कैसी-कैसी बातें दिमाग को चौबीस घंटे डराती रहती थीं। शुक्र मनाओ कि गौरी और अविनाश ने ऐसा कोई कदम नहीं उठाया। सब्र के साथ तुम लोगों की रजामंदी का इंतजार कर रहे हैं।" फिर थोड़ा ठहरकर बोलीं, "और तुम लोग हो कि नखरे दिखाने से बाज ही नहीं आ रहे।"

लज्जित हो लताजी ने सिर झुका लिया।

□

लताजी को यह तो पता चल गया कि ललिता के घर पर गौरी पहुँच रही है, लेकिन वे यह नहीं जानती थीं कि अविनाश भी वहीं पहुँचा हुआ था। उन दोनों को मिलवाने की यह योजना ललिता और पवन ने बनाई थी। पवन के माता-पिता अपने किसी रिश्तेदार के यहाँ चले गए थे। गौरी को साथ लिये अविनाश उनके यहाँ पहुँचा तो कुछ ही देर में नाश्ते-पानी का इंतजाम करने के बहाने ललिता और पवन उन दोनों को साथ छोड़कर वहाँ से खिसक लिये।

"कैसी हो?" कितनी ही देर से खामोशी से उसे तक रहे अविनाश ने खामोशी तोड़ी।

"कैसी हो सकती हूँ?" गौरी ने गहरी साँस लेकर जवाब दिया और एक बार फिर दोनों के बीच खामोशी पसर गई।

"पुरानी बातें बहुत तकलीफ देती हैं! ऐसे कैसे सब लोग बदल गए? सबके मन ऐसे कैसे इतने बदल गए कि···पहले सोचा था कुछ दिनों में सब दोबारा सामान्य हो जाएँगे, लेकिन अब तो कोई उम्मीद ही नहीं।"

गौरी की आवाज भारी होने लगी थी। आँखों के गीलेपन से बचने के लिए वह चुप रह गई।

सुनकर अविनाश ने चुपचाप गौरी का हाथ अपने हाथों में ले लिया। उसका दिल भी इसी दर्द में उलझा हुआ था।···दिमाग को हजारों सवाल घेरे हुए थे, लेकिन जवाब एक न था। एक बार फिर खामोशी पसर गई। अविनाश शायद उसे समझाने के लिए शब्द बँटोर रहा था, कि फिर एक बार गौरी ने खामोशी तोड़ी, "लेकिन ये मन···" कहकर गहरी साँस ली थी।

अविनाश ने उसकी आँखों में देखा। निगाहों में ही पूछ बैठा, "क्या कहता है?"

गौरी बोल पड़ी···

'कभी-कभी मन बड़ा चंचल हुआ जाता है,
बचपने के सतरंगे घोड़ों पर सवार सरपट भागता है
यादों के झरोखों से चुपके से अतीत को तककर
झटपट वापस लौट आता है।'

अविनाश एकटक उसे देखता रह गया। उसके शब्दों को मन-ही-मन बुन रहा था। उसके शब्दों में उसके दिल के दर्द को महसूस कर तड़प उठा। चुपचाप उसके हाथों को अपने हाथों में लिये बैठा रहा। इस तरह से गौरी को दुःखी नहीं देख सकता था। हौले से हाथों को अपने हाथों के बीच दबाकर मुसकराया और धीरे से पूछा···

"कविता कब से करने लगीं?" सहजता से हँसने का अभिनय किया तो गौरी ने भी मुसकराकर सिर हिला दिया।

"चलो···ये भी अच्छा है···दुःख का सदुपयोग!"

और इस बार दोनों सचमुच हँस पड़े, कोई अभिनय नहीं करना पड़ा।

"वैसे···एक बात बताओ···" सुनकर गौरी ने नजर उठाकर उसकी ओर देखा और धीमे से पूछा, "क्या?"

"वो···तुम्हारा मन···अतीत को तककर लौट क्यों आता है? अतीत की उन यादों में रहना अच्छा नहीं लगता?"

वह अर्थपूर्ण ढंग से मुसकराया। गौरी भी मुसकरा दी। फिर एकाएक संजीदा हो गई।

"जिस अतीत का कोई भविष्य ही न हो, वहाँ से लौट ही आना चाहिए न?"

प्रैक्टिकल गौरी और उससे भी अधिक प्रैक्टिकल अविनाश! ऐसे दो जने आपस में प्रेम कर बैठे थे। इन दोनों को समाज की सच्चाइयाँ भी स्वीकार्य थीं

और एक-दूसरे के बिना जीना भी। नहीं स्वीकार्य थी तो केवल एक बात, किसी और के साथ जिंदगी बिताना।

दोनों चुपचाप एक-दूसरे को देख रहे थे। अविनाश स्पष्ट देख रहा था कि गौरी की आँखें कुछ कह रही हैं, लेकिन जुबान संकोच की कैद में फँसी है। आखिर वह खुद ही पूछ बैठा, "कुछ छुपा रही हो?"

अचानक ऐसे सवाल पर गौरी चौंक पड़ी थी।

"छुपा नहीं रही…बस…" कहते हुए अपने बैग से एक लिफाफा निकालकर अविनाश के हाथ में दे दिया।

"ये क्या है?" अचानक उसे वो शाम याद आ गई, जब गौरी ने उसे ऐसे ही एक सफेद लिफाफे में थैंक्यू कार्ड दिया था।

"लव लेटर?"

उसके चेहरे पर शरारत छलक आई, लेकिन ठहाका न लगा सका। गौरी के चेहरे पर भी एक पीड़ित-सी मुसकान उभरी। देखकर दूसरे ही क्षण खुद भी गंभीरता ओढ़ ली और चुपचाप लिफाफे को खोलकर पढ़ने लगा।

शहर के बहुत ही प्रतिष्ठित कॉलेज एल.एस.के.सी. से गौरी के लिए नियुक्ति पत्र था। उसने असिस्टेंट लेक्चरर पद के लिए आवेदन किया था। इसी कॉलेज से वह रिसर्च भी कर रही थी। इंटरव्यू बोर्ड में उसके गाइड खुद भी बैठे थे। कुछ गौरी की काबिलीयत तो कुछ उसके गाइड का सहयोग काम आया और गौरी का सिलेक्शन हो गया। आज ही उसे यह नियुक्ति पत्र मिला था। पढ़कर अविनाश की आँखें चमक उठीं। "अरे वाह! इतनी बड़ी खुशखबरी और तुम हो कि मुँह फुलाए हुए हो?"

अविनाश को खुश देख गौरी मुसकरा उठी। दिल में कहीं सुकून मिला।

"ज्वॉइन कर लूँ न?" पर अविनाश ने बिना सोचे ही सहमति दी, "अरे! यह भी कोई पूछने की बात है?"

कुछ क्षण उसे देखती रही, फिर धीमे-से बोली, "अच्छा रहेगा न? इसी बहाने काम में इतना उलझ जाऊँगी कि बाकी हर बात भुला सकूँगी!"

कुछ देर खामोशी बनी रही। फिर धीमे से बोली, "इस नियुक्ति के साथ मुझे जीने का सहारा मिल गया है…अब…" अविनाश की ओर देखकर कुछ पल के लिए खामोश रही, फिर जैसे शब्द बटोरे, "अब आपकी यादों के सहारे ही जिंदगी बिता दूँगी।"

सुनकर अविनाश व्याकुल हो उठा।

"ये क्या कह रही हो?"

अविनाश का गला भर्राने लगा था। सँभालने के लिए चुप रह गया, लेकिन गौरी अपनी आँखों को छलकने से रोक न सकी।

"एक बात, जो इतने दिनों में सोची और समझ में आई, जो हमें पसंद नहीं करते, उनके लिए हम जान भी दे दें तो भी वे हमारे भीतर कमी ही निकालेंगे। ऐसे रिश्तों के साथ हम कितनी दूर तक जा सकते हैं?"

गौरी के शब्दों में वह सच्चाई थी, जिसे अविनाश भी महीनों से महसूस कर रहा था। अपने रिश्तों से वे दोनों निराश थे, दोनों ही खामोश थे।

ललिता की चहकती आवाज के साथ दोनों की खामोशी टूटी। दोनों ने झटपट एक-दूसरे का हाथ छोड़ा, अपनी-अपनी आँखें पोंछीं और मुसकराने का अभिनय करने लगे। पीछे से पवन भी आ गया था।

"ये क्या है, भई? कोई लेटर-शेटर?" नियुक्ति का लिफाफा लावारिस-सा दोनों के बीच पड़ा था।

सुनकर दोनों मुसकरा दिए और सारी बातें बताकर गौरी ने ललिता से कहा, "दीदी, हमने तय कर लिया है। हम शादी ही नहीं करेंगे!"

"क्यों भई, ऐसा क्या हो गया? हार गए तुम दोनों?"

"अरे यार! देख नहीं रही कितना समय बीत गया?...हमारे घरवालों को तो फर्क ही नहीं पड़ता..."

इस बार जवाब अविनाश ने दिया। सुनकर ललिता ने लापरवाही के साथ बस हामी भरी और नाश्ते की प्लेट उसके आगे बढ़ा दी।

□

उधर किशोरीजी के घर में वे ठानकर ही बैठ गई थीं कि आज तो लताजी की पूरी खबर लेकर रहेंगी। अपने तर्कों से पहले ही वह लताजी की जुबान बंद कर चुकी थीं। बहू सरिता चाय-नाश्ता लेकर आई तो उसे भी समझाकर वहाँ से हटा दिया। "बेटा, तुम अपने कमरे में जाओ। हम दोनों को कुछ जरूरी बात करनी है।" सरिता भी सब जानती थी। मुसकराती हुई तुरंत वहाँ से हट गई।

"कमियाँ और अच्छाइयाँ तो सबमें होती हैं, लता। मुझमें नहीं हैं? तुममें नहीं हैं क्या?"

लताजी दूसरों के सामने कितनी भी रंगबाजी कर लें, बड़ी सेठानी के रुतबे में रहें, लेकिन किशोरीजी तो उन्हें जमाने से जानती थीं। न उनसे लताजी की कोई अच्छाई छुपी थी और न ही बुराई।

"बिरादरी का इतना ढोल पीटती फिरती हो। ये तो बताओ, तुम्हारी बिरादरी में क्या तुम्हें कोई सर्वगुण संपन्न लड़की मिलनेवाली है?"

किशोरीजी के सवाल पर लताजी चुप रहीं। सच्चाई जानती थीं वे। हाल ही में उनकी मित्र सुमन ने उन्हें इस सच्चाई का अच्छा परिचय दिया था। भूली नहीं थीं वह।

"जरा सोचो लता, तुम्हारी हरकतों से खुद तुम्हारा भविष्य दाँव पर लग गया है! देखो, अविनाश शादी तो गौरी से ही करेगा, लेकिन गौरी के मन में तुमने खुद ही अपने लिए विष घोल दिया है। कभी सोचा है, शादी के बाद वो तुम्हारी कितनी इज्जत करेगी, क्यों करेगी वो तुम्हारी इज्जत?"

उनके सवाल पर लताजी थोड़ी सहम गईं और थोड़ी खीझ भी गईं। पूछ बैठीं, "तो अब क्या करूँ, जिज्जी? माफी माँगू उससे?"

सुनकर किशोरीजी मुसकरा दीं। "बच्चों से माफी नहीं माँगनी पड़ती, लता। उन्हें तो बस अहसास दिलाना पड़ता है कि हमें उनसे कोई शिकायत नहीं।"

लताजी चुप रह गईं। अपनी ननद के शब्दों को मन-ही-मन समझने की, स्वीकारने की कोशिश कर रही थीं। उन्हें चुप देख किशोरीजी आगे बोलीं, "गलती किससे नहीं होती, लता? मैंने भी तो की थी, तभी तो मेरी बेटी मुझसे अपने दिल की बात न कह सकी, लेकिन तुम्हारे सामने तो मेरा उदाहरण था न?"

"यही सोचकर तो हमने सगाई की थी, जिज्जी!"

"फिर तोड़ क्यों दी?" किशोरीजी मुसकराईं।

"अहंकार आ गया कि हमारे बेटे को तो इससे भी अच्छी-अच्छी न जाने कितनी मिल जाएँगी! है न?" सुनकर लताजी ने सिर झुका लिया। किशोरीजी ने कटु सत्य कहा था। जो मिल जाता है, उसकी अहमियत ही खत्म हो जाती है।

"शादी-ब्याह दिलों का रिश्ता होता है, लता। इसमें सौदेबाजी करोगी तो घाटे में ही रहोगी! वैसे ईमानदारी से बताओ, गौरी जैसी होनहार तुम्हें कहाँ मिलनेवाली थी?"

लताजी ने धीरे-से सिर हिला दिया। "ये बात तो मैं समझती हूँ, लेकिन अब बहुत देर हो चुकी है...इसी चक्कर में सुधा से मेरी दोस्ती भी टूट गई! अब

किस मुँह से बात करूँ उन लोगों से?"

"इसी मुँह से!" पूरे उत्साह के साथ किशोरीजी हँसते हुए बोलीं।

"चलो, आज कितना अच्छा दिन है! सुधा भी कॉलेज से आ गई होगी। चलते हैं।"

उनका वाक्य पूरा भी न हो पाया था कि लताजी ने उन्हें रोक दिया, "अरे, नहीं, नहीं जिज्जी। वो पता नहीं क्या सोचेंगी?"

"यही सोचकर वो लोग भी पहल नहीं करते होंगे!" किशोरीजी की बात पर लताजी चौंककर उन्हें देखने लगीं। किशोरीजी हँस पड़ीं।

"कुछ नहीं सोचेंगी! मैं जानती हूँ उन्हें। खुश होंगी उलटे।"

आज जो बातें किशोरीजी लताजी से कर रही थीं, उसकी भूमिका पहले पंकज और फिर ललिता सुधाजी के सामने बना ही चुके थे। वह सुधाजी की भावनाओं और विचारों से पूरी तरह आश्वस्त थीं।

लेकिन उन बातों से अनजान लताजी घबराई हुई थीं।

"अरे नहीं। कहीं बेइज्जती कर दी तो? कुछ उलटा-पुलटा..." उनकी बात पूरी भी नहीं हो पाई थी कि किशोरीजी ने उन्हें टोका, "पंकज ठीक कहता है। तुम अपनी सहेली को ही नहीं समझ सकीं तो उसकी बेटी को कैसे समझती?"

सुनकर लताजी अवाक् उन्हें देखने लगीं।

"आओ चलो। मैं हूँ न तुम्हारे साथ?" इस बार किशोरीजी ने पूरे विश्वास के साथ दबाव बनाया।

लताजी बहुत देर तक विरोध न कर सकीं। ऐसा नहीं था कि किशोरीजी की बात वे टाल नहीं सकती थीं या अभी अभी उनकी बातों से प्रभावित हो गई थीं। सच तो यही था कि वह खुद भी बहुत दिनों से समझौता करना चाह रही थीं, लेकिन सही मौका नहीं मिल रहा था। कोई तरीका ही समझ में नहीं आ रहा था। जान-समझ रही थीं कि उनकी जिद ने उन्हें ही अकेला कर दिया था। फिर भी संकोच घेर ही रहा था।

"एक बार फोन कर लेतीं तो?" सुनकर किशोरीजी ने भी हामी भरी।

बेटी के लौट आने की खुशी ने उनके मन में उमंग भर दी थी। प्रफुल्लित मन से वे सारी दुनिया में खुशियाँ बाँटने के लिए उत्साहित थीं। तुरंत ही सुधाजी को फोन मिलाया, अपने आने की सूचना दी और चल दीं लताजी के साथ।

□

सुधाजी ने खुद ही दरवाजा खोला और पूरी उमंग से स्वागत किया, "आइए दीदी..." लेकिन उनके साथ लताजी को देख वह स्तब्ध खड़ी रह गईं। न जाने कितने भाव उनके चेहरे पर आए और चले गए। खुशी, पछतावा, कठोरता, प्रेम, द्वेष, वितृष्णा, लाचारी और मन की उथल-पुथल...हर तरह के भाव उनके चेहरे की रंगत में छलक रहे थे। किसी तरह खुद को समेटा और संजीदा होते हुए बोलीं, "आप?"

संकोच भरी नजरों से सुधाजी ने लताजी की ओर देखा। लताजी की नजरों में भी उन्हें वही संकोच दिखाई दिया और साथ ही उनकी आँखों में पश्चात्ताप के स्पष्ट भाव नजर आए। "आइए" कहते हुए सुधाजी ने लताजी की आँखों में देखा। पानी जैसे छलक ही जाता, लेकिन वह पानी न जाने कैसे सुधाजी की आँखों में तैर गया। तुरंत नजरें फेरकर "आइए, बैठिए" कहते हुए खुद को औपचारिकता में व्यस्त करने की कोशिश करने लगीं।

किशोरीजी बहुत बारीकी से दोनों के भाव पढ़ रही थीं। मौके की नजाकत बड़ी ही तत्परता से पकड़कर बोल पड़ीं, "अरी! समधन न सही, पुरानी सहेलियों की ही तरह गले तो मिल लो!"

सुधाजी थोड़ा हिचकीं। लताजी में भी वही संकोच नजर आया, लेकिन न जाने उनके मन में कैसी हूक उठी कि तेजी से बढ़कर सुधाजी का हाथ अपने हाथों में ले लिया और सहसा दोनों की भावनाएँ उमड़-घुमड़कर बरस पड़ीं।

भावनाओं के बहने में शब्दों का क्या काम? वे तो आँसुओं के ही माध्यम से दिलों के सारे मैल धोती चली जा रही थीं।

इस भावुक पल की एकमात्र साक्षी, किशोरीजी खुद भी भावुक हो रो पड़ीं।

उसके बाद बातों का जो सिलसिला शुरू हुआ तो किसी भी तरह के शिकवे-शिकायत को किसी ने भी जगह न दी, जैसे जानबूझकर दोनों ही सारी कटुता भुला देना चाहती थीं।

रिश्तों को काबू करने की कुटिलता ने दिलों को जाने कितनी दूर कर दिया था, वहीं सहज अपनत्व उन्हें दोबारा साथ ले आया था।

इतने दिनों की न जाने कितनी बातें थीं, न जाने कितनी यादें थीं, जिनमें खोई इन तीनों महिलाओं का समय न जाने कब उड़ गया। ध्यान तब गया, जब

एक-एक करके परिवार के सदस्य घर वापस आने लगे। सुधाजी का छोटा बेटा उदित आया तो लताजी को वहाँ देख बस 'नमस्ते' करके खड़ा ही रह गया। समझ ही नहीं सका कि क्या प्रतिक्रिया दे। माँ ने हँसते हुए पाँव छूने का आदेश दिया तो जल्दी से दोनों आंटियों के पैर छूकर भीतर चला गया। वे लोग कब से आई थीं, क्या-क्या बातें चल रही थीं, ये सारी बातें संक्षेप में उसे रानी से पता चलीं।

थोड़ी ही देर में विनोदजी पधारे तो लताजी को देख अनायास ही उनकी भृकुटि तन गई, लेकिन पत्नी के चेहरे पर सहज रौनक देख उन्होंने भी दुनियादारी निभाई और हालचाल लेने की औपचारिकता की। किशोरीजी ने पहल करते हुए विनोदजी से कहा, "देखो भाई, बड़ी हूँ। इतना मान रख लो…अब पिछला सबकुछ भुला दो और बच्चों को उनके हिस्से की खुशियाँ दो।"

विनोदजी ने तुरंत लताजी की ओर देखा। उनकी अनुभवी आँखें लताजी की आँखों में पश्चात्ताप स्पष्ट देख सकती थीं। विनोदजी ने खुशी-खुशी सहमति जताई और रानीजी को एक बार और चाय बनाने का आदेश मिल गया।

अब तो सबको दोनों परिवारों के अन्य सदस्यों की भी याद आई और तय हुआ कि गिरीशजी को तुरंत फोन करके वहीं बुलाया जाए। उन्हें फोन करने की जिम्मेदारी विनोदजी ने ही ली।

"लेकिन, मैं तो दुकान पर अकेला हूँ। अविनाश आ जाए, तब ही निकल सकता हूँ।"

सुनकर एकबारगी उन्हें लगा कि गिरीशजी आना नहीं चाहते, लेकिन फिर भी खुद को संयत करके पूछ बैठे, "तो कहाँ गया है वह? उसके मोबाइल पर फोन कर लीजिए।"

गिरीशजी कोई जवाब दे पाते, इससे पहले ही किशोरीजी बीच में आ गईं। लपककर रिसीवर अपने हाथ में ले लिया, "गिरीश, दुकान बढ़ाकर आ जा, भाई। अब बेटे की शादी के लिए इतना भी नहीं करेगा?" बोलकर हँसीं तो कमरे में सभी के चेहरे पर रौनक आ गई।

"लेकिन दीदी, अविनाश न जाने कहाँ गया है! पता नहीं कब आएगा?"

"अरे वो ललिता के यहाँ है। तू आ जा, मैं उन सबको भी यहीं बुलाती हूँ।" सुनकर सभी चौंके थे।

अब तक उन सबको यही पता था कि गौरी ललिता के घर गई हुई थी और अब पता चला कि अविनाश भी वहीं था।

सभी समझ रहे थे कि दोनों ललिता के यहाँ मिलने पहुँचे थे, लेकिन सभी खामोश थे। सभी जानते थे कि रिश्ता तो परिवारवालों ने तोड़ा था। गौरी और अविनाश ने तो कभी अपना रिश्ता तोड़ा नहीं था। वे दोनों तो कभी एक-दूसरे से जुदा हुए ही न थे। कितनी ही दूरी पैदा करने की कोशिशें की गई हों, कितनी भी बंदिशें लगाई गई हों, कितने ही दिन, सप्ताह और महीने वे मिल भी न सके हों, लेकिन न ही कभी उनके बीच कोई दूरी आई और न ही किसी तरह का कोई मन-मुटाव उनके बीच हुआ था। उनके रिश्ते की गहराई, उनके रिश्ते की मधुरता हमेशा बढ़ती ही रही थी। दूर रहकर भी वे दोनों हमेशा एक-दूसरे के साथ, एक-दूसरे की ताकत बने रहे। माता-पिता की बनाई हदों में रहते हुए भी दोनों कभी दुनिया से समझौता नहीं कर सके। सबके लिए दूर रहे, लेकिन उनके दिल हमेशा साथ ही रहे।

☐

किशोरीजी ने झटपट ललिता को फोन करके संक्षेप में सारी बातें बताईं और अविनाश और गौरी को साथ लाने के लिए कहा। ललिता ने दोनों से कुछ न बताया। बस, बाहर चलने की बात करके झटपट बेटी को तैयार किया और पवन की गाड़ी से ही चारों निकल पड़े।

बाहर जाने का विचार न ही अविनाश को सुहाया और न ही गौरी को, लेकिन ललिता की हठ के आगे उनकी एक न चली।

गाड़ी सीधी गौरी के घर के बाहर रुकी। देखकर दोनों ही सकपका गए।

"क्या मजाक है, पवन, यहाँ क्यों? मैं वापस जा…"

"वापस नहीं जाओगे तुम!" अविनाश को बीच में ही रोक पवन ने मानो आदेश दिया, "कब तक तुम दोनों खुद को सजा देते रहोगे, वो भी उस गलती के लिए, जो तुमने की ही नहीं?"

अविनाश चुप रह गया। गौरी भी असमंजस में खड़ी थी। हैरानी से कभी पवन की ओर देखती तो कभी अविनाश और ललिता की ओर।

"चलो न, भाई! मामा-मामी भी यहीं हैं!" बोलकर ललिता ने दोनों को चौंका दिया।

कुछ सोचने-समझने का मौका ही नहीं मिला। दोनों ने एक-दूसरे की ओर देखा। संकोच और हैरानी की रेखाएँ दोनों के चेहरों पर स्पष्ट थीं। ललिता ने

अविनाश को लगभग धकेल ही दिया था। असमंजस में वह चुपचाप पवन और ललिता के साथ चल पड़ा। गौरी भी साथ हो ली।

कितना लंबा अरसा गुजर गया था, जब आखिरी बार अविनाश उसके घर आया था। आज अचानक एक बार फिर उस घर में कदम रखने के साथ ही दोनों के दिलों में न जाने कितनी यादें ताजा हो गईं। पिछली कटुताओं को याद कर गौरी घबरा उठी। आरापों, तानों की बौछारों को फिर से सहने की, बार-बार उन सारे दर्द से गुजरने की हिम्मत उसमें अब न रही थी। उन तीखे उलाहनों की कल्पना मात्र से उसकी आँखें छलछला गईं।

"इस बार चुपचाप कुछ नहीं सहूँगी" सोचकर मन को पक्का किया और अविनाश के साथ ही घर में कदम रखा। दोनों के दिलों में तूफान उठ रहे थे, लेकिन दोनों ही उन सारे तूफानों को दबाए, ऊपर से संजीदा बने हुए थे।

घर में प्रवेश करते ही सबके एक-साथ हँसते-मुसकराते चेहरे देख कुछ पलों के लिए उनके कदम जहाँ के तहाँ ठहर गए। वर्तमान के इस सुखद दृश्य में बार-बार अतीत की अनगिनत दर्द भरी यादें उभर रही थीं और दोनों के दिलों की धड़कन बढ़ा रही थीं।

"अरे, देख क्या रहे हो? सब तैयार हैं तुम दोनों की शादी के लिए! आगे बढ़ो और आशीर्वाद लो!" ललिता ने दोनों को लगभग धकेलते हुए कहा।

एक बार फिर से दोनों परिवारों को एक साथ देख उन दोनों के दिल फिर से खिल गए थे। मन-वीणा झंकृत हो उठी। मिलन केवल गौरी और अविनाश का नहीं हो रहा था, मिलन तो उन दो परिवारों का हो रहा था, जो कितने ही वर्षों तक सुख-दुःख के साथी रहे थे, जिन्होंने कितनी ही होली-दीपावली साथ मनाई थीं।

सच है, कभी-कभी अतीत की बिगड़ी बातों को वक्त खुद ही बनाता है। दूर रहकर दोनों परिवारों ने खुद को भी खूब आजमा लिया था और एक-दूसरे को भी खूब परख लिया था।

रिश्तों में शर्त नहीं होती, बस सहजता ही है, जो रिश्ते को दूर तक ले जा पाती है। वही रिश्ते आगे तक बने रहते हैं, जिनमें नदी के जल-सा प्रवाह होता है, जो सहजता से एक-दूसरे के साथ बहते रहते हैं। रिश्तों में अपनों के लिए कुछ कर गुजरने की चाहत होती है, न कि अपने रिश्तों से कुछ करवा लेने की उम्मीदें। उम्मीदें थोपने से रिश्ते पथरीले होने लगते हैं। पत्थरों में सहज प्रवाह कहाँ! उनमें तो ठोकरें और चोट ही लगती हैं।

सभी खुश थे, चेहरे खिले थे, आँखों में चमक थी और बातों में चिड़ियों-सी चहचहाहट थी। देखकर भी अविनाश गंभीर था।

"गौरी को आज ही एल.एस.के.सी. से ज्वॉनिंग लेटर मिला है। असिस्टेंट लेक्चरर का पद है।" अविनाश ने खुलासा करते ही एक-एक करके घर के सभी बड़ों पर एक निगाह डाली और फिर उसकी नजरें अपनी माँ पर कुछ क्षण के लिए टिक गईं।

इस खबर से जहाँ विनोदजी और सुधाजी और भी चहक उठे, वहीं गिरीशजी और किशोरीजी के चेहरों की चमक अचानक ही जाती रही। दोनों की नजर लताजी पर गईं, जो गंभीर निगाहों से एकटक अपने बेटे की ओर देख रही थीं।

जहाँ अपनी बेटी की उपलब्धि से खुश सुधा ने बढ़कर उसे गले से लगा लिया और बेटी ने भी झटपट आगे बढ़कर अपने माता-पिता का आशीर्वाद लिया, वहीं लताजी की खामोशी ने उनके पति और ननद का सारा उत्साह ठंडा कर दिया। वे दोनों जानते थे गौरी की इस उपलब्धि से लताजी को कोई खुशी नहीं हो सकती।

अविनाश की निगाहें रह-रहकर अपनी माँ पर ही टिक जातीं। उनकी कोई भी प्रतिक्रिया न पाकर वह तिलमिला उठा। यह अहसास उसे रह-रहकर जला रहा था कि माँ को गौरी की काबिलीयत पर, उसकी तरक्की से कोई खुशी ही नहीं है। सहसा उसके शब्दों में कड़ुवाहट घुल गई।

"मैंने और गौरी ने तय किया है कि शादी हो न हो, वह यह नौकरी जरूर करेगी।"

सुनकर अचानक पूरे कमरे में सन्नाटा छा गया। गौरी धीमे-से अविनाश के पास आ खड़ी हुई। सभी की निगाहें अविनाश और गौरी पर आ टिकीं।

अविनाश ने गौरी की ओर देखा। मानो उसे बोलने के लिए उकसाया था।

अविनाश की बात आगे बढ़ाते हुए वह बोली, "हमारा रिश्ता होते ही दोनों परिवारों के रिश्ते खराब हो गए...ऐसे कड़वाहट भरे रिश्तों में हम क्या खुश रहेंगे...और फिर...शादी इतनी जरूरी तो नहीं?...बहुत से लोग पूरी जिंदगी शादी नहीं करते..."

संकोच के साथ शुरू किए उसके स्वर काँपने लगे। गला भर्राने लगा और आँखें छलकने लगीं। भावनाओं को बहने से पहले ही रोकने के प्रयास में वह बस इतना बोलकर चुप रह गई।

एक बार फिर उसने अविनाश की ओर देखा और निगाहों से ही उसका समर्थन पाकर खामोश रह गई।

सभी स्तब्ध थे। सुधाजी और विनोदजी अपनी बेटी की सफलता पर खुश हो पाते, इससे पहले ही शादी न करने के उसके फैसले ने उनकी खुशियों पर ग्रहण लगा दिया। अपने बच्चों की तरक्की किस माता-पिता को खुश नहीं करती? लेकिन कितने ही आधुनिक माता-पिता हों, अपने बच्चों को विवाहित भी देखना ही चाहते हैं। विवाह के साथ ही उन्हें अपना सुख-दुःख का साथी मिलता है, उनका घर-परिवार बसता है।

सुधाजी अब तक अपनी बेटी के जीवन में आई उथल-पुथल से थक चुकी थीं। तेजी से गौरी के पास पहुँची, "अब इसमें शादी न करने की बात कहाँ से आ गई, बेटा? हम सभी तुम दोनों की शादी करवा रहे हैं। देखो, तुम दोनों का साथ कितना शुभ है! साथ रहोगे तो हमेशा ऐसे ही तरक्की करते रहोगे। शादी हो जाए तो परिवार में मिल-बैठकर बाकी बातें भी तय कर लेना…"

उनके शब्दों में ही नहीं, आँखों में भी आग्रह था। देखकर गौरी की आँखें भर आईं। उसने अविनाश की ओर देखा। अविनाश ने एक बार फिर अपनी माँ की ओर देखा। उनकी ओर से अब भी कोई प्रतिक्रिया नहीं आती देख उसका चेहरा और भी सख्त हो गया। वापस सुधाजी की ओर मुड़ा और अपनी स्वाभाविक विनम्रता को पूरे जतन के साथ बंटोरते हुए सुधाजी से बोला, "हमें गलत न समझिए, आंटी…लेकिन अगर अभी इसकी नौकरी को लेकर सबका एकमत न बना तो शादी के बाद इसी बात पर क्लेश होगा।" और एक बार फिर उसने अपनी माँ की ओर देखा।

गिरीशजी और विनोदजी खामोश निगाहों से अविनाश की ओर देख रहे थे। वे दोनों भी अविनाश की बात से सहमत थे। लताजी के स्वभाव से वे सभी परिचित थे। जानते थे, इन बातों को लेकर आगे चलकर परिवार में क्लेश की पूरी संभावना है।

अब तक सबकुछ चुपचाप देख सुन रही किशोरीजी और ललिता ने एक-दूसरे की ओर देखा। परिपक्व मन समझ रहे थे कि बेटा केवल अपनी माँ की सहमति की प्रतीक्षा कर रहा था, लेकिन लताजी अब भी खामोश बैठीं थीं। आखिर किशोरीजी से रहा नहीं गया, "लेकिन तुम तो जानते हो बेटा, तुम्हारे परिवार में लड़कियाँ, बहुएँ नौकरी नहीं करतीं। क्यों लता, गलत कह रही हूँ मैं?"

सुनकर लताजी ने किशोरीजी की ओर देखा और खीझ भरी मुसकराहट की एक लकीर उनके चेहरे पर बिखर गई।

वे अब तक चुप थीं, क्योंकि वे गौरी की उपलब्धि से स्तब्ध थीं। वर्षों से उसे अपनी बेटियों के साथ ही हँसते-खेलते देखा था तो उसका बौद्धिक स्तर भी वैसा ही समझती रही थीं। कभी उसकी क्षमताओं पर विश्वास ही नहीं किया था अब तक। कभी सोचा ही न था कि वह इतनी काबिल हो सकती है कि जिस डिग्री कॉलेज में उनके बच्चे ठीक से पढ़ाई भी न कर सके, वहाँ वह पढ़ाएगी।

साथ ही, वे स्तब्ध थीं अपने प्यारे बेटे के व्यवहार पर। देख रही थीं कि उसका सहज और सरल स्वभाव कहीं खो गया था। उसका मुसकराता, विनम्र चेहरा कितना सख्त हो गया था। उसकी आँखों में अब न चंचलता थी और न ही किसी तरह का प्यार। अब तो वे आँखें भावरहित, बस शून्य-सी रह गई थीं।

आज यह समझकर वे और भी अधिक स्तब्ध थीं कि अपने बेटे के इस बदलाव के लिए वे खुद ही जिम्मेदार थीं। स्तब्ध थीं यह देखकर कि उनकी जिद, उनके अहम् ने उनकी आँखों पर कैसा परदा डाल दिया था कि उन्हें अपने बेटे के दुःख ही नहीं दिखाई दिए। नजर ही न आया कि जिस बेटे की जिंदगी में उन्होंने हमेशा खुशियाँ भरने के सपने देखे थे, उसी बेटे का दामन उन्होंने खुद ही काँटों से भर दिया। इतने काँटों से कि उसका सहज स्वभाव ही बदल गया।

उनका अहम् तो कभी का आँसुओं में घुलकर बह चुका था, अब तो बस मन की बात जुबाँ तक लाने की देरी थी। बहुत सोच-विचारकर किशोरीजी से बोलीं...

"हाँ जिज्जी, हमारे यहाँ अब तक बहू-बेटियों ने कभी नौकरी नहीं की, क्योंकि किसी में इतनी काबिलीयत ही कहाँ थी?"

सुनकर सभी चेहरों पर अचरज के भाव उभरे। लताजी की बात अभी पूरी नहीं हुई थी।

"आज सचमुच बहुत ही शुभ दिन है!"

कहते हुए उठकर गईं और सुधाजी का हाथ अपने हाथों में ले लिया, "सच तो यह है कि हम दोनों परिवारों का साथ बहुत ही शुभ है। साथ रहता है तो हमेशा खुशहाली लाता है और यह साथ बना रहा तो हमारे बच्चे हमेशा तरक्की ही करेंगे...है न?"

सुधाजी का मुरझाया चेहरा अचानक खिल गया। उन्होंने झट से अपनी सखी को गले से लगा लिया। वहाँ मौजूद सभी लोगों के चेहरों पर सुकून की मुसकराहट छा गई।

अविनाश और गौरी की आँखों में राहत के भाव आए। दोनों एक-दूसरे को देख मुसकरा दिए। तभी लताजी उन दोनों की ओर मुखातिब हुईं, "और तुम दोनों जरा नखरे दिखाना बंद करो, नहीं तो दोनों की पिटाई करूँगी।"

उनकी आवाज में खनक और चेहरे पर उमंग देख अब तक केवल मुसकरा रहे चेहरे ठठाकर हँस पड़े।

दोनों परिवारों में सहजता वापस आ रही थी। रिश्तों में घुली कटुता से सभी कहीं-न-कहीं थक चुके थे, टूटने लगे थे। आज सहजता ने सभी के दिलों से मनों बोझ उतार दिया था। रिश्तों में कहीं-न-कहीं एक-दूसरे के लिए, हालातों के लिए स्वीकार्यता जरूरी है। जब स्वीकार्यता आने लगती है तो उनमें सहजता अपने आप ही आने लगती है।

□

"आँखें कभी झूठ नहीं बोलतीं...हम्म..."

अविनाश की आवाज सुन गौरी चौंक पड़ी। उसे पता ही नहीं चला अविनाश कब से उसके पीछे खड़ा उसके कंप्यूटर की स्क्रीन में झाँक रहा था।

"अरे, आप आ गए?"

जवाब देने की बजाय अविनाश ने पलटकर सवाल पूछा, "क्या लिखती रहती हो ये सब? चुपके-चुपके?" दूसरी कुरसी खींचकर बैठ गया और आगे पढ़ने लगा।

गौरी उसे रोकने का प्रयास करने लगी, लेकिन उसने कसकर दोनों हाथों से गौरी के हाथ पकड़ लिये, ताकि न वह फाइल बंद कर सके और न ही कंप्यूटर और आगे पढ़ने लगा।

'आँखें कभी झूठ नहीं बोलतीं
दिल के सारे राज खोल देती हैं।
प्यार हो या नफरत आसानी से दिखा सकती हैं,
मुसकान के नीचे दबी दर्द की परतें खोल देती हैं।
सच्चाई हो या मक्कारी, इनसान की असलियत बता देती हैं,
आँखें सबकुछ बयाँ कर देती हैं।'
दिलों के सारे राज खोल देती हैं।
बस पहचानने के लिए पारखी नजर चाहिए,

प्यार और नफरत में भेद कर सके, ऐसे शिशु की नजर चाहिए।

मुसकान की परतों में दबे दर्द को पहचान सके, माँ जैसे किसी हमदर्द की नजर चाहिए,

इनसान की असल तसवीर भाँप सके, खुद भी ऐसी स्पष्ट, पारखी नजर चाहिए।

पढ़ते-पढ़ते अविनाश थोड़ा ठहरा और झुककर गौरी की आँखों में झाँका। गौरी उसकी शरारत खूब समझ रही थी। लजाकर पूछ बैठी, "क्या देख रहे हैं?"

"आँखें।"

और दोनों खिलखिलाकर हँस पड़े।

"छोड़िए। मेरा मजाक बना रहे हैं? बंद कीजिए।" के साथ गौरी ने एक बार फिर अविनाश को आगे पढ़ने से रोकने की असफल कोशिश की, लेकिन वह तो, "अरे नहीं। अच्छा लिखा है। पूरा पढ़ने दो।" कहकर आगे पढ़ने लगा...

"आँखें सबकुछ बयां कर देती हैं।

दिलों के सारे राज खोल देती हैं।

बस पहचानने के लिए पारखी नजर चाहिए...

प्यार और नफरत में भेद कर सके, ऐसे शिशु की नजर चाहिए।

मुसकान की परतों में दबे दर्द को पहचान सके, माँ जैसे किसी हमदर्द की नजर चाहिए

इनसान की असल तसवीर भाँप सके, खुद भी ऐसी स्पष्ट, पारखी नजर चाहिए।"

□

"वाह! बहुत सुंदर लिखती हो तुम तो! छुपाती क्यों हो?"

"अरे! वो तो ऐसे ही...आपने बताया नहीं, आज जल्दी कैसे आ गए?" गौरी ने बात बदलने की कोशिश की।

"बस, अपनी पारखी नजर को परखने..."

बोलकर हँसा तो गौरी भी हँस पड़ी।

"अरे भई। माँ का आदेश था। मोहित की शादी के बाद पहली बार ससुराल में कोई आयोजन है, तो देर नहीं होनी चाहिए।" सुनकर गौरी मुसकराई।

"माँ को भैया-भाभी की फिक्र है या अपनी सहेली के पास जल्दी पहुँचने का बहाना चाहिए?"

और दोनों हँस पड़े।

"वैसे गौरी, हमारी जुदाई का एक फायदा तो हुआ!"

गौरी सवालिया निगाहों से उसे देखने लगी।

"अरे भई, तुम कविता करने लग गई!" सुनकर गौरी के चेहरे पर पीड़ित मुसकान फैल गई।

दर्द भरे उन दिनों को वे दोनों ही याद करना नहीं चाहते थे। विषय बदलने के लिए अविनाश झटपट बोला, "इतना अच्छा लिखती हो, कहानी क्यों नहीं लिखतीं?"

"कहानी?" गौरी अचरज से मुसकराई। "अच्छा जी! किसकी कहानी लिखूँ?"

"अरे, अपनी कहानी...गौरी द हिरोइन और अविनाश द हीरो की!" कहकर हँसा तो गौरी भी खिलखिला पड़ी।

"क्यों नहीं माई डिअर हसबैंड? गौर से देखो तो हर जिंदगी एक कहानी है...और हर इनसान एक हीरो!"

"हम्म! देखो, कितना बढ़िया डायलॉग बना लिया!" और दोनों हँस पड़े।

"लेकिन हर इनसान किसी के लिए विलेन भी हो सकता है..." न जाने कब उसकी उँगलियाँ गौरी के बालों में उलझने लगीं।

"हाँ...ये भी है...लेकिन कुछ सावधानी बरती जाएँ तो ऐसा न हो।"

"अच्छा, जैसे?"

"जैसे...किसी रिश्ते से झूठ न बोला जाए, यहाँ की वहाँ नहीं लगाएँ, किसी रिश्ते को काबू करने की कोशिश न करें और हर रिश्ते से केवल उतनी ही उम्मीद करें, जितना खुद कर पाएँ।"

"वो तो ठीक है, गौरी...पर दूसरों की उम्मीदों का क्या? हो सकता है, वो तुमसे कुछ अधिक उम्मीद करें।"

"लेकिन मैं तो उतना ही कर सकती हूँ न, जितना मेरा सामर्थ्य होगा... इसीलिए तो रिश्तों में स्वीकार्यता जरूरी है...सारी इच्छाएँ तो भगवान् भी पूरी नहीं कर पाते!"

"जिंदगी में सबकुछ केवल काला-सफेद नहीं होता, गौरी। ग्रे भी होता है और बहुत से लोग, बल्कि कहना चाहिए, अधिकतर लोग इसी ग्रे में जीते हैं।"

"हम्म...और दुनियादारी में इस ग्रे के साथ एडजस्ट करके चलना पड़ता है..."

"बिल्कुल!"

गौरी सोच में पड़ गई थी कि अचानक अविनाश ने झकझोरा था।

"ये सब छोड़ो और जल्दी तैयार हो जाओ मैडम, नहीं तो मोहित की नई-नवेली दुल्हन के लिए तुम विलेन बन जाओगी···भूलो मत···ननद हो उसकी!"

सुनकर वह खिलखिला पड़ी, "नहीं, ऐसा नहीं होने दूँगी।"

□□□